忘れ去られた聖女

ユキミ

Yukimi Presents

fairy kiss

この作品はフィクションです。
実際の人物・団体・事件などに一切関係ありません。

忘れ去られた聖女

悪い夢なら覚めてほしい。

この世界に来たころ、何度思っただろう。

だけどこのときほど、強く思ったことはない。

「……すまない。私は、きみのことを知らない」

いつも優しく美咲《みさき》を見つめてくれていたきれいなグレーの瞳に浮かぶのは、明らかな拒絶の色。

どんなときでも美咲を支えてくれた。怯《おび》え、戸惑い、悲しむ美咲に誰より寄り添い、――愛してくれた。

この人がいるなら、この世界でも生きていける。

そう思っていたのに。

「レイ……」

絶望の中、呆然《ぼうぜん》と呟《つぶや》いた美咲に、応えてくれる声はなかった。

◇◆◇

干したばかりの洗濯物が、ぱたぱたとそよ風に揺らぐのを眺め、美咲は満足げに息を吐いた。

「よし、洗濯終わり」

ぱんぱんと手を叩《たた》く。今日は雲一つない快晴でぽかぽか陽気。数時間もすれば乾くだろう。その間に家の中の掃除をして、玄関周りの掃き掃除をして。あぁ、その前に昼ごはんはなににしようかと考えながら、美咲は裏庭から家の中に入ろうとした。だが、ドアの取っ手を掴《つか》んだ瞬間、近くから賑《にぎ》やかな声がして立ち止まる。

「こら！　マウロ！　あんたまたマイクのこと泣かせたね！」

「オレが泣かせたんじゃない！　あいつが勝手に泣いたんだ！」

「あんたがマイクを置き去りにするからだろ！」

ぎゃあぎゃあと騒々しい声が近づいてくる。すぐに、恰幅《かっぷく》のいい女性と、女性に首根っこを掴まれ、足をバタバタさせる少年、二人の姿が見えた。

「キャメロさん」

美咲の呼びかけに答えたのは、女性ではなく少年だった。

「あ、ミサキ！　助けてくれよ！」

美咲はため息を吐《つ》いた。

「マウロ。あなた、今度はなにをしたの？」

「なにもしてねぇってば！　ただ、マイクの泣き虫を治してやろうと思って、東の洞窟に置いてきただけだ！」

頭痛がしそうになるのを緩和するため、美咲は額に手をやった。

「あのね、マウロ。何度も言ってるでしょう？　子供だけで洞窟に行っちゃだめだって」

「オレはもう子供じゃない！」

はいはいと聞き流し、美咲はいまだマウロの首根っこを掴んだままのキャメロに向き合った。

「キャメロさん、ごめんなさい。またマウロが迷惑をかけたみたいで」

ぺこりと頭を下げた美咲に、さっきまで眉を吊《つ》り上げていたキャメロは豪快に笑った。その拍子にマウロを摑んでいた手を離したせいで、なんの構えもしていなかったマウロは地面に尻から落ちる。

「うぎゃ！」

悶絶《もんぜつ》するマウロに構うことなく、キャメロは言った。

「ミサキが気にすることはないよ。このくらいの歳の子がやんちゃするのは当たり前だからね」

「だったらなんで怒るんだよ！」

「怒らないとは言ってないだろ！」

頰を膨らませキャメロに反論するマウロを見下ろし、美咲は腰に手を当て、「マウロ！」と叱った。どちらかと言えばおっとりした性格で顔立ちも優しげに見られがちなので迫力がないことは致し方ない。だけど精一杯怖い顔を作る。

「あとでちゃんとマイクに謝るのよ。怖い思いさせたことに変わりないんだから」

キャメロに散々叱られたあとでは美咲の雷なんてたいしたことはないのか、マウロはべーと舌を出した。本当にもうこの子は、と肩を落とす美咲を、キャメロがまぁまぁと宥《なだ》める。

「マイクも散々泣いたあとは、けろっとしてたよ。あの子の母親も笑ってたから大丈夫さ。そんなことより」

キャメロのうきうきした様子に、美咲はまた始まるのかと内心苦笑する。キャメロは近所に住む五十代の女性で、面倒見がよく、普段から色々美咲のことを気にかけてくれる。感謝しているのだが、噂《うわさ》好きなところがあり、顔の広さも手伝って毎日話題がつきない。聞いてもいないのに、美咲に情報を提供してくれるのだ。

世話になっている手前無碍《むげ》にもできず、どこの世界でもゴシップ好きはいるんだなと、興味が持てなくても一応相手にはなる。

何々さんちの奥さんと何々さんちの旦那さんが不倫をしているとか、あそこの姑《しゅうとめ》は嫁いびりが過ぎてお嫁さんが出ていったとか。聞かされて一体どうすればいいんだと思うような内容ばかりだが、とりあえず子供の耳に入れるような話でもないので、マウロには家の中に入るように促した。

その後しばらくキャメロの相手をしていたが、そろそろ近場でのネタにつきてきたのだろう。次にキャメロが口にした話題に、美咲の笑顔は強張《こわば》った。

「そういえば、公爵様と王女様はいつ結婚するんだろうね」

「……さぁ、どうなんでしょうね」

「だってほら、あのお二人が婚約したのはもう随分と前だろ？　確か悪竜を倒してしばらくしてからだから、五年近くになるんじゃないかい？」

雰囲気の変わった美咲に気づくことなく、キャメロはご機嫌で続ける。

「さすがに五年は公爵様もお待たせしすぎだと思わないかい？　あんなにお似合いの二人はそうはいないよ」

言い切るキャメロに、美咲も同意する。

片や国を救った英雄、片や国の王女様だ。肩書きだけでもおさまりがいいのに、美咲が一度、悪竜を倒したあとの国をあげての祝賀パレードで目にした二人が並ぶ姿は、まるで一枚の絵画のように美しく、きらきらと輝いていた。何人《なんびと》も入りこむ余地なんてない。

国民の歓声に包まれ微笑《ほほえ》む二人を遠目に見ながら、美咲は思ったよりショックを受けない自分が不思議だった。胸の中にはどんな感情も湧かず、空虚な穴の中をひゅうと風が吹いていくだけで、ただ呆然と立ち竦《すく》むしかできなかった。

しかしそれももう、五年近く前の話だ。いまとなっては二人の話を聞かされても、前ほど動揺することもないし、すぐに気持ちを切り替えることもできる。

美咲はにっこりと微笑んだ。

「きっとすぐに嬉しいお知らせが国中にもたらされますよ。そのときはお披露目のパレードも盛大に行われるはずですよ」

「そうだよねぇ。いやぁ、楽しみだね。見目麗しいお二人の姿がこの目で見られる日が待ち遠しいよ」

「ええ、本当に」

愛想よく答え、その後もしばらくキャメロは立ち話をして帰っていった。

彼女の後ろ姿を見送り、自然と小さなため息を漏らす。家の中に入ると、一階の食堂のカウンター席にマウロが座り、つまらなそうに棒つきキャンディーを舐《な》めていた。

「キャメロおばさん帰った?」

「えぇ」

やれやれとマウロが偉そうに踏ん反り返る。

「おばさん話しだしたら長いんだよなぁ。今日はなんの話？」

「たいした話じゃないわよ。……王女様の結婚はいつかしらって」

答えながら、掃除をするために窓を開けて換気していく。

「あぁ、シルベスク公爵と婚約してるんだっけ？　もう王女サマもいい歳なんじゃねぇの？　十九だったっけ？」

まだ十代でいい歳と言われるなんて、現代日本で生まれ育った美咲からしたら苦笑するしかない。二十二歳でいまだ独身の美咲なんてどうすればいいのか。

しかしこの世界では、貴族や王族の娘が十代で嫁ぐなんて当然のことなのだ。婚約したと噂が出てから一向に進展のない公爵と王女の先行きを、庶民たちは格好の話のネタにしている。

「……心配しなくても、もうすぐきっと結婚するわよ。だって公爵様は、とても素敵な人だから。国王陛下も反対なんてしないだろうし」

「素敵、ねぇ。まぁ歴史ある公爵家の若き当主で、剣の腕前も国一で、見た目もよくて、悪い噂は一つもないもんな。なんといっても国の英雄だし」

美咲は、僅かに目を伏せた。

そう、王女の婚約者、レインフェルド・シルベスクは欠点一つない青年だった。彼を知っている人間の中に、悪く言う者はただの一人もいないだろう。なにより、この世界を救った英雄なのだ。

──ミサキ。

優しく美咲を呼ぶ声が脳裏によぎった。美咲はギュッと目を瞑《つぶ》り、声を搔《か》き消す。

もう呼ばれるはずがないのに。そして美咲も、その名を呼ぶ権利なんてないのに。

「……レイ」

小さな呟きは、マウロには聞こえなかったようだ。

五年前、何度も呼んだ名を、美咲はそっと胸の中にしまった。

もう決して戻らない過去の残像たちが、脳裏に浮かんでは消えていった。

◇◆◇

立花《たちばな》美咲は、五年前までどこにでもいる普通の女子高生だった。

両親と暮らし、都内の高校に通う、特出したところのない少女。

当たり前のように学校に通い、退屈な授業を受け、放課後は友達と過ごし、と日々を淡々とこなしていく。また明日も代わり映えのない日がくるのだと疑っていなかった。そんな日常がある日突然崩れ去ったのは、十七歳になったばかりの春だった。

心地よい春のそよ風の中、学校を出て友達と別れ、美咲は帰路についていた。

夕方の住宅街は不気味なほど静まり返り、ひと気がほぼなかった。ほんの少し妙な胸騒ぎを感じながら、角を曲がった。瞬間、目を開けていられないほどの光に包まれ、小さな悲鳴と共にぎゅっと目を閉じ、足を止めた。

しばらくして目を開けたとき、美咲はもう日本にはいなかった。

ベレトス国。

美咲が召喚された異世界の国の名前だ。

美咲はベレトス国に、悪竜を倒すための聖女として召喚されたのだ。

自我を無くし、狂った竜の成れの果てを、人々は悪竜と呼んで恐れていた。悪竜の邪気により動物たちは暴走し、人々を襲い、荒地が増える。作物も育たなくなり、治安も悪化し、世界は壊滅的な被害を受けていた。

倒そうにも悪竜には簡単に近づけない。悪竜が口から放つ瘴気《しょうき》に触れてしまうと、命を落とすからだった。美咲が召喚されたのは、聖女には瘴気を浄化する力があったためだ。

そうして美咲は、ベレトスの精鋭部隊と共に、悪竜を倒す旅に出る羽目になったのだ。

当初、美咲は状況を全く受け入れることができなかった。

つい先日までただの女子高生だったのだ。いきなり世界を救ってほしいだの、きみにはその力があるだの言われても、はいわかりましたと受け入れられるはずがない。

壮大なドッキリかとさえ思ったが、時間が経《た》てば経つほど事態を受け入れざるをえなかった。

この世界が生まれ育った日本でないことは、もう明白だった。

中世ヨーロッパ風の街並みに、日本人離れした容姿の人々に囲まれ、ここが日本だと思えるはずがなかった。

美咲は泣いた。困惑し、怯え、もう両親や友達には会えないのかと絶望した。しかも、竜を倒すなんて明らかに危険なことをして、自分は死ぬのではないか。

怖くて怖くて、竜退治の旅の最初のころは泣いてばかりだった。

そんな美咲を慰め、支えてくれたのは旅の仲間だった。

国内でも指折りの剣の腕前を持つ騎士や傭兵《ようへい》で結成された旅の一団は、世界の未来を背負っている重圧なんて感じていないかのように気さくで優しい人たちで——特に団を纏《まと》める立場の隊長は、飛び抜けて優しくしてくれた。

レインフェルド・シルベスク隊長。

剣の腕前はベレトス一と名高く、また、公爵家の嫡男という貴族の身分でありながら驕《おご》ったところのない公明公正な人格者で、誰からも慕われていた。

あまりに憔悴《しょうすい》する美咲を気遣うのは、トップに立つ者の責任感からだったのかもしれない。しかし義務感からくるものでも、当時の美咲の心に響いたのは確かだった。美咲のことを誰よりも気にかけ、美咲が環境に馴染《なじ》めるように常に心を砕いてくれた。清潔感のあるシルバーブロンドの髪に、グレーの瞳。整った顔立ちで、身長も高いスタイル抜群の好青年に、一番不安で心細いときに真摯にそばにいてもらえれば、恋に落ちるのは自然なことだった。

二人で過ごす時間が人より多かったからなのか。なんの奇跡か、聖女という特殊な肩書き以外なんの特徴もないただの少女を、レインフェルドも愛してくれた。

二人は心を通わせあい、旅の間、絆《きずな》を深めていった。竜を倒し世界に平和が訪れたら結婚しようとさえ言われた。

この世界には、両親も友達も、誰もいない。だけどレインフェルドがいる。美咲はそれだけで、この世界でも生きていけると思った。

約半年に及ぶ旅路のはて、美咲たちは悪竜を倒した。

心の底からホッとした。もう怖い思いをしなくてもいい。命の心配をすることなく、愛する人と穏やかに暮らすことができる——。だがレインフェルドとの未来を夢見ていた美咲を待っていたのは、絶望だった。

旅の仲間の記憶から、美咲の存在だけがすっぽりと消え去っていたのだ。

心当たりは一つだけあった。美咲が思い当たったのは、レインフェルドたちに攻撃された悪竜が、倒れる間際。息絶える間近に、口から放った光。真っ直《す》ぐ美咲に向けられ、目も開けていられないほどの閃光《せんこう》の中、悪竜の呪いの声を美咲は確かに聞いた。

お前のせいだ。お前がいなければこんな奴《やつ》らに負けることなどなかった。我の苦しみを知り、生きながら地獄を味わえ、と。

悪竜は死んだ。世界に平和がもたらされ、人々に笑顔が戻った。美咲も望んでいた結末だった。だが、代償は大きかった。

——すまない、きみは誰だ。

あんなに愛《いと》おしそうに美咲を見つめてくれていた瞳が、困惑に揺れていた。

まるで初めて美咲という存在と接したみたいに、態度に熱の通った温かさはなくて。ただの通りすがりの人間を見ているような眼差《まなざ》しに、美咲は激しく動揺した。

初めはたちの悪い冗談だと思ったが、レインフェルドはいたって真剣だった。真剣に、美咲が誰かわからないようだった。自分が誰かもわかっているし、悪竜を倒すために旅をして、最終的に倒したことも覚えている。なのにレインフェルドの中から、聖女として召喚された美咲の存在が消え去っていた。レインフェルドだけではない。共に旅をした、美咲に関わったすべての人間から、美咲の存在だけが、すっぽり抜け落ちていた。

美咲は追いすがった。

——レイ、私よ、美咲よ。私のこと愛してるって言ってくれたじゃない！　なのにどうして！

貴族社会の中で、レインフェルドは高貴な立場の人間で、片や美咲は不審者にすぎなかった。身一つで生まれ故郷から突然召喚された美咲は、自身を証明できるものなどなにも持っていなかったのだから。

自分という存在がこんなにも脆《もろ》く儚《はかな》いものだとは思っていなかった。

だけど諦められなかった。美咲には、レインフェルドしかいなかった。レインフェルドだけが、美咲がここで生きるための希望であり、存在意義だった。誰よりも好きで、ずっとそばにいたくて。でもその必死さはすべて空回った。貴族に無礼な働きをした罪で、美咲は王宮の一角に閉じこめられたのだ。

悪竜を倒した場に居合わせた、異国の風貌にどことなく身なりのいい美咲は、ただの不審者として放っておくこともできず、詳しい話を聞くつもりだったのだろう。乱暴な扱いはされなかったが、窓がなくベッドが一つだけの狭い部屋に、美咲は一人閉じこめられた。孤独だった。どうにかなりそうだった。だけど耐えたのは、根拠のない微《かす》かな希望に縋《すが》っていたから。いまは忘れていても、すぐに思い出してくれる。あの優しい笑顔を向けてくれる。迎えにきてくれる。そう思うことだけが、美咲の唯一の精神安定剤だった。

だが、幽閉されてしばらく経ったころだった。美咲は見張りたちが信じられない話を口にしているのを聞いてしまった。レインフェルドと、ベレトス王女の婚約だった。

ベレトス国王が、悪竜を倒し平和をもたらした立役者であるレインフェルドに、自身の掌中の珠《たま》であるる王女を降嫁させることを決めたという。まだ少し幼いが、あと数年もすれば絶世の美女になるだろうと名高い、ベレトス一の美貌を誇る王女と、世界を救った英雄。これほど似合いの組み合わせはないと見張りたちが盛り上がる中、美咲はいてもたってもいられなかった。

そんなことあるはずがない。だってレインフェルドは美咲を愛してくれた。将来を誓い合った。あの言葉に、眼差しに嘘《うそ》はなかった。なのにどうして。

この目でどうしても確かめたかった。チャンスを待ち、美咲は見張りの目を盗んでなんとか部屋を抜けだすことに成功した。美咲はこれまで暴れたりすることもなく、大人しくしていたから見張りも油断していたのだろう。

広い王宮内は迷路のようだった。レインフェルドに会いたい一心でがむしゃらに走り、たどり着いたのは、大広間だった。

そっと扉の隙間から中を覗《のぞ》く。どうやら祝賀会をしているようだ。美咲の部屋に見張りが一人しかおらず、どこか気もそぞろだった理由がわかった。浮ついた雰囲気が王宮全体に漂っていた。シャンデリアの光にキラキラと照らされた室内で、着飾った貴族や一緒に旅をした仲間たちが笑顔で談笑しているのを、美咲は薄暗い廊下から眺めていた。

その中に、レインフェルドはいた。

どれだけ人で溢《あふ》れていようと、美咲の目はすぐにレインフェルドを見つけてしまう。誰もが憧れる端整な顔立ちに、魅力的なグレーの瞳。誰よりも愛しい人が、まだあどけない中にも美しい微笑をのせた王女の手を取り、柔らかい笑みを浮かべ優雅な曲に合わせステップを踏む。

誰もがその美しい光景を、魅入られたように眺めていた。

美咲は、ようやく悟った。完成されたピースを見せつけられてようやく。

いや、本当は気づいていたのに認めたくなかっただけだ。

幽閉されている間、見張りや王宮内の使用人たちの会話が耳に入ることはよくあった。悪竜が倒されたことも度々話題に上がったけれど、彼らの口から聖女という単語は一度も出てくることはなかった。

旅の間、聖女という不明瞭な存在は関係者以外には秘匿にされた。誰も彼も聖女の力がどれほどのものか疑心暗鬼だったのだろう。

だから元々彼らが美咲の存在を知らないのは当然だった。だが無事に悪竜を倒し、聖女の力が立証されたというのに、彼らの話題に聖女の名前は上がらない。称賛されるのは共に旅をした仲間ばかりで、まるで初めから美咲という聖女の存在などなかったかのようだ。

美咲の召喚に成功したことに喜んでいた国王や神殿がなんの反応も示さないということは、彼らにとっても美咲の存在はなかったことになっているのだろう。

幽閉されている間、美咲と関わった人が誰一人助けにこなかったのがなによりの証拠だ。

もうここに、美咲の居場所はないのだ。レインフェルドの心に、美咲はいないのだ。

美咲は逃げだした。どこをどうやって走り抜けたのか覚えていない。祝賀会の慌ただしさに乗じて王宮を抜けだせたのは、奇跡だった。たどり着いたのは、城下町の一角。

あれから五年近く。

美咲は王都の片隅で、ひっそりと、平和に暮らしている。

◇◆◇

美咲はその日も、いつも通りの日常を送っていた。

「マウロ！　朝よ、起きなさい」

窓を開けながら呼びかけるが、マウロは「うぅん……」と唸《うな》りながら掛布の中に潜っていこうとする。美咲は遠慮なく掛布を剝ぎ取る。こうでもしないといつまで経っても起きてこないとわかっているからだ。

「ほら、早く起きて。朝ごはん冷めちゃう」

ぱんぱんと両手を叩き、起床を促す。不平不満を口の中でもごもごさせながらもマウロがのろのろと起き上がるのを視界の端に入れ、くるりと踵《きびす》を返す。

階段を下り、一階にある食堂のカウンターの中に入り、キッチンで朝食作りの仕上げをする。

がらんとした食堂。テーブルも椅子も普段から掃除をしているから汚れてはいないが、ここは四年ほど食堂としての機能は失っていた。

この食堂は、マウロの父親であるダンが一人で切り盛りしていた。ダンは、美咲の命の恩人でもあった。王宮を抜けだしたあの日、なにもかも失った美咲がたどり着いた城下町で、美咲を拾ってくれたのがダンだった。

明らかに異国の風貌をした怪しげな人間だった美咲を家に連れ帰り、世話を焼いてくれ、そのまま家に置いてくれた。しばらくの間は、逃走した美咲を王宮の人間が連れ戻しにくるかもとびくびくしていたが、悪竜の影響により疲弊した国を立て直したり、色々と体制を整えたりするためにどこも混乱していたので、心配は杞憂《きゆう》に終わった。そしてここに世話になって半年ほど経ったころだった。いまから四年ほど前、ダンは食材の買付けで遠方に赴いた際、馬車の事故で呆気《あっけ》なく命を落としてしまったのだ。

それ以来、美咲はダンの忘れ形見であるマウロと二人で暮らしている。残念ながら食堂を継ぐほどの料理の腕も度量もなかったため、店はダンが死んでから閉めたままでいるが、近所の人たちの手を借り、近くにあるパン屋で働きながらなんとか慎ましく日々を送っていた。

「あ～、眠い」

大きなあくびをしながら、マウロが下りてきた。

初めて会ったときはまだ一桁の年齢だったマウロも、今年やっと十歳になった。ダンに似てまだまだ大きくなるだろう。マウロはまだ眠いのか、椅子に座るとすぐにテーブルに突っ伏した。美咲は皿によそったスープやパンをテーブルに並べていく。

匂いに反応したマウロがやっと顔を上げた。

「美味《おい》しそうでしょう。試作品をくれたのよ」

パンは、美咲が手伝っている店の店主から貰《もら》ったものだ。細かく刻まれたさつまいもに似た野菜が練りこまれたパンは、小麦粉の甘さと具材の甘さが組み合わさってとても美味しかった。マウロにもどうぞと二人分くれたので朝ごはんに出したのだが、マウロも気に入ったようだ。目を輝かせてパンにかぶりついている。

「うまい！　これ売れるって絶対」

「そう。きっとお店の人も喜ぶわ」

くすくす笑いながら、美咲もマウロの正面に座り食べ始める。

「私、これから仕事だけど、昨日みたいにまた勝手に遠くに行っちゃだめだからね」

「はいは～い」

心のこもっていない返事に、美咲はため息を吐く。

マウロはとにかくやんちゃだ。元気で健康なことはありがたいのだが、あちこち自由に飛び回り、よく騒動を引き起こす。そのたびに美咲は謝って回るはめになる。みんな大らかで、いつも笑って許してくれるので助かってはいるのだが。

優しさにあぐらをかいて、美咲が甘やかすわけにはいかないのだ。ダンがいないいま、マウロの保護者は美咲なのだから、しっかりしなければならない。お世話になったダンに恩返しするためにも、マウロを一人前に育てあげる。わがままな子にならないよう厳しくしないといけない。――と奮闘していても、結局空回りしてばかりで、美咲の決意などどこ吹く風でマウロは毎日楽しそうに飛び回っている。

まぁ、元気なのがなによりなのかもと、美咲が半ば諦めながら紅茶を飲もうとしたときだった。

ドン――！

家が突然、大きく揺れた。

「きゃあ！」

「うわ！」

体勢を崩し椅子からころげそうになったが、咄嗟《とっさ》にテーブルを摑んでなんとか耐える。強い衝撃は一瞬だけで、カタカタと名残のように食器が揺れていた。

「な、なんだいまの」

マウロが呆然と呟く。

地震、にしては揺れが短かったし、そもそもこの世界に来てから地震なんて一度も起こったことがない。

美咲は、無意識に心臓を押さえた。

バクバクと早い鼓動。いきなりの衝撃に対する恐怖なのか、まだ収まりそうになく――。なんだか妙な胸騒ぎがした。

◇◆◇

職場のパン屋は家から歩いて五分ほどのところにある。住宅街の一角に構えられたその店は、庶民たちの行きつけとなっていて、こぢんまりとした店構えながらとても繁盛していた。

ダンが生きているころは食堂を手伝っていたが、ダンが亡くなり店を閉めなくてはいけなくなったあとから、美咲はここでお世話になっていた。

「朝はびっくりしたね」

「本当にね。一体なにごとかと思ったよ」

店に買いにきたキャメロと店主の奥さんが世間話に興じているのを、美咲は窓を拭きながら聞いている。話題は今朝の大きな揺れのことで、いままでなかった出来事に、王都中がその話題で持ちきりだった。

「なんだか怖いね」

キャメロが不安そうに口にする。いつも肝が据わっているキャメロが弱気になるなんて、よっぽど住民たちにとっては衝撃的なことだったのだろう。確かに、美咲は日本にいるころ何度か地震を体験したが、地震がない国で生まれ育った者からしたら、地面が揺れるなんて考えられないことかもしれない。

「妙に慌ただしいし」

「そうそう。今朝から騎士様や衛士《えじ》が町中をばたばた行き交ってる姿をよく見るしね。なにか探してるみたいだけど」

一体なにを探してるんだろうね、と美咲にも話題が振られ、うまく相槌《あいづち》が打てずただ困ったように笑うしかできなかった。

一庶民の美咲に、そんなことわかるはずがない。なのになぜだろうか。朝から妙な胸騒ぎが収まらないのだ。

キャメロたちの言う通り、普段の見回りや巡回にしては人数が多い気がするし、張りつめた雰囲気を感じる。騎士たちの姿を見かけるたび、いつもと違う様子に、皆心許《こころもと》ない気持ちになるのだろう。

結局、今日は客の入りも悪いからと、少し早めに仕事が終わった。自宅に帰ってから、美咲自身普段と変わりないつもりだったのだが、どこか上の空だったのか、夕ごはんを食べながらマウロが心配そうな顔をしていた。

そして夜もすっかりふけたころだった。マウロも寝て、街も静寂に包まれ、美咲は月明かりだけが窓から差しこむ食堂で、一人ぼんやりと椅子に座っていた。

ベッドに入る気にはなれなかった。なにをするにも落ち着かず、ただ月の光を眺めていた。

ふと、外から微かな物音がした。

玄関に目を向け、ただじっと見つめていると、トントンと、静かにノックの音が響く。

なんとなく、あぁ、来たな、と思った。

扉の向こうに誰がいるのか、なんの用事なのか見当もつかないはずなのに、突然の訪問者に対する驚きが全く湧いてこなかった。誰かが美咲を必要とし、迎えに来たのだと、直感が訴えていた。

一度、ありとあらゆる摂理を捻《ね》じ曲げ、強制的にこの世界に召喚された人間の本能的な勘とでもいうべきか。

美咲は自分でも不思議なほど冷静に立ち上がり、ドアを開けた。

ドアの向こうに立っていたのは、見知らぬ二人の騎士だった。

「――ミサキ様ですね」

神妙に美咲が頷《うなず》くと、騎士はかしこまった口調で続けた。

「我々についてきていただけますか。あなたをお待ちしている方々がいます」

心臓が大きく軋《きし》む音を立てたのを感じながら、頷く以外、美咲に選択肢はなかった。

◇◆◇

――ミサキ。

呼びかけられ、美咲はびくりと肩を揺らした。

慌てて涙を手の甲で拭い、振り返る。

――こんなところにいたのか。

端正な顔の男性が柔らかい表情で近づいてくる。隊を仕切るレインフェルドだ。

——ごめんなさい、もう出発ですか?

立ち上がろうとする美咲を、レインフェルドは押しとどめる。

——いや、まだ大丈夫だ。

レインフェルドは美咲の隣に腰を下ろした。

——きみは隠れるのが上手だ。

責めているわけではなく、からかいを含んだ声音だったが、美咲は恐縮して俯《うつむ》く。

この世界に召喚され、レインフェルドを含め周りは美咲のことを気遣ってくれる。だけど美咲の心はまだ追いついていなくて、いまだに両親や日本のことを思い出しては辛《つら》くて悲しくて涙が出てくる。

最近は多少我慢できるようになったが油断すると全然だめで、そんなときは、みんなに気を遣わせたくなくて一人になれるところを探すのだが、必ずレインフェルドに見つかってしまうのだ。

ふと、頬に、レインフェルドの指が触れる。驚いて顔を上げると、その仕草がなにかを拭う動きだったので、泣いていたことが気づかれてしまったのだと悟る。

——きみの姿が見えなくなると、どこかで泣いているんじゃないかと心配でたまらなくなる。一人で泣いたりしないで、なにか美咲の心を曇らせていることがあるなら、私には隠したりせず本当のことを教えてほしい。

優しい言葉に、また涙がこぼれそうになる。慌てて目を擦《こす》ろうとすると、そっと止められた。

――きみの涙を拭うのは、私の役目だから。

頬を包むように、親指でそっと目尻を拭われた。レインフェルドの手のひらの温《ぬく》もりに覆われた頬が、異様な熱を持つ。レインフェルドは目を細め、甘く微笑む。

自分の顔がありえないくらい赤くなっているのがわかった。動揺を抑えるため美咲は俯き、場を持たせようと口を開く。

――あの、ごめんなさい。

――ん?

――私、迷惑かけてますよね?

咄嗟に出た言葉だったが、ずっと気にかかっていたことだった。旅に不慣れな上、精神的にも不安定な美咲が隊の足を引っ張っているのは明らかだった。わかっているのに、焦れば焦るほど心は乱れていく。

この優しい人に見捨てられてしまったら、美咲はどうしたらいいのだろう。隊の仲間以外に、美咲に頼れる人はいないのに。

不安が渦巻く美咲の隣で、レインフェルドは突然ごろりと寝そべった。驚く美咲をよそに、レインフェルドは頭の後ろで腕を組み目を瞑る。

――ここは気持ちがいいな。

ちょうど小川に下りる緩やかな斜面になっていて、爽やかな風がレインフェルドの艶やかな髪を撫《な》でる。

——さすがに私も疲れてきたから、しばらく休ませてもらおう。

優しい嘘だと思った。

出会ってまだ日も浅いが、レインフェルドはいつだって完璧だった。どんなイレギュラーなことが起こっても冷静に対処して取り乱したりしない。いつも涼しい顔で隊を取り纏め、みんなの心の支えになっているのが美咲にも見てとれた。もちろんレインフェルドも人間なのだからそれなりに疲労もあるだろう。それでも美咲とは根本的に精神力も体力も違うのを目の当たりにしてきた。

だからこれは、美咲の心を落ち着かせるための時間を作ってくれたのだとさすがの美咲にも察せられた。

——そんなこと言って、レイがミサキといたいだけでしょ？

不意に明るい声が飛ぶ。美咲たちの背後にひょいっと姿を現した女性がニヤリと笑う。

——リュシー、邪魔しちゃだめだよ。

女性の隣に並ぶ大柄な男性が朗らかに窘《たしな》める。

——クリストフがレイのこと探してたからさ。ミサキのところにいるだろうなって思って。

まるで常に一緒にいるみたいな言い方に、これまで散々レインフェルドに支えられてきた自覚がある美咲としては、彼に甘えてしまっているのを隊の全員に見透かされているみたいで身の置き所がなくなり、肩をすぼめた。

——あ、やっぱりミサキといた。

また違う声がして、今度は天使のような少年と、その後ろには理知的な男性が姿を見せる。

——いくらなんでもミサキの周りをうろつきすぎじゃないか？

呆《あき》れたような声にレインフェルドは鷹揚《おうよう》に答える。

——そういう自分たちだってミサキのところにいるじゃないか。

レインフェルドの言葉に全員顔を見合わせて、頷く。

——確かに。レイのことは言えないか。

——ミサキといるとなんていうか和むんだよなぁ。ほら、常にむさ苦しい連中と一緒だから。

——一番暑苦しいのはリュシーだけどね。

——ヴィンセント、お前は本当に顔に似合わず口が悪いな。

——痛い痛い、ちょっとノア、笑ってないで助けて。

和気あいあいとした空気が流れる。隊のメンバーは今回の旅のために集められたと聞いていたが、全員昔から一緒にいたみたいに仲がいい。

——少しは元気になったようでよかった。

——え？

レインフェルドは優しく美咲を見つめる。

——ミサキには笑顔が似合うよ。

言われて初めて、美咲は自分が笑みを浮かべていたことに気づいた。

これまで生きてきて言われたことのないような言葉を甘い笑顔と共にさらりと送られ、美咲は高鳴る鼓動を抑えるように胸元をギュッと握る。

いつもそうだ。不安になったり恐怖を抱いたりしても、仲間たちの優しさと明るさ、そしてレインフェルドへ抱きはじめた淡い恋心に救われてきた。

みんなといると、寂しさが薄まっていく。

いつまでも落ち込んでばかりはいられない。簡単には無理でも、美咲を支えてくれるみんなのため、レインフェルドのためにも少しでも前を向きたい。そう思わせてくれる仲間の存在を、大切にしたいと思う。

——ありがとう。……レイ。

気恥ずかしさもあってみんなみたいに愛称で呼ぶことができなかったが、勇気を出して呼んでみた。

ドキドキとレインフェルドの反応を窺《うかが》うと、彼は一瞬驚いたように目を見張ったが、すぐに眩《まぶ》しそうに目を細め、口角を上げた。いつもの余裕ある微笑みとは少し違い、年相応の若者らしいどこか親しみやすい空気感が漂う。

喜んでくれているのが伝わり、美咲はなんとも言えない面映《おもは》ゆさに、真っ直ぐにレインフェルドと目を合わせることができず視線を落とす。

うるさく高鳴る胸をなんとか落ち着かせようとするのに、レインフェルドの視線は美咲から離れない。美咲の胸はますます高鳴り——。

「ミサキ様？」

心配そうに呼びかけられ、美咲はハッとした。

王宮内に足を踏み入れた途端、過去の思い出に囚《とら》われてしまった。美咲は騎士に微笑みかける。

「ごめんなさい、少し緊張しているみたいです」

謝罪し、歩みを促す。

美咲が暮らす王都の一角に迎えにきた騎士に連れられ、数年ぶりに訪れた王宮は、しんと静まり返っていた。

夜もとっぷりふけた時間帯だ。下働きの人間は眠りにつき、最小限の見張りしかおらず、騎士と美咲の足音だけが響く。

まさかまたここを歩く日が来るなんて、全く想定していなかった。いざ足を踏み入れると、胸がつきりとする。最後の記憶はとても辛いもので、あれからずっと、あまり思い出さないようにしていた。

苦楽を共にしたはずの仲間から忘れ去られ、愛を誓ったはずの男性は自分ではない女性の手を取っていた。

そんな場所に来たいと、誰が思うのだろう。悲しい記憶しかここにはないというのに。思わず眉をひそめた美咲の前で、騎士が足を止めた。

「どうぞお入りください」

騎士が重そうな扉を開ける。

そこは王宮の一角にある神殿だった。美咲がこの国に召喚された場所。美咲のこの世界での、すべての始まりの場所。

美咲は扉を開けてくれた騎士に小さく会釈して、一歩足を踏み入れた。

神殿内部は、五年前となんら変わりなかった。

真っ白な壁も床も汚れなんか一つもなく、夜だというのに天窓から差しこむ月光で光り輝いている。

だけど美咲の意識は、精巧に作られた神殿よりも、別のところに吸い寄せられた。抗《あらが》うことなんてできなかった。

「——ミサキ」

あぁ、やっぱりいた、と思った。低くて、でも温かさを感じさせる優しい声が、いまは苦しそうに歪《ゆが》んでいる。くすんだところのないシルバーブロンドの髪は相変わらず清潔感があり、思慮深そうなグレーの瞳が真っ直ぐに美咲を見ている。

記憶の中の映像と比べると、たいして変わっていないようにも感じるが、以前と比べると落ち着いた大人の雰囲気が増したようにも思う。

当然かもしれない。最後に会ったときから、もう四年以上の月日が経っているのだ。二十四歳だった彼も二十九歳になるはずで、当時はまだ公爵家の家督も継いでいなかったが、いまは父親から家督を受け継ぎ立派な当主になっていると風の噂で聞く。風格も増して当然だろう。

「……お久しぶりです」

美咲は、頭を下げた。

自然と挨拶ができたことに、自分自身ホッとしていた。もっと取り乱すか、言葉も出なくなるか

と危惧していただけに、思いのほか冷静な自分に安心する。

彼からの返事は一拍置いてからだった。

「……あぁ」

絞りだすような声で苦しげに眉根を寄せ、美咲を見る。その逞《たくま》しい胸にはいまどんな感情が渦巻いているのだろうか。ふと視線を巡らせば、中にいたのは一人ではなく、かつて一緒に旅をした仲間たちも揃《そろ》っていた。

懐かしい。

皆、大きな変わりはないように思う。だけど浮かべている表情は一様に同じだった。

辛そうな、申し訳なさそうな、どうすればいいのかわからない顔。

美咲は察した。

「……私のことを、思い出したんですね」

淡々と事実を確認する。

誰かが息を呑《の》んだ。

沈黙が流れ、やがてかつて愛し合った男性――レインフェルドが重い口を開く。

「ミサキ、本当にすまなかった。謝って許されることではないとわかっている」

声も表情も苦しそうで、心からの謝罪だと伝わった。美咲はかぶりを振った。

「いえ、いまさら謝っていただく必要はありません」

きっぱりとした返事に、レインフェルドは僅かに動揺した様子を見せる。過去の美咲は、ここまで強い姿勢でレインフェルドの言葉を撥《は》ねつけたことがなかったから戸惑っているのかもしれない。

しかし嘘偽りのない本音だ。いまさらなのだ。レインフェルドたちにとっては記憶を取り戻したばかりの生々しい痛みでも、美咲にとってはもう、四年以上前の出来事なのだから。

「それよりなぜ、急に皆さんの記憶が戻ったのか教えてください」

「私が説明しよう」

一歩踏みだしたのは、眼鏡をかけた理知的な青年だった。五年前の旅の間、副隊長としてレインフェルドの右腕となり支えていたクリストフだった。相変わらず気難しい顔立ちで近寄りがたい雰囲気を纏っているが、優しい一面もあることを美咲は知っている。

「今朝、大きな揺れがあったのを知っているか」

美咲は、こくりと頷く。

地震なんて起こらないはずのこの国で、身体《からだ》が持ち上がるほどの衝撃が起こった。王都中、今日はこの話題で持ちきりだったのだから、知らないはずがない。

「悪竜が蘇《よみがえ》った」

事実だけを的確に伝えようと思ったのか、端的に放たれた言葉に、美咲は今朝の揺れ以上の衝撃を受けた。

「そんな、まさか……」

声が震える。あのとき、確かに倒したはずだ。レインフェルドがとどめを刺し、目の前で巨大な竜が崩れ落ちる姿を、美咲はこの目で見たのだ。

「どうやら、核が残っていたらしい」

続けたのは、女性の声。燃えるような赤毛をポニーテールにしており、はっきりした顔立ちのスタイルのいい女性で、唯一の女騎士として美咲の面倒をよく見てくれたリュシーだ。

「簡単に言うと心臓の細胞だな。致命傷を免れていた心臓が数年の歳月をかけて再生し、復活した。そして結界が破られた」

竜は倒れ、砂になって原型を留《とど》めなくなっていた。周りには強固な結界が張り巡らされていたはずなのに――。

年月をかけてゆっくり蘇生《そせい》し、復活した。

心臓さえ元に戻れば、竜は本来の姿になることができる。完成形の姿を取り戻した衝撃が、今朝の揺れの正体ということだ。

「どうやらまだ、自身のコントロールがうまくいかないらしい」

穏やかな声で話を引き取ったのは、この場にいる誰よりも大柄な男性だった。身体は大きいが性格は一番穏やかで、いつも優しい眼差しで仲間を見守っていたノアは、まるで妹のように美咲を可《か》愛《わい》がってくれた。

「力が暴走して、弾みで自身のかけた呪詛《じゅそ》が解けたんだろう。悪竜が復活した瞬間、全員がミサキのことを思い出した」

悪竜が最後の力を振り絞って美咲にかけた呪詛。美咲という存在を、この世から消し去ってしまった忌まわしい呪い。

それが解けた。言葉に詰まる美咲に注がれる、痛いくらい強い眼差しのもとに視線を向ける。

濁りのないグレーの瞳が、真っ直ぐに美咲を射貫《いぬ》く。昔、美咲のことを知らないと言ったあの瞳が。

「つまり、また悪竜を倒さなくちゃいけないいんだよ」

強気な声は、美咲と同じ歳のヴィンセントだ。憎まれ口をよく叩き、顔に似合わず毒を吐いていた天使のような美貌の少年は、相変わらず麗しくはあるのだが、少し背も伸び、大人びた雰囲気になっている。とはいっても、勝気で誤解を招きやすい言動をする中身は、あまり変わっていないようだ。

「……そう」

美咲は、なぜ自分が呼ばれたのかを正確に理解した。

彼らは、美咲の力を必要としている。悪竜の放つ瘴気を払いのける、不思議な力を持つ美咲の存在を。美咲に謝りたかったのも、申し訳なく思っているのも確かだろう。だけどそれ以上に、美咲を探しだす必要があった。再び竜を倒すために。それが彼らの仕事なのだから。

こんな力がなければ、美咲なんてどこにでもいる普通の人間なのに。いまや国の英雄と呼ばれる彼らに近づくことさえ、本来なら許されない。

そんな彼らが、皆一様に美咲に対して罪悪感を滲《にじ》ませている様子に、いっそ苦笑いが込みあげる。

「勝手なことを言っているのは重々承知している」

クリストフが視線を下げる。隊の頭脳とも言うべき立場で、常に冷静で堂々と振る舞っていたクリストフにしては珍しくどこか弱気な態度にも見える。

「ミサキが五年前、この国に呼ばれどれほど辛い思いをしていたのか、私は知っている」

姉御肌で美咲を妹のように可愛がってくれたリュシーは、泣いている美咲をよく慰めてくれた。

いまもきっと、リュシーの脳裏にはあのころの弱虫な美咲が浮かんでいるのだろう。

「それなのに共に過ごした記憶をすべて忘れ、きみをたった一人で放りだしてしまった」

ノアの大きな身体が少し小さく見える。

「だけど悪竜が復活したいま、奴を倒さなくちゃいけない」

美咲に対する負い目や罪悪感を抑えこむようにヴィンセントが強い口調で言い、レインフェルドが少し間をあけて硬い表情で続ける。

「……また我々と共に、旅をしてほしい」

美咲は目を伏せた。

拒否する意図ではなかった。ただ、改めて口にされるとやはり多少なりとも心が波立っただけだ。

レインフェルドたちには美咲がいまにも泣きだしそうにでも見えたのか、辛そうに続ける。

「国王はこのたびのミサキに対する仕打ちに胸を痛めておられる。直接謝罪したいとのことだが、どうだろうか」

いまさら国王や神殿に謝罪されたところで、なんの意味もないと思った。かつて共に旅をした仲間から謝罪されても感情が動かないのに、召喚されたときにたった一度会っただけの国王に謝罪されたところでどうしろというのだ。

美咲は首を横に振った。

「いえ、それには及びません。お話は理解しました。私に求められていることも」

あまりに淡々とした美咲の態度に、レインフェルドは色んな言葉を無理やり呑みこんだように頷いた。

「わかった。国王や神殿にはこちらから伝えておく。それから美咲の立場についてだが、……今回は聖女の存在を大々的にふれまわるつもりだ」

以前の旅のときは聖女の存在は隠されていたが、今回はその力が立証されていることもあり、また、悪竜が復活したことを知った国民の不安も相当だろうと、その解消のためにシンボル的な存在を打ちだすのだという。

「今度こそ、必ず悪竜を倒す」

レインフェルドが強い決意を滲ませた声で告げる。

「私たちが記憶を失《な》くしたのは、悪竜の呪詛が原因だ。奴が倒れる間際、ミサキに呪いをかけた。そうだろ？」

美咲は頷いた。

悪竜が息絶える直前に口から放った光。あれこそがまさに呪いだった。

「今回は、呪詛をかけられる前に勝負をつける。もう二度と蘇らないように力を尽くす」

かつての仲間たちが真剣な眼差しで同意するように頷く。

「確実に仕留める。いや、絶対にそうしなければならない。失敗は二度と許されない」

レインフェルドたちの覚悟は相当だった。

自分たちが美咲にしたことを思えば、良心が痛むのだろう。だが勝手だとわかった上で美咲の力を欲するのは、彼らに責任感があり、国を守るために私情を抑えることができる立派な人物だという証拠だ。

人々の暮らしを、命を守りたい。平和を守りたい。

立派な志を持つ姿は、五年前と少しも変わらない。

強い想《おも》いをぶつけられても、美咲の心は不思議なほど凪《な》いでいた。彼らの決意とは別に、悪竜が復活したと知ってしまったいま、美咲の選択は初めから決まっていた。

「わかりました。私にできる限りの協力はします。よろしくお願いします」

守りたいものがあるのは、彼らだけじゃない。美咲にだって守りたいものがある。だから迷いはなかった。

また旅が始まる。

美咲はひっそりと覚悟を決めた。

◇◆◇

旅立ちの朝は、すっきりとした青空が広がっていた。

着替えが入った荷物を抱え、まだ人々が動きだす前の早朝、美咲はこっそりと家を出る。

街中には、まだ悪竜が復活した噂は広まっていないし、王宮の精鋭部隊で作られた一団が討伐に向かうことも内密事項だ。

民衆に不安を抱かせ、余計な混乱を招くのを防ぐためだ。

当然、美咲が聖女であり、旅の一団に加わることも知られてはいけない。

しかし悪竜の復活はいつまでも隠し通せるものではない。噂が広まれば、レインフェルドが言っていた通りしかるべきタイミングで聖女の存在を大々的に公表するとのことだった。

美咲は、日頃お世話になっている仕事先や近所の人たちに、急遽《きゅうきょ》、遠く離れた故郷に帰る用事ができたため、しばらくこの国を離れると説明した。マウロはキャメロが預かってくれる。

この旅が、どう転ぶかはわからない。悪竜を倒せるのか、またはこちらが負けるのか。戦いが無事に終われば、またここに帰ってこられるだろう。だが、みんなが美咲のことを覚えていてくれる保証はない。前回は、美咲に関わったすべての人の記憶から美咲の存在が消えていた。だから、今回だって、無事に悪竜を倒したところで、マウロたちが美咲を覚えていてくれるかはわからない。

「ミサキ様?」

心配そうな声で呼ばれ、ハッと我に返る。

女性が、美咲の顔を覗きこんでいる。

「お疲れですか?」

「大丈夫よ、リゼ。少し考えごとをしていただけ」

リゼは、美咲と同じ歳の可愛らしい女性だ。レインフェルドの家の女中で、前回の旅のときも、美咲の世話をするために同行していたが、今回もそうしてくれることになった。

目立たぬよう無事に王都を出立した一団は、現在、王都から少し離れた場所で一度目の休憩を取っているところだった。木の根元に座りこむ美咲に、水をくれたりと甲斐甲斐《かいがい》しく世話を焼いてくれる。

「あなたも疲れているでしょう？　私のことはいいから休憩してね」

リゼは、即座に首を横に振った。固い決意を滲ませた顔できっぱりと告げる。

「いいえ！　全く疲れてなどおりません！　私はまたミサキ様のお世話をすることができてとっても嬉《うれ》しいんです！」

握り拳を作り意気込む姿に苦笑する。

リゼはとても感情表現の豊かな女性だったが、それは五年近く経ったいまも変わりない。再会して顔を合わせた途端、号泣された。人目も憚《はばか》らず泣きじゃくり、美咲を忘れていた自分を責め、何度も何度も謝罪を繰り返してきた。

だが美咲は謝ってもらうよりも、会ったら一番にリゼに言いたいことがあった。

――婚約おめでとう、リゼ。

美咲の言葉に、リゼはぴたりと涙を止め、驚いた顔をした。美咲が知っているとは思わなかったようだ。

市井というのは、噂が広まるのが早い。どこから情報を仕入れてくるのか、貴族や上流社会の噂話はつきない。人から人に伝わるうちに話が飛躍し、原型を留めず根も葉もない噂になることもあるだろうが、悪竜を倒したことで、いまや人気者となった彼らを知らない者などおらず、彼らの動向は風に乗って自然と美咲の耳にも入っていた。

リゼの相手は、ノアだった。二人は前回の旅から仲が良く、もしかしたら、と美咲は感づいていたのだ。案の定、二人は旅の間に相思相愛となり、美咲が城下町で暮らすようになってからしばらくして、婚約したという話が耳に届いた。ノアは元は傭兵上がりの平民だが、レインフェルドたちと一緒に悪竜を倒したとして国の英雄扱いされていたし、そんなノアの相手が貴族令嬢や金持ちの娘ではなく一介の女中ということで、恋愛話が大好きな女性たちの心を鷲《わし》掴《づか》んだ。

ずっとおめでとうと言いたかった。だが、いまや聖女の肩書きもなくただの平民に過ぎない美咲が簡単に二人に会えるはずがなく、もし会えたとしても二人には美咲の記憶がないのだ。見知らぬ人から親しげに祝われても困惑するだけだろうから、直接祝福することはないだろう、と諦めていたことが、まさか実現できるなんて。美咲は心からお祝いした。リゼならきっと恥じらいながらも喜んで祝福を受けとってくれると思ったのに、なぜか泣きそうな、複雑そうな顔をされてしまった。

ともあれ、感動の再会を果たしたあとは、リゼはずっと献身的に美咲の世話をしてくれている。まだ初日なのにこの調子では、すぐに疲れてしまわないだろうかと心配になるほどだ。

前回の旅のときは、この世界の文化や風習がわからず手間取らせてしまった自覚はあるが、あれから数年の月日が流れ、美咲は普通の庶民生活を送ってきたのだ。自分の身の回りのことは自分でできる。だから再度、リゼに自身も休憩するようにと声を掛けようとして。

「うわ！」

突然、誰かの驚いた声がして、美咲とリゼは視線を向けた。

近くで荷物の整理をしていたらしい騎士が、足下を見たまま目を丸くして固まっている。美咲とリゼは顔を見合わせ、騎士のもとに近づいていった。

「どうしたんですか？」

背後から美咲が声を掛けると、ハッと騎士の呪縛が解ける。

「あ、聖女様、実は――」

「ミサキ！」

騎士の言葉を遮るように、明るい声が響いた。

とても聞き覚えのある子供の声。この場では絶対に聞こえるはずのない声に、美咲は騎士の背から覗きこむようにして、地面に転がる荷物に目を向けた。

「マ、マウロ!?」

食料や備品やらを入れていたと思われる麻袋の中からごそごそと這《は》いだしてきたのは、今朝方別れたはずのマウロだった。

「な、なにしてるの！」

驚きすぎて声がひっくり返ってしまった。マウロは美咲の前に立つと、自慢げに胸を反らした。

「なにって、ついてきてやったんだよ」

「ついてきたって、なんで……」

今朝部屋を覗いたとき、マウロはぐっすりと眠っていたはずだ。早くに家を出るからと、別れは昨日の夜に済ませていたし、起きたらキャメロのところに行くよう言いつけていた。

なのになぜ……。マウロは拗《す》ねたように唇を尖《とが》らせる。

「だって、なんかコソコソしてて怪しいからさ、故郷に用事とか絶対嘘だと思って。ミサキ、前に言ってたじゃん。もう家族はいないって。だからなんかあるなぁって思ったら案の定だった」

なんだか頭痛がしてきた。美咲は痛む頭を支えるように額に手を添える。

前になにかの拍子で語った言葉をマウロはしっかり覚えていたようだ。マウロは当然美咲の過去を知らない。日本という別の世界から来て、聖女として戦った過去なんて、マウロの前では必要のない情報だった。美咲の存在はなかったことにされているのだから、聖女だなんだと言ったところで、頭は大丈夫かと心配されるだけだっただろう。だが下手に誤魔化し隠してしまったせいで、余計に勘ぐられ、妙な使命感を与えてしまったらしい。

「なんか心配でついてきてやった」

ニカッと笑われ、美咲は脱力した。自身の詰めの甘さを嘆くべきか、マウロの無駄な行動力に慄《おのの》くべきか。一体どうやって人目を盗んで忍びこんだのか知らないが、現実としてマウロは目の前にいる。ついてきてしまった以上、対処しなければならない。

「ミサキ様、どうします？」

大人しく成り行きを見守っていたリゼが、困惑気味に尋ねてくる。美咲はため息交じりに答えた。

「とりあえず、相談しないと」

美咲一人では判断できない。不測の事態が起きた場合、隊の責任者に報告して判断を仰ぐのが定石だ。

心得たようにリゼは頷いた。

「そうですよね。レインフェルド様なら、クリストフ様と打ち合わせ中です」

美咲はリゼと騎士にマウロを一旦任せ、レインフェルドのもとに向かった。

打ち合わせ中と聞いていたが、すでに終わったのかレインフェルドは一人だった。大きな木の幹に背中を預け、手元の紙に目を落とし、難しい顔をしている。

相変わらず様になる横顔だった。

歴史ある大貴族の公爵位を継いだというのに、レインフェルドは今回も旅の責任者として悪竜討伐に参戦していた。いわく、レインフェルド以上の剣の腕前を持つ騎士が他にいないらしいのだ。

王族の次に身分が高く、剣の才能もあり、見目麗しい。レインフェルドにはなにもかも揃っていた。きっとその姿を見たほとんどの淑女が、淡い、または熱い恋心を胸に抱くだろう。よくわかる。美咲だって例外ではなかったのだから。かといってレインフェルドという人間を形作る表層だけに美咲は惹《ひ》かれたわけではなかった。

澄んだグレーの瞳は思いやりに溢れ、身分はすこぶる高いのに驕ったところはなに一つなく、誰に対しても平等だった。彼は生まれ持って与えられた地位に相応《ふさわ》しく、心根まで真の紳士だった。凛《りん》として堂々とした立ち姿に、美咲の心は否応なく惹きつけられたものだった。

ふと、美咲は自嘲する。

すべて過去のことだ。確かに彼に惹かれ、恋をした。だがあれからどれだけ月日が経ったのか。

現にいまはレインフェルドを見ても、あのころのようにときめきに頬が染まることも、胸がいっぱいになることもない。

ただただ、古き良き時代を懐かしむような哀愁が胸を掠《かす》めるだけだ。

「シルベスク隊長」

美咲の呼びかけに、レインフェルドはハッと顔を上げた。美咲の存在を認識すると、なにかに耐えるような苦しげな顔をする。

「……昔と同じようには、呼んでくれないんだな」

自嘲気味な声音だった。

「あたりまえか……」

レイ、と、笑顔でその名を口にしていた日々が蘇る。

親しいものだけに許した愛称を呼ばせてもらえることが嬉しくて、どこかこそばゆくて。口に馴染むまでしばらくの時間を要した。せっかくなんのてらいもなく呼べるようになったころ、美咲とレインフェルドは離れ離れになった。

レインフェルドが、あのころのように呼んでほしいと望んでいる。それは表情や雰囲気から、ありありと察せられた。だけどいま、美咲が馴れ馴れしくその名を口に乗せるのには抵抗がある。

悪竜を倒したあと、縋るようにレインフェルドの名を呼ぶ美咲に向けられたときの瞳をいまでも忘れられない。なんの熱も感じられず、ただ美咲を拒絶するだけだった。あの瞬間、美咲はレインフェルドの中で完全に、縁もゆかりもない他者だった。周りからも追い討ちをかけるように馴れ馴れしく呼ぶなと戒められ、レインフェルドが庇《かば》ってくれることはなかった。

苦しかった。あのときの悲しみを説明することなんてできない。きっと、生涯忘れることはないだろう。レインフェルドを前にすると、もしかしたら当時の感情が蘇るんじゃないかと不安になることもある。そしたら自分は、なにを口走ってしまうのだろう。いまさら言ってもしかたのない恨み辛みか。こんな状態で、昔のように親しげに呼びかけるなんてできるはずがない。

それに、美咲とレインフェルドの二人だけで旅をするわけではないのだ。当時の騎士の仲間たちはもちろん、今回は新たにサポートするために若手の騎士たちも同行している。美咲とレインフェルドの過去の関係を知らない者たちもいる中で、尊敬を一身に集める我らが隊長を馴れ馴れしく呼ぶなんて、変な勘ぐりをされる可能性のある真似《まね》は少しでもしたくなかった。

「……お話があるんですが、いま、いいですか？」

レインフェルドの呟きは聞こえないふりで、美咲は口を開く。

美咲が意図的にかわしたことに気づかなかったのか気づいていて見逃してくれたのか、レインフェルドは言いたいことを呑みこむように頷くと、「あぁ」と促した。

「少し困ったことになりまして」

「困ったこと？」

「はい、実は――」

「ミサキー！」

場に似つかわしくない子供の声が響き渡り、レインフェルドの整った顔が訝《いぶか》しげなものになる。

美咲がため息を押し殺しつつ振り返ると、リゼたちを振り切ったらしいマウロが駆け寄ってくるところだった。

「マウロ！　あっちで待っててって言ったでしょう」

「いいじゃん別に」

「よくない。私はあなたのことを相談しようと思って――」

「……ミサキ。この子は？」

いつもの調子でマウロと言い合っていた美咲は、ハッと我に返った。難しい顔をしているレインフェルドが美咲たちをじっと見ている。慌てて説明する。

「ごめんなさい、この子、いま私と一緒に暮らしてるんですけど、勝手についてきてしまったんです」

「一緒に？　この子と？」

目を見張るレインフェルドに、美咲はこくりと頷く。

「マウロといいます。それで、どうするべきか相談にきました」

美咲は眉を下げる。出発早々迷惑をかけてしまい申し訳なさが募る。だが自分一人では解決できないのだから、開き直って判断を仰ぐしかない。

レインフェルドは感情を読み取らせない真剣な眼差しで、マウロのことを見ていた。やがてスッと目を逸《そ》らした。

「……旅の日程にも人員にもあまり余裕がない。その子を送り届けるための人員は割けないし、一人で帰すのも無理だろうな」

マウロはまだ十歳だ。出発初日とはいえ、しばらく馬を走らせたためそれなりに王都から離れてしまった。たった一人で帰すなんてそんな不安なことはできないし、マウロ一人のために隊を逆戻りさせることもできない。どこかの宿に留めておいたところで、大人しく待っているとも思えないし……。

「オレはミサキについていくぞ！」

マウロが自信満々に言い切る。

「なんか危ないことしようとしてるんだろ⁉　ミサキは頼りないところがあるから、オレがミサキを守ってやる」

随分な言い草に呆気にとられる美咲の横で、レインフェルドは苦笑した。

「なかなか勇ましいナイトだ」

美咲は恥ずかしいやら申し訳ないやらで肩を縮める。勝手についてきておいて、その尊大な態度はどうなのだ。ややあって、レインフェルドは決断した。

「ついてきてしまったからにはしかたない。マウロ、といったな」

「うん」

「これは遊びじゃないんだ。ちゃんと我々の指示に従い、邪魔をしないと約束できるか？」

「もちろん！」

「わかった。なら、今回だけ特別に許可する」

途端に、マウロの顔がぱあっと晴れる。大喜びするマウロをよそに、美咲は浮かない顔でレインフェルドに問いかける。

「……いいんですか？」

レインフェルドは肩をすくめた。

「まぁ、旅にイレギュラーなことが起こるのは日常茶飯事だ」

「……すみません。余計なことはせず、大人しくしているように重々言い聞かせておきます」

美咲はぺこりと頭を下げた。込みあげるため息を呑みこみ、浮かれきっているマウロを促し足早に立ち去った。

◇◆◇

「では、なにかありましたらすぐにお呼びくださいね」

テントの出入り口のところでリゼは頭を下げると、外に姿を消した。テントの中に美咲とマウロだけが残される。

日中、馬に休憩を取らせながら距離を進め、最初の野営地に着いた。すでに夜もふけた現在、テントの外で夜ごはんも食べ終わり、あとは寝るだけだ。

見張りの騎士以外は各々割り当てられたテントで眠り、美咲もマウロと横になろうとしていた。

「マウロ、ほら、こっちにきなさい」

「えー、やだよ。なんでミサキと一緒のシーツを使わなくちゃなんないんだよ」

「あなたが勝手にきたんだから、わがまま言わない」

遊びで旅をしているわけではないのだから、できるだけ身軽に移動できるよう、備品は必要最低限しか用意されていない。必然的に美咲とマウロは同じ掛布を被《かぶ》って仲良く横になるしかないのだが、マウロはさっきからずっと渋っているのだ。十歳ともなると、妙な恥じらいが出てきて素直に受け入れられないらしい。出会ったころはよく一緒に眠っていたし、自ら率先してミサキのベッドに入っていたくせに。あんなに可愛いかったのに、やっぱり少しずつ成長していくんだなと若干の寂しさと感動を覚える。だが、今回はこれから突入するだろう思春期の複雑でセンチメンタルな心情を慮《おもんぱか》っている場合ではない。自業自得なのだから我慢してもらうしかないのだ。

「ほら」

一歩も引かない姿勢で掛布をめくりあげぽんぽんと敷布を叩くと、マウロは観念して入ってきた。

「子守唄でも歌ってほしい？」

「馬鹿にすんなよ」

どうやらからかいすぎたらしい。マウロは唇を尖らせたが、慣れない旅路で疲れていたのか、すぐに寝息が聞こえてきた。

額にかかる前髪をそっと払ってやりながら、ふっと笑みが浮かぶ。

マウロがついてきたと知ったときは驚き戸惑ったが、こうしてあどけない寝顔を見ているとホッとするのは確かだ。もう四年以上一緒に暮らしている。美咲にとってマウロは、苦楽を共にしてきた大切な家族のようなものだ。危険な道のりだと理解した上で旅に同行することを決意したが、慣れ親しんだ小さな温もりがそばにいると安心するし、もしかしたらもう会えないかもしれないと覚悟を決めて出立していたから、またこうして一緒にいられる嬉しさもある。

旅の目的を話すと、マウロは目を輝かせて興奮していた。悪竜が復活したというのに不謹慎極まりないが、危険性についての現実味がいまいち湧かないらしく、竜を倒すための旅、という冒険譚《たん》にばかり気を取られているようだ。

美咲は、マウロの額にそっと口づけた。小さいころは毎日のようにしていたのに、最近はさせてもらえなかったおやすみのキスを、眠っているのをいいことにこっそりする。驚かされた分、これくらいの意趣返しは許されるはずだ。少し気が済んで、自身も横になろうとした。そこに、外から声を掛けられる。

「――ミサキ。少しいいか」

レインフェルドの声だった。

思いもよらぬ人物の突然の訪問に、身体がびくりと震えた。一体なんの用事かと訝しみながらも、小さく「はい」と答える。

レインフェルドが入り口の布を手で払い、するりとテントに入ってくる。

美咲のそばですやすやと眠るマウロの姿を見ると、一瞬目を見張り、苦笑した。

「もう寝たのか」

「はい。疲れたんだと思います」

無理もない。一度も王都を出たことがなく、旅の経験などないのだ。旅慣れていない美咲とマウロを気遣ってか、休憩はこまめに挟んでくれるが、一日中移動するのは想像するよりずっと大変だ。しかも乗り慣れない馬での移動だ。終日元気な様子だったが、横になった途端、自分でも意識していなかった疲れが襲ってきたのだろう。五年前に一度、長旅の経験がある美咲でさえ、今日は身体が重い。

「仲がいいんだな」

物音を立てないよう、ゆっくりと美咲たちのそばに座ったレインフェルドが、美咲がマウロの頭をそっと撫でる様子を見つめながら自嘲気味に笑う。

「私たちは随分と嫌われてしまったようだが」

反応に困り、すぐに言葉が出なかった。

話の流れで、美咲が聖女であること、五年前、仲間たちと悪竜を討伐したこと、そして代償に仲間たちに忘れられてしまったことを知ったマウロは激しい嫌悪感を示した。態度と言葉、はっきりと子供らしい潔癖さで彼らを責め立てた。

——なんだよそれ！

怒りのあまり顔を真っ赤にするマウロを美咲は窘める。

——やめなさい、マウロ。

——ミサキは平気なのかよ、自分たちの都合のいいときにばっかり利用されて！

利用、という言葉は美咲の胸と、そして仲間たちの胸もぐさりと抉《えぐ》った。誰もがなにも言えない中、マウロの興奮は収まる様子がない。

――そうやって、自分たちが悲しい顔をしたらミサキが許してくれると思ってるんだろ。ミサキはお人よしだからな。でも、ミサキが許しても、オレは許さない！

マウロの同行が決まったとき、こうなることは予想できた。そして美咲は、それを見たくなかった。予想は的中し、いやそれ以上に、マウロの、仲間たちに対する態度は厳しかった。

他人から責められる仲間の姿を、いまになって見たかったわけじゃない。皆、マウロに一切反論はしなかった。なにを思って甘んじて受け止めていたのか、美咲にはわかった。

沈黙が流れる中、動いたのはノアだった。

――マウロ、きみの怒りはもっともだ。

ノアは膝をつき、マウロと視線を合わせる。

――きみがこの数年、ミサキを支えてくれていたんだな。ありがとう。

強面で大柄な男性に距離を詰められ一瞬怯えた表情を見せたマウロだが、誠意のこもった穏やかで優しい言葉と眼差しに肩の力を抜く。

少し落ち着きを取り戻したマウロに、美咲はホッとする。どうやって場を収めるべきか悩む美咲の心情を慮ってくれたのだろう。過去の旅でも、ノアはいつもさりげなく美咲を助けてくれた。ありがとうと視線を送ると、ノアは優しく目を細め小さく頷く。

――マウロが怒るのは当然だ。

リュシーが神妙に呟く。

――許してくれとは言わない。だが、ミサキと共にいてくれたことには感謝する。

クリストフが続け、ヴィンセントが同意するように頷く。

――マウロ。

レインフェルドが片膝をつき、マウロの肩に手を置く。

――私たちは取り返しのつかないことをしてしまった。きみの言う通り、許されることではない。私たちは心から悔いている。

いまや国の英雄扱いされている立派な人物たちの態度に戸惑ったのか、マウロは美咲に一度視線を寄越すとぷいっと顔を背け走り去ってしまったが、マウロが面と向かって抗議したのはその一度だけだった。

「失礼なことを言ってごめんなさい」

「いや」

レインフェルドは首を横に振った。

「マウロの反応が正しいんだ。――きみは責めないいんだな」

「……」

「私だけじゃない。皆思っている。いっそ責めて詰《なじ》ってくれた方がどれほど楽か……。これも勝手な言い分だな」

レインフェルドが顔を歪め笑う。

レインフェルドたちがマウロの責めを黙って聞いていたのは、美咲が彼らを責めないからだ。わかっていた。だが、美咲は彼らを責めるつもりはなかった。

いつも真っ直ぐ前だけを見て堂々としたレインフェルドの、どこか弱気な姿はあまり見たことがなかった。しかし、美咲と再会してからの彼は、いつも影を背負っている。そんなふうにさせているのが自分だと思うと、胸に苦いものが広がる。

「……しかたなかったんだと思います」

美咲がぽつりと呟く。レインフェルドの視線を感じる。

「あのとき、みんな必死に戦っていたのを私は知っています。誰のせいでもない。私にかけられた呪いは、あのときの状況だと防ぎようがなかった」

誰もが初めて直面する状況下で、手探りながらやっとのことで荒れ狂う竜を倒したのだ。まさか最後に呪いをかけるなんて思ってもみなかった。

美咲だってすぐに納得できたわけじゃない。初めは辛かった。どうして私のことを忘れたのかと恨んだり悲しかったり、負の感情に呑みこまれそうになった。だけどみんなのせいじゃないこともわかっていた。誰も責められないことが尚更《なおさら》苦しかった。

いまはもう、ぐちゃぐちゃで、自分でも感情を制御できなかったどん底から這いだしている。だから、今回の旅も大人しく従うことができたのだ。

「昔はいきなり召喚されてなにがなんだかわからないままでしたけど、今回は違います。自分の意思で同行しています」

「自分の意思？」

美咲は頷き、そばで眠るマウロの頭をそっと撫でた。

「守りたい人たちがいるから」

どうしようもなく辛かった時期、美咲のそばにいてくれた人たち。マウロだったり、街の人だったり、マウロの父親だったり。美咲は彼らに自身の境遇をすべて話したわけじゃない。不審に思うこともあっただろうに、詳しいことは聞かず、ただ、自分たちの日常の中に美咲を迎えてくれた。

どれだけ救われただろう。なにも恩返しできなかったけど、いま、できることがある。美咲は、お世話になった人たちが送る何気ない日常を守りたい。

「だから、もう気にしないでください。私も微力ながら頑張ります。過去のことは忘れて、旅の仲間として、また一緒に頑張りましょう」

レインフェルドは優しい人だと知っている。王族側の独断で召喚された美咲に深い同情を寄せてくれた人だから、今度は美咲に対する罪悪感で苦しい思いをしているのも伝わってくる。共に行動すれば、お互い傷がどんどん抉られていくだけなのだろう。それでも一緒に旅をしないという選択肢を取ることはできない。自分たちにできるのは、課せられた任務を必ず遂行することだけ。決して、レインフェルドに辛い思いをさせたいわけじゃない。少しでも心が軽くなればと笑顔を向けるが、レインフェルドは眉根を寄せる。

「仲間、ね……」

自嘲気味に呟く。

「もう、きみにとって私は、過去の人間なんだな」

なにも言えない美咲に、レインフェルドはためらいを打ち消すように口を開く。

「ミサキ、私は」

「ん〜」

マウロが寝返りを打った。二人揃って、ハッと視線を向ける。まぶたは閉じられたままで、起きた気配はないことにホッと息を吐く。

「……ごめんなさい。マウロが起きるかもしれないから」

そっと目を伏せて呟くと、レインフェルドはなにか言いたげに口を開いたが、諦めたように首を横に振った。

「……そうだな。邪魔して悪かった」

レインフェルドは身体を起こし、テントの外に出ていく。

とても頼りになって広いはずのその背中がどこか小さく見えた気がして、ギュッと拳を握りしめる。

「――おやすみなさい」

囁《ささや》きは、誰にも届くことなく夜の静寂に消えていった。

◇◆◇

美咲が違和感に気づいたのは、旅が始まって二、三日経ったころだった。

旅の移動は、馬を使う。騎士たちは乗り慣れているが、美咲やマウロ、そして女中のリゼは一人で乗ることができず、誰かの馬に乗せてもらうことになる。

美咲は女騎士であるリュシーに。マウロは日によって色んな人を渡り歩いている。そしてリゼは、クリストフだったりヴィンセントだったり……。

美咲は首を傾《かし》げた。

違和感の正体はリゼだ。リゼは以前の旅のとき、ノアと一緒に馬に乗っていた。仲睦《なかむつ》まじく相乗りする姿を微笑ましく見ていたものだ。今回だって、当然そうなるはずだ。二人は婚約しているのだから。

なのに、まだ一度も二人が一緒にいるところを見たことがない。

「……ねぇ、リュシー」

休憩のため馬上から地面に下りたところで、馬のロープを木にくくりつけるリュシーに問いかける。

「ん？　どうしたミサキ」

「リゼとノアは、ケンカでもしたの？」

「え？」

「だって、なんかよそよそしいから」

一人休憩しながら愛馬の世話をしているノアと、マウロと話しているリゼに視線を送る。二人の距離は、今回の旅が始まってからいつも遠い。

一体なんのことかとキョトンとしていたリュシーは、美咲の言いたいことがわかると苦笑した。

参ったな、とばかりに頭をかく。

「あの二人、特にリゼは真面目だからね。まぁ、多分だけど、自分が許せないんじゃないかな」

「許せない？　なにが？」

ますます首を傾げる美咲に、リュシーはハッとしたように口を噤《つぐ》み、口元を手で覆った。

「いや、悪い、ミサキが気にすることじゃない」

明らかに様子がおかしくて、美咲は気づく。二人の違和感の原因は自分にあるのだと。

気まずそうなリュシーに問い詰めるのも違うのかもしれない。しかし二人のことが気になってそのままにしておくこともできない。

「もし私に原因があるとしたら、知らないふりはしたくない」

動揺する美咲の頭を、リュシーは優しく撫でた。

「ミサキは昔と変わってないな。いや、優しいだけじゃなくて、昔より逞しくなったのかな。だけど、私たちはだめだな」

自嘲気味に笑うリュシーに、美咲の胸がちくりと痛む。

あぁ、まただ、と思う。再会してからずっと、みんながみんな美咲を前にすると腫れ物に触るような態度をする。あからさまではない。一見すると普通に会話しているのだが、言葉の端々に以前にはなかった壁を感じる。まるで罪悪感を持て余したように、苦しそうで。

「あのね、リュシー。みんなもそうなんだけど、私に対して変な壁は作らないでほしい」

「……ミサキ」

再会当初はお互いギスギスしていたが、彼らの空気感は五年前と何ら変わっておらず、美咲はそのことに懐かしさと安堵《あんど》を覚えた。

別にみんなに意地悪をしたいわけではない。

以前の旅で、みんながどれだけ美咲に心を砕いてくれたのかちゃんと覚えている。

だからできれば、旅を円滑に進めるためにも以前と同じように接してほしい。

確かに悲しい思いはしたけれど、仲間たちが悪いわけではない。美咲は仲間たちのことを嫌いになったわけではなく、胸にあるのは以前と変わらぬ親愛だ。

「私、いまでもリュシーのこと友達でありお姉ちゃんみたいに思ってる」

リュシーは泣き笑いのような顔で言った。

「私もミサキのことは友達であり妹みたいに思ってるよ。……辛い思いさせて悪かった」

美咲は静かに頷いた。

たった数日で五年近い空白を一気に埋めるなんてできないが、それでもこうして話すことで少しずつ以前の関係性に戻れたらいい。

リュシーは、ふっと息を吐き、気を取り直すように美咲の頭をポンポンと叩いた。

「でもあの二人のことで、ミサキが気に病むことはない。そっとしておいてやれ」

そんなふうにリュシーは締めくくったが、到底放っておけるはずがない。

美咲のせいであの二人が微妙な空気になっているなんて、とても悲しいことだ。知ってしまったからには、このままでいられるわけがない。

「リゼ、ちょっといい？」

夕ごはんを食べ、あとは明日に備えテントで眠るだけになり、美咲はリゼを呼びだした。といっても戦闘力皆無の二人だけで集団から離れるのは危険だから、みんなの姿が目に入る距離だ。

「ミサキ様。どうしました？」

二人きりになると、リゼは不思議そうに首を傾げた。

「あのね。ちょっと、聞きたいことがあって」

「私にですか？」

全く心当たりがないのかますます不思議そうにするリゼに、美咲は少しためらったが、思い切って尋ねた。

「ノアと全然喋《しゃべ》ってないようだけど、どうして？」

いつも朗らかな顔をしているリゼの顔が、瞬時に強張った。

「ミサキ様の気のせいです、いつも通りですよ」

声音も硬い。

「本当に？　私に気を遣ってるんじゃない？」

よく観察しているうちにわかったのだが、リゼの方がノアを積極的に避けているのだ。極力接しないようにしているのが、見ているとわかる。ノアはときおり、切なそうにリゼに視線を送っているのに。

実はノアに、リゼとなにがあったのか尋ねてみた。しかしノアはなにも答えなかった。ただ困ったように笑うだけだった。

「もし、もしもだけど、私になにか理由があるなら教えてほしいの」

美咲が原因で大切な二人の間に亀裂が生じているのなら、こんなに悲しいことはない。なんとして二人には以前のように仲睦まじい姿を見せてほしい。大柄で、一見すると強面《こわもて》だけど誰より優しいノアと、自分のことより他人を優先する、思いやりに溢れたリゼ。二人が一緒にいることで醸しだす柔らかな空気がとても好きだった。

懇願するように、リゼの両手を包みこみ握りしめる。

リゼはしばらく唇を噛《か》みしめ黙っていた。辛抱強く待っていると、掠れた声で口を開いた。

「……私、ミサキ様とレインフェルド様が、お二人で過ごされているのを見るのが好きでした」

突拍子のない告白に、動揺する。なぜいまここで、自分とレインフェルドの名前が出てくるのか。

問いかける前に、リゼは続ける。

「レインフェルド様は、私のような下っ端にもお優しく接してくださる、とてもご立派な方です。いつだってそのお立場に相応しい人間になるため、気を張っておいででした。それはお仕事が終わり、お屋敷に帰ってからもそうで……。このお方に心が休まるときはあるのかと、僭越《せんえつ》ながら案じておりました」

レインフェルドは、常に完璧を求められている。名門貴族の当主として、トップレベルの腕前を持つ騎士として。そこにレインフェルド個人の感情は必要とされない。皆がレインフェルドに求める理想像に応え、期待を上回る成果を出してきた。

それこそ、国王に仕える臣下としてあるべき姿なのだろうが――。「でも」とリゼは続ける。

「ミサキ様といらっしゃるときは、とても肩の力が抜けていて、年相応の普通の青年に見えたのです」

「……」

「レインフェルド様の、あんなに穏やかで幸せそうなお姿を見られるのは、ミサキ様がおそばにいらっしゃるときだけです。そんなお二人が離れ離れになって辛い思いをされているのに、私だけ幸せになるなんてできません」

「リゼ……」

美咲は、言葉に詰まってしまった。

ここまでリゼが思いつめていたなんて、知らなかった。自分という存在そのものが、みんなの心の傷になっていることを改めて突きつけられた。

「昔、ミサキ様は私のことを応援して、背中を押してくださいました」

覚えている。仕事熱心なリゼが、ときおり気が抜けたようにボーッとしているとき、視線の先にはノアがいた。ノアが絡んでいると、リゼの雰囲気が少し変わるのを肌で感じ、美咲はリゼの想いにすぐに気づいた。

大好きな二人がうまくいってくれればいい。当時十七歳で恋愛事に興味がいきやすい年ごろだったこともあり、美咲は無邪気に張りきり、リゼの恋に協力した。二人が話をしやすいようにしたり、リゼの相談に乗ったり。些細《ささい》なことではあったけれど、結果的に二人がうまくいったとき、自分のことのように喜んだのをいまでも覚えている。

「それなのに、私は、なにもかもすっかり忘れてしまいました」

リゼが、目に見えて肩を落とす。

「ミサキ様がお辛い思いをされているとき、のうのうと幸せに暮らしていたのです」

ギュッと唇を噛みしめるリゼの姿に、本当にいい子だなと場違いなほど穏やかな気持ちになった。真面目で優しくて。いつだって自分のことより美咲のことを優先してくれる。なんの縁もゆかりもなく、ただ仕事で命じられて美咲の世話をしているだけだったはずなのに。いつしか打ち解けあい、誠実に美咲に接してくれる。

ノアもリゼの胸中が痛いほどわかったのだろう。この二人はとても似ている。呆れるほどお人よしで、包容力があって。ノアはリゼの気持ちを慮って、距離を取っていたのだろう。

二人とも、五年近く経っても昔と変わらない。心の温かさに触れて、泣きたくなるほど嬉しかった。

リゼの手を握る指先にそっと力をこめ、顔を覗きこむ。

「私ね、嬉しかったの」

微笑む美咲に、リゼは僅かに首を傾げる。

「あなたとノアが婚約したって噂を聞いて、とても嬉しかった。——嬉しいと思える自分が、嬉しかった」

誰もが美咲のことを忘れ、一人になった。みんなのことを考えると、醜い感情が燻《くすぶ》ったりもした。自分が嫌になった。だけど二人の話を聞いたとき、真っ先に湧き上がったのは喜びだった。そんな自分に、心の底からホッとしたのだ。

「それにね、この五年間辛かっただけじゃない。私にはマウロや、私を支えてくれる人たちがいたの。だからあなたが罪悪感を抱くほどひどい毎日を送っていたわけじゃない。とても幸せだった」

本心からの言葉で、自然と笑みが浮かぶ。リゼの目に、みるみる涙がたまっていく。

「だから、私に二人のことを祝福させてほしい。本当におめでとう。幸せになってね」

「ミサキ様――っ」

両手で顔を覆い、リゼは俯いた。大粒の涙をこぼすリゼの頭を胸に抱き寄せ、背中をさする。

リゼはしばらく泣いていた。ありがとうございます、と何度も呟きながら。

◇◆◇

「二人とも、待ってくれ」

レインフェルドに呼び止められたのは、朝食を済ませ、出発のためリュシーの馬に乗ろうとするときだった。

「どうしたレイ」

リュシーが問いかける。

「ここから先、ミサキはリュシーと一緒に乗らない方がいい」

「え？」

神妙な顔で突然なにを言いだすのだろう。ぽかんとしていると、そばにいたクリストフやヴィンセントたちも近づいてくる。

「ずっと気になっていた。ミサキ、疲れているだろう」

レインフェルドの指摘を、すぐに否定できなかった。毎日馬で移動しているのだ。こまめに休息を挟んでくれているとはいえ、乗り慣れない美咲には辛い道のりだ。でもそれはマウロやリゼ、美咲を乗せてくれているリュシーにも言えることだ。

「マウロやリゼはコツを摑んでいる。背後の人間に体重を預けたりして、自身があまり疲れないようにうまく調整しているんだが、ミサキはそれができないだろう」

無事にノアと話し合い、元の鞘《さや》に戻ったリゼは大柄なノアと一緒だし、マウロは小さいので体重をかけてもあまり問題はない。だが、美咲はリュシーと乗っている。立派な女騎士で馬の操縦は慣れたものとはいえ、やはり男性とは筋肉や骨格の作りが根本的に違う細身のリュシーに、気を遣ってしまうのは事実だ。

「一応、リュシーも女だからな」

余計な一言を放ったヴィンセントの頭をリュシーは容赦なく叩いた。

「一応ってなんだ。だけどレイの言う通りだ。残念ながらこのまま進むのはお互いに無理がある。まだ先は長いからな。少しでも体力は温存しておいた方がいい」

「……じゃあ、クリストフかヴィンセントにお願いしてもいい？」

言いたいことは理解した。美咲だってリュシーに無理を強いるのは本意ではない。

「私とヴィンセントの馬にミサキは乗れない」

クリストフの言葉に美咲は押し黙った。二人の馬は気性が難しく、自分が主《あるじ》と認めた人間しか乗せようとしないのだ。残念ながら美咲は受け入れてもらえず、リゼも同じだったはずなのにこの数年で信頼を勝ち取ったようで、マウロは子供特有の純粋さからか、初対面にもかかわらず乗せてもらっていた。

「それに……、さすがにレイが気の毒だ」

クリストフが苦虫を噛み潰したような顔をして呟く。レインフェルドは視線を落とした。全員同じ意見なのか、互いの顔を見合わせ、なんとも言えない表情で黙りこくってしまう。

前回の旅のとき、美咲はレインフェルドと常に一緒にいた。だけど今回は状況が違うとみんな理解してくれていると思っていた。それなのに急にこんなことを言われて戸惑っていると、

「ミサキ」

レインフェルドが意を決したように顔を上げ、切りだす。

「私の馬に乗ってくれ」

「……」

美咲はすぐに返事ができなかった。

「私の馬なら問題ない。ミサキにとても懐いていたから」

確かに過去の旅ではレインフェルドの馬とよく触れ合い、心を通わせた。馬は記憶力がとてもいいというから美咲のことも覚えているだろうし、受け入れてくれるはずだが――。

「じゃあ、決まりだな」

リュシーが美咲の背中を押した。僅かに前のめりになる。

「え、ちょっとリュシー！」

まだ話はまとまっていなかったはずなのに。戸惑い抗議する美咲に、リュシーは申し訳なさそうに肩をすくめる。

「悪い。でもミサキの体調のためにもその方がいい」

そう告げると、リュシーたちはその場を去ってしまった。

なんとも言えない沈黙が流れ、ややあってレインフェルドが口を開く。

「……すまない。だが、きみの身体が心配なんだ。我慢してくれ」

レインフェルドの表情には、美咲の心情を気遣ってか、罪悪感が含まれていた。態度には出していなかったはずの美咲の疲労にいち早く気づき、美咲のためを思って提案してくれたのだから、彼を責めるのは間違っている。むしろ気配りに感謝してもいいくらいだ。

他の騎士たちも遠巻きにこちらを窺い、出発を待ってくれている。隊のリーダーであるレインフェルドがこれが最善だと決めたのなら、いつまでも駄々を捏《こ》ねて出発を遅らせるわけにはいかない。

美咲は諦めて先を歩くレインフェルドのあとをとぼとぼとついていく。レインフェルドの愛馬は艶々とした茶色の毛並みが特徴の、筋肉質で凛々しい馬だった。五年近く経ったいまも変わらず、主同様、堂々とした佇《たたず》まいをしている。

「ミサキ、手を」

先に騎乗したレインフェルドが馬上から手を差しだしてくる。踏み台がなければ一人で馬に乗ることすらできず、本来なら世話をされる側のレインフェルドの手を煩わせるのが申し訳ない。

ふと、視線を感じた。今回新たに旅に同行することになった複数の騎士たちだ。美咲が顔を向けると視線を逸らされたが、決して友好的な雰囲気ではない。

「あの、私……」

やはりレインフェルドと騎乗するのは遠慮しようとしたが、彼は言葉を遮るように美咲の手を取った。グイッと引っ張りあげられる。

美咲たちが騎乗すると隊が動きだすのを、馬に揺られながら確認する。背後から伸びる逞しい腕、美咲をすっぽりと包み込む広い胸。リュシーとは全く違うそれらに懐かしさを感じて、雑念を振り払うようにギュッと目を閉じる。

「……疲れたら、寄りかかっていいから」

親切で言ってくれた言葉を、昔は恥じらいながらも受け入れていた。しかし、いまはそうするわけにはいかない。美咲は極力体重をかけないよう、全身に力を入れていた。

レインフェルドと馬に乗ることになり、数日が過ぎた。旅は概《おおむ》ね順調らしく、特に大きな問題もないまま悪竜の住処《すみか》へと向かっている。王都からだいぶ離れたこともあり、景色は緑が多く田舎道を進む。美咲はこの国の地理や貴族の勢力図をよく知らないので、誰が治めている領だとか説明されてもあまりピンとこなかった。

「ここで休憩する」

レインフェルドが馬を止める。

先に下りたレインフェルドが手を差し伸べてくる。美咲はためらったが、この高さから一人で下りるのはまだ不安があり、結局はレインフェルドの助けを借り馬から下りる。

足が地面に着くと、ホッと安心した。身体の節々が痛み、グッと伸びをする。

「身体は大丈夫か？」

気遣いの言葉を掛けられ、美咲は頷く。

一人で馬の乗り下りもできず、結局は五年前と同じくレインフェルドになにからなにまで世話をしてもらっている自分が情けなく、ため息が出そうになる。

当たり前に馬に乗れる人たちを尊敬する。こんなことになるなら練習しておけばよかった。もう馬に乗る機会なんてないと油断していた。マウロは馬に乗れる興奮の方が勝っているらしく、あまり疲れは感じていないみたいで羨ましい限りだ。

「ミサキ！」

マウロが声を弾ませながら駆け寄ってきた。

「あっちにきれいな小川があるんだ！　早く来て！」

美咲の腕を掴み、グイグイ引っ張っていくマウロに、レインフェルドは苦笑気味に声を掛ける。

「あまり遠くには行くなよ」

注意を背中に受けつつ、マウロに導かれるままたどり着いた小川は、あまり深くなく、穏やかな流れをしていた。きらきらと太陽の光に反射する水面、小魚の影。そっと手を入れると、ひんやりとした冷たさが肌にしみた。

「気持ちいい」

顔を綻ばせる美咲に、マウロは胸を張った。

「だろ？　いい水に触れたらすっきりするぞ。最近ミサキ、疲れてるみたいだったからな」

「マウロ……」

まさか気づかれていたなんて。

レインフェルドと共に馬に乗るのは、完全に寄りかかれないという点ではリュシーと同じなのだが、やはり安定感があり身体は少し楽だった。しかし、心は常に緊張していた。美咲だけではなく、レインフェルドもそうだった。二人の間にどこか張りつめた空気が漂っているのを、互いに感じていた。だがどうすることもできず、身体に余計な力が入るばかりだった。

心が疲弊していたからか、思わぬ優しさに感動してしまう。やんちゃでいたずら好きで、何度手を焼かされたかしれない。でもマウロは人の気持ちに寄り添うことができる優しい子に育ってくれた。それがなによりも嬉しい。いまは亡きマウロの父親もきっと喜んでいるはずだ。

「ありがとう。いい気分転換になったわ」

笑いかけると、マウロは得意げに鼻をかいた。

「じゃあ、そろそろ戻りましょうか」

マウロと連れ立って元来た道を歩く。いまはもう使われていないと思われる、朽ち果てた小屋に通りかかったとき、話し声がして思わず足を止めた。騎士が二、三人、脆い壁に寄りかかって休憩している。

「しかし、隊長も一体なにを考えてるんだか」

「聖女様がどれほどのもんだよ」

立ち聞きはよくないからと早く立ち去ろうとしたのに、話題が自分のことだと知り、動けなくなった。

「馬も乗れないなんて、足手まといもいいところだ」

痛いところを突かれ、俯く。美咲もそれは申し訳ないと思っていた。以前の旅のときも少しは練習しようとしたのだが、どうにもうまくいかなかった。生来の運動音痴からかバランスがうまくとれないのだ。支えがないと乗れず、何度か馬上から落ちそうになったこともある。落ちこむ美咲をレインフェルドはいつも笑いながら慰めてくれていた。あれから全く練習していなかったのだから、いまも当然乗れるはずがなく、騎士たちだけで進むよりも日数がかかっている。

「天下のレインフェルド・シルベスク公爵が女に傅《かしず》く姿は見るに堪えないな」

傅く、は言い過ぎだと思うが、レインフェルドが美咲に色々と心を砕いてくれているのは確かだ。常に美咲の体調を気遣い、不便がないよう手を回してくれる。それを騎士たちは快く思っていないのだろう。いま話している騎士たちは、前回の旅のときにはいなかったと記憶している。美咲が悪竜の瘴気を払えることを知識として理解はしていても実感がないはずで、レインフェルドを尊敬しているからこそ余計に、いまのところ特になんの役にも立っていない美咲を尊重する態度が気に入らないのだと察した。

「別に取り立てて美人ってわけでもないよな。悪竜の呪いだなんだって言ってるけど、地味だから忘れられたんじゃねぇの」

鼻で笑うような声が響く。

「……マウロ、行こう」

聞いていられなかった。美咲一人だけがなにか言われるのはまだ我慢できるが、美咲のせいでレインフェルドの名誉にまで傷がつけられているみたいでショックだった。美咲はマウロの手を握って歩みを促そうとしたが、パシッと払いのけられる。

驚いてマウロを見ると、止める間もなく騎士たちの前に飛びだした。

いきなり現れたマウロに、騎士たちは呆気にとられている。その後ろに美咲の姿を認めて、一様にしまったという顔をして目を逸らした。

「お前ら！　ミサキのこと悪く言うな！」

マウロが吠《ほ》える。

「どう考えたって、忘れた奴らが悪いのに、なんでミサキが悪く言われなくちゃいけないんだよ！　だいたい、お前らにミサキのなにがわかるんだ！　ミサキは誰よりもきれいなんだ！　優しくて、強いんだからな！」

顔を怒りで真っ赤に染め、マウロは叫んだ。

「ミサキに謝れ！」

興奮が頂点に達したのか、マウロの瞳から、ポロリと涙がこぼれた。止まることなく次から次へと頬を流れていくのを、マウロはごしごしと手の甲で拭う。

自分の感情に素直なマウロは、美咲がうまく感情を表現できないとき、いつも代わりに泣いてくれた。そうすると自分のことは二の次になり、マウロをなんとか慰めなければと頭がいっぱいになった。美咲は、そんなマウロにこれまで助けられてきた。

「おい、泣きやめよ」

騎士の一人が苛立《いらだ》たしげに言った。

「目立つだろ。誰かにバレたらどうするんだ」

小声で辺りをキョロキョロする。確かに、誰かに見られては都合が悪い状況ではある。しかしマウロには、騎士の事情など関係ない。

「うるっせぇ！　騎士のくせに小心者なんだな！」

「なんだと！」

プライドが傷つけられたのか、カッとなった騎士がマウロに摑みかかろうとする。美咲は咄嗟に二人の間に入った。

「やめてください！」

「おい、やめろって」

さすがにまずいと思ったのか、他の騎士たちが激昂《げきこう》する騎士を止めに入る。しかし興奮は収まらないようだ。間に入った美咲の腕を「邪魔だ！」と摑んできた。

「――――！」

体格差を配慮することなくグッと込められた力の強さに、美咲は息を呑み、声もなく固まったときだった。

「……なにをしているんだ」

凛と張りつめた、空気を冷やすほど低い声に、場が一気に静まり返る。

「隊長……」

騎士の一人が震える声で呟いた。

レインフェルドは冷たい眼差しで近寄ってくると、美咲の腕を摑んでいた騎士の腕を捻《ひね》り上げた。

「うっ！」

「一体お前たちはなにをしていたんだと聞いている」

いままで聞いたことのないような、温度の感じられない声音だ。声を荒らげているわけではないのに、ぴりぴりとした怒気が肌を刺す。

こんなレインフェルドは知らない。どんなときだって冷静で、仲間思いで。誰かに負の感情をぶつけたりするような人ではなかった。

「こいつらが、ミサキのことをバカにしたんだ！」

常にないレインフェルドの様子から、美咲はできるだけ穏便にこの場を収めようと思ったのに、マウロが火に油を注ぐようなことを言う。

「マウロ、黙ってなさい」

「なんでだよ。こいつら、隊長への不満も言ってた」

「それは私が悪いの！」

美咲の存在が、隊全体の雰囲気をおかしくして、レインフェルドの威厳に影を落としているという事実が胸に鋭く刺さる。彼らはレインフェルドを尊敬しているからこそ、なんの変哲もない人間に心を砕いているのが許せないだけだ。聖女だと言っても、いまのところはただのお荷物な美咲しか知らないのだから、無理もない。

旅はまだまだ続くのだ。美咲のことなんかで、足並みを乱すわけにはいかない。

「シルベスク隊長。ちょっと行き違いがあっただけなんです。お騒がせしてごめんなさい」

美咲は口角を無理に上げて笑みを浮かべ、頭をぺこりと下げた。

レインフェルドはしばらく鋭い眼差しで騎士たちを睨《にら》みつけていたが、やがて息を吐いた。

「……ミサキに免じて、ここは引くが。騎士として、恥じない行動をしろ。次はないぞ」

「は！」

とりあえず場は凌《しの》げたようで、ホッと胸を撫で下ろす美咲の隣で、マウロはまだ仏頂面をしていた。

◇◆◇

「ミサキは甘すぎる」

腕を組み、あぐらをかいた体勢で、マウロは憤慨していた。

鼻息荒い様子に、美咲は寝床を整備しながら「はいはい」と苦笑する。

マウロは昼間、騎士たちと一悶着あってから今日一日ずっと機嫌が悪かった。騎士たちの態度がよっぽど許せなかったらしい。夜になり、テントに入って後は寝るだけという段階になっても怒りは収まる気配がない。

美咲が表立って気にした態度を見せないのも、腹立ちの一因のようだ。

「なんでそんな普通なんだよ。悔しくないのかよ」

美咲が発端で騒動になったことを申し訳ないとは思っても、美咲自身に関して言えば、痛いところを突かれただけで特にそこまで気にしていない、なんて言えば、マウロは余計に怒ってしまうだろうか。

「私は大丈夫よ。だって、マウロが代わりに怒ってくれたもの」

マウロは、ぐっと言葉に詰まった。美咲はにっこりと微笑む。

「ありがとう」

「別に……、当然のことをしただけだし……」

正面から礼を言われ照れたのか、マウロはもごもごと口の中で呟いている。微笑ましい姿に目を細め、「さ、もう寝ましょう」と促す。

まだ納得していない様子でなにやらぶつぶつ呟いていたが、渋々横になるマウロの身体に掛布を被せる。睡眠を誘うようにポンポンとお腹を叩けば、ギロッと睨まれた。

「子供扱いするなってば」

「はいはい、ごめんなさい」

美咲はくすくす笑い、手を引っ込めた。

可愛い。こんなことを言ったら怒られるとわかっているが、美咲にとってマウロはいくつになっても可愛い子供のままだ。ついつい同じようなことをして、何度も怒られている。もはや母親の心境に近い。それもしかたないだろう。もうかれこれ四年以上寝食を共にし、マウロの父親が死んでからは二人三脚で頑張ってきたのだから。

「おやすみなさい」

美咲も掛布の中に入って目を瞑ろうとして、ふと、外が騒がしいことに気づいた。

掛布をめくって起き上がると、マウロも気づいたようで隣で身じろぐ。

「なんかうるさくないか？」

「そうね……」

夜は見張りの騎士以外はみんな休息を取るため、虫や動物の鳴き声が聞こえる以外は基本的に静かだ。なのに、今日は外からバタバタと騒々しい物音がして、次第に激しくなっていく。

「ちょっと見てく――」

「ミサキ様！」

いきなりリゼが飛びこんできた。寝間着姿で髪も乱れているのを見るに、休んでいたところを慌てて起きたという様子だ。

「リゼ、どうしたの？」

肩で息をするリゼの背中を撫でる。リゼは大きく深呼吸してから口を開いた。

「デュラの群れが襲ってきたのです。いま騎士様たちが応戦しています」

デュラ、とは、確か獰猛《どうもう》な肉食獣だった。見た目はライオンのようで、大きな牙を持ち好戦的な性格から、この世界の住人たちに恐れられていた。

とはいえ主に森を生息地としているので、人間と生活圏が被ることもなく、王都で暮らしているときは遭遇する心配もなかった。ただ山道を進むときは皆警戒しており、以前の旅のときも何度か遭遇したことがあった。

「おい、無事か！」

テントの入り口が荒々しく開けられ、ヴィンセントが顔を覗かせる。

「えぇ、私たちは無事よ。他のみんなは？」

「いまのところ死人はいない、が、ちょっと苦戦してる。こんな大群は珍しいからな」

「……悪竜が蘇ったから？」

ヴィンセントは軽く肩をすくめるだけに留めたが、肯定しているようなものだった。

悪竜の存在は、野生動物たちの本能を刺激する。より凶暴になり、人々に牙を向ける。

「とりあえず、いつまでもここにいるのは危険だ。僕についてきな」

顎でくいっと外を示すヴィンセントに頷き、美咲は立ち上がった。マウロの手を握り、リゼと共に外に出る。

暗闇の中、松明《たいまつ》の灯《あか》りが点在する。ぐるる、と唸る低い獣の声が鼓膜を震わせ、無数の金色の目が闇に浮かぶ。応戦する騎士たちの掛け声が飛び交う。

五年前、何度か見た光景だ。今回はずっと順調だったから忘れていたが、こういう命のやり取りをしなければならない状況の中に自分の身が置かれているんだと改めて教えられた。

「ミサキ！　こっちだ！」

ヴィンセントに導かれるまま、美咲たちは少し離れた岩陰に誘導された。

「ここで大人しくしてろ。わかったか？」

三人揃ってこくりと頷くと、ヴィンセントは「よし」と頷いて駆けだしていった。

遠くの方から、騎士たちの声がする。剣の振り下ろされる音、肉を切り裂く音、倒された獣の断末魔の叫び。

ありとあらゆる非日常のさざめきが、美咲たちを襲う。マウロが、美咲の手をぎゅっと握ってきた。口を真一文字に結び、ただ暗闇の中の戦いを凝視している。

こんな物騒な体験をするのは初めてだから、きっと怖いはずだ。それでも取り乱すことのない姿に、マウロの意地を感じた。だから美咲は余計な声を掛けることはせず、ただ黙ってみんなの無事を祈った。

事態が収束したのは、数十分経ってからだった。

ヴィンセントが美咲たちのもとにやってきた。

「もう出てきていいよ」

許しが出ると、ホッとした。マウロとリゼからも張りつめた緊張が取れる。恐る恐る岩陰から出ると、ヴィンセントの天使のように整った顔立ちには、さすが若いときから騎士の腕前を見込まれただけあって疲れはあまり見えないが、髪が少し乱れていた。

「ヴィンセント、怪我《けが》はない？」

「僕を誰だと思ってるわけ？　こんなことで怪我するなんて三流もいいとこ。まぁ、残念ながら三流が混じってたようだけど」

ふん、と鼻を鳴らしヴィンセントが視線を向けた先に、座りこむ騎士の姿が見えた。

松明に照らされた中、腕に怪我をしたのか騎士服が赤黒く変色しているのに気づく。

「大変！」

美咲は咄嗟に駆けだした。

「大丈夫ですか？」

しゃがみこんで顔を覗きこむと、騎士は驚いた顔をした。

「聖女様……」

昼間、美咲のことを陰で色々言っていた騎士だった。だがいまはそんなことより傷の具合だ。

「腕を見せてください」

「いや、たいしたことないです」

騎士は気まずげに視線を逸らす。

「でも血が出てる。リゼ、消毒液と包帯を持ってきてくれる?」

「わかりました」

美咲の後を追ってきたリゼは、状況を把握するとすぐに小走りで駆けていった。

「……そんな奴、ほっとけばいいだろ」

美咲の背後から、不機嫌な声がした。振り向かなくとも、声の主が苛立っているのがわかった。マウロも、怪我をしているのが昼間の騎士だと気づいたのだろう。

「そんなわけにはいかないわ」

怪我の具合を確認する。切り裂かれた騎士服の下に、引っ掻き傷がある。おそらくデュラの鋭い爪にやられたのだろう。痛々しい姿に、眉根が寄る。

「私は剣で戦うことはできない。代わりに騎士の方たちが剣を持って、命がけで私たちを守ってくれているのよ。誠意を持って接するのが当然だと思ってるわ」

「……ミサキだって、違うやり方で守っただろ」

「……」

剣は扱えなくても、自分に与えられた特殊な能力で国に尽くした。結果、捨てられた。マウロの口調には、言外に美咲を追いやった人々に対する苦々しさが含まれていた。

いまはなにを言ってもマウロの反感を煽《あお》るだけだと沈黙する。重苦しい空気が流れる中、足音がした。

「怪我をしたそうだな」

レインフェルドが現れた。

「隊長……、申し訳ありません」

騎士がうなだれる。リゼと会ったのか、レインフェルドはリゼに頼んだはずの消毒液と包帯を持っていた。美咲はそれを受け取ると、早速騎士の患部に塗った。途端、騎士が顔を歪める。

「少し我慢してくださいね」

美咲はできるだけ素早く、淡々と処理していく。

「慣れたものだな」

美咲の処置を眺めていたレインフェルドが、感心したように呟く。昔の美咲からは想像できない姿だったのだろう。以前は、本当になにもできなかった。仲間の誰かが怪我をしても、情けなくおろおろするばかりで。でも城下で暮らしているうちに、色んなことに適応できるようになった。些細なことで泣き言は言っていられないのだ。医療水準がそこまで発達していない上に、医者の数も少ないので、怪我の手当ては自分たちで行う人も多く、見よう見まねで慣れていくしかなかった。

「下手で申し訳ないんですけど」

一応、見られる形にはなったが、やはり専門医ではないので不恰好感は否めない。謝る美咲に、騎士はバツが悪そうに視線を逸らす。二人の間に漂う妙な空気に、レインフェルドは治療されていたのが昼間の騎士だと気づいたのだろう。美咲を見て、眩しげに目を細めた。

「ミサキは、相変わらず優しいな」

「そんなこと――」

簡単な手当てをしたくらいで大袈裟だと苦笑する美咲の代わりに、マウロが鼻息荒く腕を組む。

「その通りだ。ミサキは優しすぎる。それでトラブったこともあるってのに」

「なにそれ、変なこと言わないで」

「嘘じゃないだろ。実際、変なの引き寄せてたじゃん」

レインフェルドが眉根を寄せる。

「どういう意味だ？」

「ミサキはモテるって話。男関係でよく頭を悩ませてた」

穏やかじゃない言葉の羅列に、美咲は目を剝《む》いた。

「ちょ、ちょっと、誤解を招く言い方しないで」

「誤解もなにも、しょっちゅう口説かれてたじゃん」

「口説かれてなんてないわ。ただ、世間話をしてたりするだけ」

力強く言い切る美咲に、マウロは目を眇《すが》める。

「世間話？　パン屋の常連客がわざわざ家にまできてなんの話するんだよ」

「それは……」

言葉に詰まる。確かにマウロの言う通り、観劇のチケットが余っているから一緒にどうですかとか、知り合いの店に食事に行かないかとか、何人かに色々誘われたことはある。中にはマウロと暮らす家にまでふらりとやってくる人もいたりして、戸惑ったこともある。

そのたびに、どうやって穏便に断るべきか、悩んでいた姿をマウロに見られていたのだろう。幼い子供と二人きりで暮らす美咲を純粋に気遣い、気分転換などで誘ってくれているのだとしたら、深読みしすぎて親切を仇《あだ》で返すような態度を取るのはどうなのかと対応に苦慮していたのだと言い返す。

しかし美咲の懸念は、マウロに切って捨てられた。思い切り不快な顔をされる。

「はぁ？　なに呑気《のんき》なこと言ってんだよ。好きだってはっきり言われてるの聞いたことあるんだからな」

美咲は目を丸くした。

「嘘！　立ち聞きしてたの⁉」

「玄関先で話されたら、嫌でも耳に入るっての」

マウロは、ふんっと鼻白む。まさか聞かれていたなんて思わず、身の置き所のない恥ずかしさやら気まずさに襲われる。

「ミサキの場合、遊びじゃなく向こうも本気っぽいから、厄介なんだよな。まぁ、オレがそのたびに追い払ってきたけど」

なぜか得意げにマウロは胸を張る。言われてみれば、男性と二人きりで話しているとマウロが割りこんでくることが多々あった。

マウロにズバッと指摘された通り、はっきりと言葉で好意を示されたことはあるのだ。真剣に交際を申し込まれ、だけど美咲は、相手がどれほど気が合う人でも、優しくいい人でも、断ってきた。

脳裏によぎる面影があったからだ。

あれほど恋焦がれた人だ。もう二度と美咲とレインフェルドの人生が交差することはないのだとわかっていたし、自分の中で折り合いをつけたつもりでも、ふとした拍子に思い出した。

強烈な存在感は簡単には消えなかったし、あのころ抱いた純粋なだけの恋心は複雑に形を変え美咲を苦しめた。

年月を経るごとに強い衝動は鳴りをひそめ、自分の感情に振り回されることもなくなっていったが、どんな形であれ心の中からレインフェルドの存在が完全に消えてくれないうちは、美咲に想いを告げてくれる人に対してとても不誠実である気がして、気持ちを受け入れることができなかった。

マウロが明け透けにズバズバ暴露すればするほどに、レインフェルドから強い視線を感じたが、美咲はその眼差しを正面から受け止められず顔を上げなかった。

「でもまぁ、今回の旅はタイミング的にも助かったな。今回の男、結構しつこかったから」

うんざりしたようなマウロに、意外と多くのことを見透かされているんだなと美咲は苦笑するしかなかった。

大きな商家の跡取り息子だという男性が、最近よくパン屋に買いにきていた。初めはただ客と店員としての会話しかしなかったのだが、次第に世間話をするようになり、やがて交際を申し込まれるようになった。何度断っても会うたびに誘われ、ほとほと困り果てていた。厄介だったのが、その男性の実家は美咲たちが住む界隈でかなりの権力を持ち、下手な対応をすると美咲だけではなく、職場のパン屋にまで迷惑をかける可能性があったことだ。今回王都を出ることになり、しばらく会わなければほとぼりも冷めるだろうと、その点に関してはホッと胸を撫で下ろしていた。

ぎりっと歯を噛みしめる音がした。

なにかに耐えるように、レインフェルドが拳を握りしめている。

これ以上変な話をレインフェルドの耳に入れるのがいたたまれなくなってきた美咲は、怪我の処置の最終仕上げに入った。

「あの、できました」

大人しく手当てされていた騎士に声を掛ける。

騎士は立ち上がると、気まずそうに視線を彷徨《さまよ》わせていたが、意を決したように深々と頭を下げた。

「……ありがとうございました」

美咲はにっこりと微笑み、「どういたしまして」と答えた。

◇◆◇

凶暴化したデュラの群れに襲われたあと、美咲たちは態勢を立て直しすぐに出発した。

夜の移動は危険だが、血の匂いでまた新たに呼び寄せる可能性があったからだ。

幸い重傷者は出ず、旅の行程にも大きな支障はないだろうとのことでホッと胸を撫で下ろす。簡単な旅ではないとわかっているが、甘いと言われても、できれば全員何事もなく旅を終えたいというのが偽らざる本音だった。

「ミサキ、ちょっといいか」

デュラに襲われた場所から少し離れた川辺で仮眠を取り、早朝に出発し、昼食のための休憩を取っているときだった。レインフェルドに声を掛けられた。

表情が少し硬い気がして、一瞬身構えてしまう。

思えば、馬に乗っているときからなんとなく違和感はあった。はっきりとは言えないが、いつもより空気が張り詰めているような、どこか思いつめたような雰囲気を纏っていたから。

「悪い、休憩中に」

レインフェルドは集団から少し離れた場所に、美咲を連れてきた。

目の前には、小さな湖畔がある。太陽の光に水面がきらきらと反射していて、眩しさに美咲は僅かに目を細めた。

レインフェルドは、風に微かに揺れる水面をじっと眺めていた。感情は窺い知れないが、きれいな横顔だった。

五年前、突然召喚され悲嘆に暮れる美咲を慰めるため、レインフェルドが連れてきてくれたのも、こんな穏やかな湖畔だったことを思い出す。

家族や友達に会いたくて、なぜこんな目にあわなければならないのかと、泣いてばかりいた日々。

他の仲間たちも親身になってくれたが、誰よりも美咲の心の支えになったのはやっぱりレインフェルドだった。

「覚えているか」

レインフェルドが静かに口を開く。

「私たちが初めて会った日のことを」

忘れられるはずがない。レインフェルドは絵本から飛びだしてきた王子様のようだった。立ち居振る舞いに気品があって、華やかな容姿をしていて。実際は王子ではなく、公爵家の貴族で騎士だったのだが。

「あのころ、きみは泣いてばかりいた」

美咲は苦笑する。自分でもいままさに思っていたことだった。思い出すと気恥ずかしい。いくら不安で悲しかったからって、人目も憚らず泣いては周囲を困らせていた自分に呆れる。よくレインフェルドたちは嫌気が差さなかったなと尊敬すら覚える。

「あのときは、面倒をかけてごめんなさい」

「いや」

レインフェルドは首を横に振る。

「わけもわからず家族と引き離され、こちらの都合で色んなことを強制した。ミサキの態度は当然だ」

それでも、いつまでもうじうじされるとうんざりすると思う。別にレインフェルドたちが美咲をこの国に連れてきたわけではないのだ。聖なる力を持ち邪悪なものを消し去る存在、という昔の文献に書かれていた一文を、悪竜を倒せる聖女だと信じた国王が神官に命じて儀式を行い、奇跡的に成功した結果、美咲が召喚された。すべては国のトップたる国王の独断で行われ、そこにレインフェルドたちの意思はない。なのに彼らは、瘴気を払える聖女という色眼鏡で美咲を見たりせず、等身大の少女として扱い誠意を持って尽くしてくれた。

「泣くとき、いつも最初はグッと堪《こら》えようとしていたのを覚えている。涙ながらに足手まといにならないようにと一生懸命な姿がいじらしくて、可愛らしく見えていたよ」

レインフェルドや他のみんなに迷惑をかけたくなかっただけだ。旅慣れない美咲のために、隊の進みがゆっくりなのは途中から気づいていた。

それにあの日々の中で、美咲はすぐにレインフェルドに恋をしてしまった。無理もないだろう。いままでお目にかかったことのないような見目麗しい男性が、甲斐甲斐しく世話を焼いてくれ、常にそばで気遣ってくれるのだ。骨の髄まで紳士な貴公子に、恋に落ちるのはあっという間だった。ただ、美咲は恋愛に対して奥手だった。積極的なアプローチもできず、嫌われないようにすることだけで精一杯だった。レインフェルドの目には、自分を見て頬を染める美咲が、微笑ましく映っていたのかもしれない。

「……なんだか、もう、本当に恥ずかしい、ごめんなさい」

過去の自分の幼さを思い出すと、色々といたたまれなくて謝罪しか出てこない。

「なぜ謝る？　きみは、とても純粋で健気《けなげ》だった。私に対して変に媚《こび》も売ってこない。とても素直で――、すぐに惹かれていった」

美咲は目を見開いた。レインフェルドのきれいなグレーの瞳が真っ直ぐに美咲を射貫き、吸いこまれそうな錯覚に陥る。

「言い訳にしか聞こえないかもしれない。ただ、記憶をなくしているこの数年、大切ななにかを忘れている気がして常に焦燥感があった」

レインフェルドが、グッと眉根を寄せる。言葉に嘘はないのだろう。レインフェルドは人の気持ちを弄ぶような嘘は絶対につかない。五年前、一緒に過ごしたのはおよそ半年ほど。だけどその半年間、誰よりもそばでレインフェルドを見てきた。彼の性格も性質も、充分知っている。

「私の気持ちはあのころとなにも変わっていない。きみを誰よりも大切に思っている」

真摯な瞳だった。想いを通わせ合い、愛を囁いてくれたときとなんら変わりがない。絶望に突き落とされたあの日、美咲を映してくれなかった瞳に、いま、美咲が映っている。どれだけ望んだだろう。またレインフェルドのそばにいたい、その瞳に自分を映してほしい。願いは叶《かな》った。だけど――。

「……ありがとう。でも、もう遅いの」

レインフェルドがハッと目を見張り、顔が強張る。傷つき歪んだ表情を見ても、冷静でいられる自分に驚いた。

「私とあなたの間には、四年以上の月日が流れた。あなたにとって私との記憶は鮮明でも、私にはもう、遠い過去の記憶なの」

決して短くはないこの時間に、お互い積み重ねてきたものがある。この数年、レインフェルドがどんな日常を送ってきたのか美咲が知らないように、美咲の身になにがあったのかレインフェルドも知らない。

「あなたに再会するまで、色んな感情に折り合いをつけて、言い聞かせて、呑みこんで、納得させて。やっと穏やかに過ごせるようになったの。いまさら、そのすべてをなかったことにして、はいそうですか、なんて戻れない」

それは美咲の五年近くの苦しみや葛藤をなかったことにするみたいで。簡単にすべてを受け入れたりできるはずがない。

レインフェルドはなにか言いたげに口を開いたが、結局、唇を噛みしめ俯いた。その様子に、なぜかふっと笑みがこぼれた。

「私ね、軟禁状態だった王宮から逃げて、城下にたどり着いたとき、暴漢に襲われたの」

「――っ、なん、だって」

レインフェルドの声が震え、愕然《がくぜん》としている。美咲はレインフェルドが受けた衝撃を宥めるように、静かに首を横に振る。

「大丈夫、未遂だったわ。私を助けてくれた人がいたの。それがダン――、マウロのお父さんよ」

美咲は、スッと目を伏せた。王都は本来そこまで治安の悪い場所ではない。しかし時間帯や場所によっては警戒しなければならないのは当然で、しかも美咲は薄着でたった一人彷徨っていたのだ。不届き者たちからしたら、襲ってくださいと言わんばかりだったのだろう。美咲は、柄の悪い男たちに囲まれ、追いつめられた。もうダメだと思ったとき、救ってくれたのがダンだった。たまたま友人と会っていた帰り、近道をしたところで犯行現場に遭遇したダンは、男たちを追い払い、そして呆然と蹲《うずくま》る美咲の手を引いた。美咲を連れ帰り、身寄りがないとわかると家に置いてくれた。そんな彼には感謝しかない。いくら感謝してもしきれない。だけど本当は。

「私、あなたに助けてほしかった」

「――っ」

何度も助けてと叫んだ。レインフェルドの名前を、必死で呼んだ。きっと助けにきてくれると思った。だってずっと、レインフェルドは美咲を守ってくれていたのだから。

「でも、あなたはきてくれなかった」

当然だ。そのとき、レインフェルドは美咲のことなんて忘れていた。王宮の煌《きら》びやかな世界で、人々から賞賛され、美しい女性の手を取っていたのだから。

――なにも心配することはない、きみに傷一つつけさせない。

怪我を負った騎士たちを見て怯える美咲に、そう誓ってくれた。どんな困難からも美咲を守ってくれた。言葉通り、旅の間、美咲はかすり傷一つ負うことはなかった。

レインフェルドは約束を守ってくれた。騎士として、一人の男性として。美咲を記憶の中から追いだす、あの瞬間までは。

結果的に、美咲に目に見えない深い傷をつけたのは、他ならぬレインフェルドだった。

「……ミサキ、私は、取り返しのつかないことを」

震える声で絞りだすレインフェルドの言葉を、美咲は否定する。

「謝らないで。わかってるの、あなたが悪いわけじゃないって。責めてるわけじゃない。言ったでしょう、もう、五年近く前の話だって」

すべてがもう過去の話だ。いまさら時間を取り戻すこともできない。

「それに、ね、今回の旅だってどうなるかわからないわ。悪竜を倒したって、またあなたは私を忘れるかもしれない」

「ミサキ……」

レインフェルドはまるで途方に暮れたように「きみがそう考えるのは当然だと思う」と呟き、それでも、と続ける。

「もう二度と同じ過ちは繰り返さない」

みんなが美咲に関する記憶を失ったのは、悪竜が倒れる間際に吐いた呪詛が原因だ。だから今回は、その前に勝負をつける、もう二度と蘇らないよう力を尽くすと、今回の旅が始まる直前、レインフェルドたちは並々ならぬ決意を滲ませ美咲に告げた。

彼らは、国でトップクラスの腕前を持つ精鋭たちだ。その力を、美咲は知っている。だが、彼らをもってしてもうまくいく保証はどこにもないこともまた、知っている。

美咲はこの旅が始まってからずっと、またみんなに忘れられるかもしれないという不安を常に胸に抱き続けていた。

「ミサキ、私たちをもう一度だけ信じてほしい」

レインフェルドが真摯に訴えかけてくる。美咲は、そっと目を伏せた。

「……もう、いいの」

なにもかもがいまさらで、もう遅い。どれだけ誠意をこめられても、数年の間に生じた溝を埋めることなんてできない。

簡単に理想だけを追求して、僅かな可能性に心をすべて捧《ささ》げるほどの純粋さや無防備さを、美咲はもう持っていない。

「そもそも、過去の話をいまさら蒸し返したって、意味がないでしょう？」

ふっと自嘲気味な笑みが漏れる。

「あなたには婚約者がいる。とてもお似合いの」

レインフェルドが目を見張る。すぐさま動揺した様子で首を横に振った。

「私の身辺に関する噂がミサキの耳にまで届いていたとしたら、それは誤解だ」

「誤解？」

まるで浮気現場を目撃されたときの定型文のような言葉が飛びだしたことに、美咲は思わず笑ってしまった。

「レイ！」

レインフェルドがさらに口を開こうとしたとき、背後からクリストフが早足でやってくるのが見えた。

いつも冷静なクリストフにしては珍しく、どことなく慌ただしげな様子で、表情も強張っている。

しかし美咲でも抱いた違和感をレインフェルドは気にかけることなく、煩わしげに言い捨てる。

「悪いが、いま取りこみ中だ。後にしてくれないか」

「そうしたいのは山々だが、あいにくこちらも急ぎでね。――厄介な客がきた」

棘《とげ》のある態度のレインフェルドに臆せず言い返したクリストフの言葉に、レインフェルドが眉根を寄せるのと、声が掛かったのはほぼ同時だった。

「レイ！」

場に似つかわしくない明るい声が響き渡る。

「マリアンヌ殿下……？」

全員が声の方に視線を向け、レインフェルドの呆然とした呟きが落とされる。

ベレトス国の王女、マリアンヌ。レインフェルドの婚約者が、こちらに笑顔を向けていた。

◇◆◇

「レイ！　これ、初めて食べたけどなかなか美味しいわね」

休憩場所に、マリアンヌの賑やかな声が響く。レインフェルドの隣に寄り添い、一見すると仲睦まじい恋人同士の光景だ。しかも二人とも恐ろしく見目がよく、ただ食事をしているだけなのに誰もが遠巻きにしている中、一枚の絵画のようだ。

美咲は少し離れた場所で、マウロやリゼたちと昼食を食べていた。

「うるせぇ王女だな」

つまらなそうに呟いたマウロに、リュシーが苦笑する。

「気持ちはわかるが、あまり大きな声で言うものじゃない。あれで一応、この国の王女様だからね」

「リュシー、きみも言葉に気をつけた方がいいよ」

窘めておきながらあれ呼ばわりしたリュシーに、ノアが苦笑している。

マリアンヌは、昨日の昼、突如現れ、全員の度肝を抜いた。

極少数の護衛を連れ、お忍びでやってきたらしい。悪竜による被害が出ていないか行く先々の街の状況を確認したり、作戦を精査しながらの行程だったので、飛ばしてきた王女に追いつかれたのだ。

聞けば、国王にも内緒でやってきたという。レインフェルドたちは頭を抱えていた。当然、すぐに帰るよう進言したのだが、マリアンヌは突っぱねた。

――嫌よ。だって私、レイに会いたかったの。

あまりの危機感のなさ、能天気さに、全員が息を吐いた。だが堂々と叱責できる者はいなかった。なんといっても、マリアンヌは王族で、国王や王太子がこの場にいないいま、一番貴い身分の人間なのだから。王女相手にどうすべきか、全員揃って対応に苦慮しているのが見て取れた。

マリアンヌは、とても美しい女性だった。腰までのふわふわのプラチナブロンドに、透けるような白い肌。目もぱっちり大きくて、精巧な人形のようだ。ただ立っているだけで圧倒的な存在感と、華やかな雰囲気を纏っている。

「……ミサキ、気にするなよ」

リュシーがそっと耳打ちしてくる。なんだか余計な気を遣わせているようで申し訳なくて、自分は気にしていないとにっこり微笑む。

「大丈夫よ。とてもお似合いの二人だなって見惚《みと》れてたの」

そう、とてもお似合いの二人だ。絵に描いたような美男美女で、ただ一緒にいるだけで、誰もが感嘆の息を漏らすだろう。

「お似合い、ねぇ」

ヴィンセントが面白くなさそうに鼻を鳴らし、串刺しにされた肉にワイルドに噛みついた。ヴィンセントはきれいな顔に似合わず割と大胆な所作をする。

「隊長もガツンと言ってやればいいのに。お姫様も隊長の言うことなら少しは聞くんじゃない？迷惑だからとっとと安全なお城に帰れって」

「……レイにはレイの考えがあるさ」

クリストフが呟く。

「どんな高尚な考えがあるか知らないけど、それでミサキに嫌な思いさせてたら世話ないね」

「……嫌な思いなんて」

レインフェルドが誰と親しくしたって、そもそも美咲にどうこう言う権利などないのだ。

「僕なら許せないけど」

「……」

美咲はそっと視線を落とす。

「このままミサキに愛想つかされても、隊長は文句言えないね」

「ヴィンセント、その辺にしておけ」

クリストフのため息交じりの言葉に、ヴィンセントは再び鼻を鳴らし食事に戻る。

ふと、レインフェルドと目が合った。だがレインフェルドの注意が自分から逸れたことに気づいたマリアンヌが、むっとした様子でレインフェルドの袖を引く。

「レイ、聞いてるの？」

「……ええ、聞いていますよ。殿下、私は今後の日程についてクリストフと話し合わなければならないので、申し訳ないですが席を外します」

「え、ちょ、レイ！」

マリアンヌが止める間もなく、レインフェルドは頭を下げると颯爽《さっそう》と立ち去った。

名指しされたクリストフは疲れたように「人をだしにするな」と息を吐きながらも立ち上がり、レインフェルドに近づいていく。二人は合流すると、足早に休憩場所を後にした。

「……逃げたな」

「あぁ、逃げた」

リュシーとノアがやれやれと肩をすくめる。小声だったので聞こえたはずがないのだが、マリアンヌの視線がこちらに向いた。

マリアンヌと美咲の視線が絡む。天使のような美貌には似合わない目つきで、美咲を睨みつけてくる。

あぁ、またかと、美咲は軽く会釈だけして、目を逸らした。

レインフェルドはなんだかんだと理由をつけては、マリアンヌを適当にあしらっている。それがマリアンヌは気に入らないらしく、そのたびになぜか美咲を睨みつけてくるのだ。強い敵意を向けられ、平然としていられるほど美咲は図太くない。なんだかどっと疲れてきたが、もっと疲れたのはこの後だった。

「どうしてずっとこの子がレイと一緒に馬に乗るの⁉」

休憩が終わり、さぁ出発しようというタイミングでマリアンヌが叫んだ。一部からげんなりした空気が漂うが、マリアンヌが気づくはずもない。

「王女の私がいるのに他の女と一緒に馬に乗るなんて、信じられないわ！」

マリアンヌの言い分は理解した。

美咲は別に、レインフェルドでなくとも、一緒に乗せてくれるなら誰でもいいのだ。迷惑をかけている身で、誰の馬がいいとか嫌だとかわがままを言うつもりは毛頭ない。レインフェルドの馬に乗ることで不愉快になる人がいるなら、譲るべきだ。

また負担を掛けるかもしれないが、リュシーに頼むか、他の騎士たちの中で誰か一人くらい美咲の面倒を見てくれる人はいないだろうか。美咲は一応、聖女という役目を担っている。移動中治安の悪いところを通ることもあり、護衛のためにも腕に覚えのある人間がそばにいるよう配慮してくれていた。レインフェルドかクリストフたちのような、今回の旅を仕切っている人物たちが実力的には抜きんでているのだが、彼らが無理ならレインフェルドたちのお眼鏡に適《かな》う騎士を紹介してもらうしかない。

「わかりました。私は他の方に――」

「殿下」

身を引こうとした美咲の腕を掴み、レインフェルドは真っ直ぐにマリアンヌを見据える。

「あなたには、王族専用の優秀な護衛がいらっしゃる。御身をお守りするのは私ではなく、陛下よりご下命を賜った彼らです」

「でも私はあなたがいいの！」

「うるっせぇ王女だな！」

我慢の限界とばかりに、マウロが怒鳴った。リュシーたちが、あーあ、と天を仰ぐのを横目に、美咲は「マ、マウロ、やめなさい！」と窘める。だがマウロは止まらない。

「わがままもいい加減にしろよ！　あんたのせいで色々予定が狂ってんだから、これ以上駄々捏ねんな！　オレより年上のくせに、オレより子供だなあんた」

「な、なんですって⁉」

子供、それも平民に無礼な言葉をぶつけられ、怒りと屈辱に真っ赤になるマリアンヌ。主人を侮辱されたとあって黙っていられないマリアンヌの護衛が剣を抜いた。

「貴様、王女殿下に向かってなんということを！」

美咲は咄嗟にマウロを腕に抱き寄せ庇った。

だがふっと影が差し、美咲と護衛の間に立ちふさがる大きな背中があった。

「やめろ、剣をおさめろ」

「……シルベスク公爵」

「もう一度言う。剣をおさめろ。この旅の責任者は私だ。陛下よりあらゆる権限を与えられている。私の指揮下で勝手な振る舞いは許さない」

護衛はクッと押し黙ると、渋々剣を鞘におさめた。それを確認すると、レインフェルドの眼差しはマリアンヌに向けられる。

「あなたもです、王女殿下」

「――っ」

マリアンヌが息を呑む。美咲はレインフェルドの後ろにいるので、彼の表情は見えない。しかし声音が恐ろしく冷たくて、真正面から受け止めるマリアンヌが気の毒に思えるほどだった。

マリアンヌはキッと美咲を睨みつけ、踵を返した。その後を、護衛たちが慌ててついていく。

「ミサキ、マウロ、大丈夫か？」

レインフェルドは軽く息を吐くと、美咲たちを振り返った。いつもの穏やかな眼差しと口調で心配そうに尋ねられ、こくりと頷く。

「王女様があんなにわがまま女だったなんてな。帰ったらみんなに言いふらしてやる」

鼻息荒く息巻くマウロに、レインフェルドは苦笑する。

「国家の沽券《こけん》に関わるからやめて差し上げろ。さぁ、もう出発するぞ」

レインフェルドが仕切り直すと、成り行きを見守っていた外野も出発の準備を始める。

「ミサキ、もう出発するがいけるか？」

美咲は一瞬ためらったあとに頷いた。

レインフェルドは当然のように美咲をまた自分の馬に乗せるつもりでいる。思うところがなかったわけではないが、彼は王女相手でも譲らなかったのだ。ここで他の誰かに乗せてもらうと言っても無駄な気がするし、折角収まった場の雰囲気を変に蒸し返してしまいそうで、大人しくレインフェルドの馬に乗ることにしたのだった。


「ミサキ、ちょっと待ってくれ」

休憩のため馬を下り、マウロのもとに行こうと歩きだしたところでレインフェルドに呼び止められる。

いままでなら、休憩のたびすぐにマリアンヌがレインフェルドのもとに来ていたのだが、いまは姿が見当たらない。ちょうど近くに小屋があり、他の仲間たちからも死角になる位置だった。

「ミサキ、殿下のことなんだが――」

急《せ》いた様子で切りだしたレインフェルドだったが、すぐに妨げられた。

「た、隊長……」

泣きそうな顔で現れた一人の騎士に、レインフェルドがため息を呑みこむように「なんだ」と問いかける。

「王女殿下が、隊長をお探しになっています」

レインフェルドは今度こそ大きな息を吐いた。遠くの方から、レインフェルドを呼ぶマリアンヌの声も聞こえる。レインフェルドの姿が見えないことに苛立ち、周囲に当たり散らしているようだ。

このままでは隊の士気に関わるだろう。レインフェルドやクリストフたちはともかく、若手の騎士たちには困惑や動揺が見られる。レインフェルドは自身の部下のフォローをしなければならず、そして美咲もまた、隊の足並みが乱れることを望んではいない。結果、レインフェルドは苦虫を噛み潰したような顔で美咲に一言謝ると、足早に去っていった。

こんなやりとりを何度しただろうか。レインフェルドは美咲にマリアンヌの件で説明したいことがあるようなのだが、万事こんな調子で全く落ち着いて話ができないのだ。

美咲とレインフェルドが人目のないところで二人きりになるのをマリアンヌは毛嫌いしており、美咲にも常に監視の目が向けられている。

他の仲間たちもうんざりはしていても、立場上、強く意見できない。自分一人だけが咎《とが》を受けるならまだいいが、周りに迷惑をかけることを危惧しているのだろう。隊で一番立場が上のレインフェルドが何度となく進言しても聞く耳を持たないのだ。そう簡単に事態は収まりそうにない。本当なら締め上げて川に投げこんでやるのにと、天使のような顔を歪ませながら、ヴィンセントが物騒なことを呟いていた。

「……ミサキ様」

小さくため息を漏らしたとき、そっと声を掛けられた。

リゼが心配そうな顔で立っていた。

「大丈夫ですか？」

美咲は苦笑する。

マリアンヌが来てからというもの、リゼや仲間たちから気遣いの言葉を掛けられることが増えた。もう美咲とレインフェルドの関係性が変わっているのを皆知っているはずなのに、認識が五年前のあの日々のまま止まっていると感じるときがある。月日が流れた現実を理解しているようで、受け止められていない、あるいは受け止めきれないのだろうかと思うようになった。無理もないのかもしれない。美咲だって、すぐに過酷な現実を受け入れたわけではなかったのだから。もう少し時間が経てば、みんなも、――レインフェルドも、過去の日々の残像や想いに振り回されることなく、冷静に美咲に接するようになるはずだ。だからそれまではきっと、しかたない。

「私なら大丈夫だから、気にしないで」

明るく答えたはずなのに、リゼは沈痛な面持ちで俯いてしまった。

婚約のことは知っていたし、その相手が実像を伴って目の前に現れただけのことだ。

まさか面と向かって二人が並ぶ姿を見ることになるとは思わなかったから、多少の動揺はあったかもしれない。でも、美咲にはもう関係のない話だ。

そう、関係がないはずで。

美咲は無意識に手のひらをギュッと握った。

「ミサキ様、あの」

リゼがためらいがちに言いかけた言葉を、美咲は首を横に振ることで封じる。

なにが言いたいのかはわかった。前に、自分とノアのことを知っているなら、もしかしてレインフェルドの噂も届いているのではないかとリゼに尋ねられたことがあった。

頷く美咲に、リゼはなにか言おうとしていたが、遮った。

いまさらなにも聞きたくないし、なにを聞かされたところでもう意味がない。弁明や釈明をされたとして美咲にどうしろというのだろう。美咲がレインフェルドと王女の話を知っていることも含め、余計なことはレインフェルドに言わないようリゼに頼むと、泣きそうな顔をしつつ従ってくれた。

今回もリゼは辛そうに顔を歪めながらも、美咲が纏う強固な拒絶の雰囲気に、諦めて立ち去った。

あぁ、疲れる。

そう思うのは、マリアンヌに見当違いな敵意を向けられ、仲間たちからは無用な気遣いをされるからだけなのか。理由を見つけるのは健全ではない気がして、美咲はまた、息を吐いた。

◇◆◇

夜もすっかりふけたころ、美咲のテントに訪問者が現れた。

「大人しくついてきなさい」

テントの外から、声を抑えて話しかけてくる。美咲はすやすやと眠っているマウロを起こさないよう、ゆっくりとテントの外に出た。

外にいたのは、マリアンヌの護衛騎士だった。

目でついてくるよう促される。他の人間に見られたくないのか、見張りの騎士たちの死角を選んで進んでいるようだ。しばらく歩いて、野営地に隣接する林の入り口辺りに着いた。待っていたのは、マリアンヌだった。

月の光に照らされ、艶やかな髪が煌めく。

「突然呼びだしたりしてごめんなさいね」

「……いえ、それで、ご用件は」

時間帯や人目を忍んで行動している様子から、楽しい話ではないと察する。内心の緊張を隠し、淡々と尋ねる美咲に、マリアンヌはフンッと鼻を鳴らす。

「白々しい。わかっているでしょう。レイのことだけど、なぜあなたが彼のそばにいるの」

華やかな美貌を歪め、美咲を睨みつけてくる。ろくに反応を示さず僅かに目を伏せる美咲に、マリアンヌは苛立たしげに告げる。

「私は、ずっと彼のことが好きだったの。あなたが召喚される前からずっと」

レインフェルドは高位貴族だ。シルベスク家は過去には王妃を輩出した名門であり、代々国家の重要な役職を務めている。レインフェルドの父親も国王の覚えめでたく、幼少のころからマリアンヌと接点があったとしてもなんら不思議ではない。

「あなた、邪魔なの。レイの周りをちょろちょろと――」

そこでふとマリアンヌは言葉を切り、少し思案顔になった。

「……ねぇあなた、私とレイのことは知っている？」

「……はい、婚約されていると」

マリアンヌは満足げに頷いた。

「そう、そうなのよ。彼に相応しいのは王女である私なの。あなた、聖女だなんて祭り上げられて、いい気になってるんじゃない？　あなたがいなくても、レイたちならきっとうまく悪竜を倒すことができるわ」

それならどれほどよかっただろうと、弱々しい笑みがこぼれる。美咲がこの国に呼ばれることも、身を引き裂かれるほど辛い思いをすることもなかったのだから。

「……お話はわかりました。シルベスク隊長には極力近づかないようにします」

なんにせよ、マリアンヌの言いたいことは理解した。彼女の前でも、レインフェルドは美咲を優先するような態度を何度か見せていたのだ。婚約者の立場であるマリアンヌからしたら、許せないと思うのも当然だった。

やはり、馬に乗せてもらうのは違う誰かに頼もう。そう心の中で結論づけていると、マリアンヌはふっと笑った。まるで美咲を蔑むような、嫌な予感のする笑い方に、自然と眉根が寄る。

「口約束だけじゃだめよ。あなた、ちょっとの間、行方不明になってくれる？」

「……は？」

意味がわからずぽかんとする美咲の背後に、人の気配がした。マリアンヌの護衛だ、と認識した瞬間には、すでに腕を捻りあげられていた。

「――っ、いた」

痛みに呻《うめ》き声が漏れる。体勢を崩しそうになるが、腕を掴まれ無理やり立たされる。顔を歪める美咲に、まるで面白い余興でも見ているような、楽しそうな声が降る。

「この林の奥に小屋があるんだけど、そこで旅が終わるまで待っててくれるかしら」

一体なにを言っているんだろうかと、美咲は唖然《あぜん》とした。

美咲だって、好きで悪竜討伐に参加しているわけではない。参加しなくて済むならそうしたい。だけど美咲がいなければ悪竜には太刀打ちできない。決して己の力を過信しているわけではなく、事実として認識しているまでだ。

なんのために美咲がわざわざ異世界から呼ばれたのか。この温室育ちの王女様は、まったく理解していない。

「離して！　ご自分がなにをしているか、わかっているんですか？」

強い口調で責めると、マリアンヌは鬱陶しそうに肩をすくめる。

「大袈裟ね。心配しなくても大丈夫よ。覚えていたら、ちゃんと迎えにいってあげるから。連れていって」

「は！」

マリアンヌの命令に、主に忠実な護衛が粛々と従い、美咲に歩くよう促す。

冗談じゃない、と助けを呼ぼうとするが、大きな手に口を塞がれる。

「滅多なことはするものじゃない。痛い思いはしたくないだろう」

美咲は振り返り、背後の護衛を睨んだ。これがレインフェルドたちと同じ剣を握る騎士なのかと軽蔑する。

　美咲が知る騎士たちは、己の騎士としての立場に誇りを持っていた。気高く、確固たる信念を持ち、剣を抜く。だからこそ、ときに命の奪い合いをする過酷な状況でも、一切ためらうことなく剣をふり、揺るがない精神力で立ち向かうことができるのだ。いくら命令とはいえ、美咲がいなくなれば世界が大変なことになるとわかっていて、こんな愚行は絶対にしない。自身のすべてを捧げた剣に誓って。

　だから美咲も、自分にできることがあるなら、微力でも協力したいと思ったのだ。

　五年前のあのとき、国を守るために信念を貫き戦っていた彼らを尊敬したから。

　それだけに、個人的な感情にまみれたわがままで、レインフェルドたちの想いや行為を無に帰すようなことをさせるわけにはいかない。数年暮らしてきたこの国に、美咲なりに愛着も湧いた。守りたい人たちがいる。こんなところで、みんなの足を止めるわけにはいかないのだ。

「――う！」

　口を覆う護衛の手のひらに思い切り噛みついた。低く呻いた護衛が美咲の拘束を緩めた隙に、距離を取る。怒りに顔を歪めた護衛が美咲に詰め寄ってくる。

「この女――」

「ミサキ、逃げろ！」

　ぎゅっと目を瞑り覚悟を決めた瞬間、マウロの声がした。小さな身体が、護衛に体当たりする。体格差はあるが、不意打ちで、しかも全力でぶつかられた護衛の身体が大きくよろめく。

「ミサキ、無事か？」

マウロが駆け寄ってきて、美咲の顔を覗きこむ。

「ええ、私は大丈夫だけど……、マウロ、あなたどうしてここに」

美咲がテントを出るとき、マウロは確かにぐっすり眠っていた。

「用を足したくて目が覚めたんだ。そしたらミサキがいなかったから」

どうやら心配して探してくれたらしい。

「そう……、マウロ、ありがとう。早くここから離れましょう」

「あぁ、そうしよ——、っ!!」

いきなり、マウロが横に吹っ飛んだ。

護衛がマウロを蹴りつけたのだ。美咲は慌てて駆け寄る。マウロはお腹《なか》を押さえて、脂汗を浮かべていた。

「マウロ！　大丈夫？」

マウロはこくりと頷いた。

「な、なんとか、っ」

息苦しそうな様子から、やせ我慢であることは容易に知れた。美咲はキッと護衛を睨みつけた。

「こんなことして、絶対許さない！」

答えたのは、マリアンヌだった。呆れたように笑う。

「許さない、ですって。別にあなたに許してもらう必要なんかないわ。そもそも、この子が勝手に乱入してきただけでしょう？」

自業自得だと言わんばかりの傲慢な態度に、美咲の中で怒りが増幅する。マリアンヌたち王族にとって、美咲やマウロみたいな庶民なんて大勢いるうちの取るに足らない一人かもしれない。だけど美咲にとっては違う。

「マウロに謝って！　マウロは、私のたった一人の家族なの！」

一人ぼっちになり、生きる気力を失いかけていた美咲を助けてくれたダン。父親がいきなり連れ帰ってきた見も知らぬ怪しい女を、なんの抵抗もなく受け入れてくれたマウロ。二人がいなかったら、美咲はこの国でたった一人きりで死んでいた。美咲にとって、二人は先の見えない暗闇を照らしてくれた明かりそのものであり、誰よりも大切な人たちだ。

「そういえば、あなた、男と暮らしていたんですって？」

美咲の剣幕に、マリアンヌがふと思い出したように呟く。ダンのことを指しているのだろう。おそらく美咲がどこでどう暮らしていたのか、把握している。

「それなのに、レイにまで色目を使うなんて、本当に浅ましい」

「変な言い方しないで。ダンと私はあなたが思うような関係じゃないわ」

美咲が出会ったころにはすでに男一人子一人の二人暮らしだったが、マウロを産んですぐに亡くなったという奥さんのことを、ダンはずっと愛していた。ダンにとって美咲は年の離れた妹のような、庇護《ひご》すべき対象でしかなかった。

「どうだか。若い娘を囲って、鼻の下でも伸ばしていたんじゃないの？　あー、穢《けが》らわしい」

美咲の中で、なにかがキレた。父親を侮辱されたマウロが怒りも露《あら》わに口を開こうとしたのを制し、ゆらりと立ち上がる。マリアンヌを、真っ直ぐに睨みつける。

「いい加減にして」

美咲自身のことはなにを言われてもいい。だけど――。

マリアンヌから瞳を逸らさぬまま近づき、手を振り上げる。が、柔らかな頬に届く前に、パシッと摑まれる。

「ミサキ！　落ち着け」

レインフェルドだった。マリアンヌは美咲をここに連れてくるまで誰にも見られないよう細心の注意を払っていたようなのに、なぜここにいるのか。どうやって異変を感じ取ったのかは知らないが、レインフェルド以外にも、いつの間にか周囲には何人かの人影があった。

「レイ……っ」

マリアンヌが焦ったような声を出すところを見ると、少しは己の行動のまずさを理解しているようだ。美咲を人目のないところに呼びだし、子供に危害を加えたのだから。しかしすぐに思い直したのか怯えたような顔で媚を売る。

「この人、私を殴ろうとしたのよ？　あなたも見たでしょう？」

白くきれいな手がレインフェルドに伸ばされるが、逞しい腕に届くことなく空を切る。レインフェルドが避《よ》けたからだ。まさか避けられると思っていなかったのか、マリアンヌは驚き、やがて美しい顔が屈辱に歪む。

リゼとリュシーが具合の悪そうなマウロに気づき、身体の状態を見ているのを視界の端に捉えながら、美咲の怒りは一向に収まらない。

「あの人を愚弄するなんて、絶対に許さない」

低い声に、ありったけの激情を乗せる。

一緒にいたのは、たった半年ほどだった。その半年で、ダンは色んなものを与えてくれた。衣食住など生活面での物理的な保護だったり、傷ついた美咲の心を癒す優しさだったり。生きる術《すべ》を身につけさせてくれたのは、ダンだった。

美咲はこの世界での常識を、なに一つ知らなかった。約半年間レインフェルドたちと旅をしていたが、基本的に身の回りの世話はリゼや周りがしてくれたし、衣食住に関していえば聖女という立場によって保障されていた。もちろん悪竜に負けたり、野盗や獣に襲われ命を失う可能性だってあったが、旅が順調に進んでいる限り美咲が困ることは一切なかった。自身で稼がずとも、飢えることはない。極論、レインフェルドたちにとって、美咲は悪竜を倒すために寄越された聖女で、言わばそれさえできればよかったのだから。

つまり美咲は、社会生活を送る上で生まれたてのひよこ同然だった。この世界全体の構造や国の社会体制の詳細なんて誰も美咲に教えてくれなかったし、知らないことを責める人間もいなかった。悪竜という大きな敵を倒し世界を救う、それだけを考えていればよかったのだ。美咲自身その状況をなんの疑問も抱かず受け入れていたのだから、ある意味で傲慢だったと反省した。

そんな美咲に、生きるために必要な基礎知識など、ありとあらゆることを叩きこんでくれたのがダンだ。

貨幣価値すら知らなかった美咲の世界は、彼のおかげで大きく広がった。そして慌ただしく過ぎた。

ダンが営む食堂を手伝い、近所の人たちとの縁を繋《つな》げ、マウロの世話をする。がらりと変わった生活環境だったが、いきなり異世界に召喚されたときのことを思えば耐性はついていたのか、目まぐるしい日々の中でも腐ることなく、美咲の心はむしろ平穏な日常によって着実にほぐれていった。

ダンが死んだのは突然だったが、美咲の胸を占めたのは、悲しみよりも、ダンの忘れ形見であるマウロを立派に育て上げなければならないという決意だった。与えて貰うばかりでなにもできなかった美咲にできる、ダン親子への唯一の恩返しだと信じた。ただただ必死で、ダンがいなくなった寂しさや不安を確かに抱えながらも、泣く暇もなく突っ走ってきた。

いま考えれば、昔は些細なことですぐに涙ぐんでいたような弱い人間だったが、この数年で、我ながら強く逞しくなったと思う。というより、母親に続き父親まで失い悲しむマウロを支え、徐々に元気を取り戻したと思ったらやんちゃなマウロのいたずらの後始末に翻弄されたり、説教したり、周囲に謝ったり。てんてこ舞いなうちに、感傷に浸る余裕もなく日々が過ぎていったという方が正しいかもしれない。

「私がこの子の父親とこの子にどれほど救われて、感謝しているか。あなたにはわからないかもしれないけど、あの人を貶《おとし》める発言だけは撤回して」

家族と強制的に引き離され連れてこられた地で、乞われるまま世界のために尽くしたはずが、愛した人にも仲間にも忘れ去られ、どれほど絶望したか。

だけどダンや、マウロや、下町の人たちと接するうちに、理不尽な目にあっているのは自分だけではないのだと思うようになった。

誰も彼も、傷つきながら生きていた。愛する人を突然失ったり、信頼した人に裏切られたり。それでも皆、明るく前向きに生きていた。

それは表面上だけかもしれない。一人になると泣いたり悲しんだり落ち込んだり、どうしようもなく苦しい思いをしていたのかもしれない。それでも未来を信じ、足掻《あが》いていた。

そんな人たちの存在が、美咲を支え、立ち直るきっかけを与えてくれた。

「ミサキ……」

美咲の腕を摑んだままのレインフェルドの声音に、僅かな動揺が滲む。

普段あまり感情をむきだしにしない美咲の強い姿勢を目の当たりにして、戸惑っているのが伝わってくる。

あぁ、迷惑をかけている。わかっていても、ここだけは絶対譲れない、引けない。確固たる意志で、マリアンヌに告げる。

「ダンに謝ってください」

しかし、ツンとすましたマリアンヌの可愛らしい口は、美咲の望んでいた返答を吐きだしはしなかった。

「嫌よ。どうして王女の私が平民なんかに謝らなければならないの」

マリアンヌから謝罪の言葉を聞くことはできないだろう。悔しくて、ダンやマウロに申し訳なくて。美咲はギュッと唇を噛みしめた。

一国の王女相手に、本来なら不敬罪で斬り捨てられてもおかしくないくらい、無礼な態度を取っている。

それでも、どうしても、マリアンヌのダンに対する発言だけは許せなかった。自分がどうなっても、ダンの名誉だけは回復しなければ気がすまなかった。

「なんだ？」

緊迫した空気が流れる中、マウロを介抱していたリュシーが不意に立ち上がり、訝しげな声を出した。野営地の方角を向いて眉根を寄せる。

「やけに騒々しいな」

感情が昂《たかぶ》っていて気づかなかったが、確かに遠くの方から慌ただしい気配が漂ってくる。やがてバタバタと走ってくる音がして、一人の騎士が現れた。

「野盗です！」

激しく息を切らせながらもたらされた知らせに、いままでとはまた違った緊張が一気に走る。

「リュシー」

鋭い眼差しをレインフェルドが向けると、心得たようにリュシーは頷き走り去る。先に様子を見に行ったのだろう。リゼが不安そうな顔をしながらも、マウロを守るように肩に手を置く。

「ね、ねぇレイ、野盗ってなに、どういうこと」

怯えるマリアンヌに、レインフェルドは淡々と答える。

「恐らく夜を狙ってきたのでしょう。この辺りは事前調査によると野盗の活動が活発らしいので」

王都ならある程度治安も維持されていたが、王都を離れた地方になると、各領主の力量に左右される。街や集落から離れた街道はもちろんのこと、周りを木々に囲まれた林の中では当然危険も高くなる。そうした場所では、地理を知り尽くした野盗たちの襲撃が後を絶たないらしい。

知識としては知っていたし、前回の旅のときもこういうことはあったが、慣れるものではない。いざ危険が迫っていると思うと恐怖を覚え息を凝らす。

ふと、木々の隙間から人影が見えた。レインフェルドが美咲の肩を抱き寄せる。

野盗だった。十数人の男たちは、一様に鋭い目つきに屈強な身体をしている。

一番体格のいい男が進みでてきて、にたりと下卑た笑みを浮かべる。

「どうも騎士様方。ここを通るには通行料が必要なんだが、ご存じで？」

「さぁ、知らないな。我々は重要な任務の途中でね。冗談に付き合っているほど暇ではない」

「冗談を言っているのはそっちでしょうよ。随分と可愛らしいお嬢様方を連れてますな。通行料として置いていってもらいましょうか」

美咲やマリアンヌたちのことを指しているのだろう。背筋に冷たい汗が流れる。

意図せずぶるりと震えた美咲を宥めるように、レインフェルドは美咲の肩に回した手に力を込め、野盗に対峙《たいじ》する。

「悪いが、それはできない。話してわからないなら、押し通すまで」

レインフェルドは美咲を自身の背後に隠すと、剣を抜いた。

美咲の耳元をヒュンッとなにかが横切る音。弓だ。降り注ぐ矢をレインフェルドは剣で払い落とし、襲いかかってきた野盗の首を斬りつけていく。

剣がぶつかり合う金属音、怒声。殺伐とした音が入り混じる。

周りでも同じような戦いが繰り広げられているのだろう。野盗の襲撃を知らせにきてくれた騎士がリゼとマウロを守ってくれているのを視界の端に捉えたとき、リュシーの声がした。

「レイ！」

野営地の様子を確認しにいっていたリュシーが、ノアを連れて戻ってきた。

野盗を剣で斬りつけながら、リュシーが声を張りあげる。

「マウロとリゼは私たちに任せろ！　お前はミサキを連れていけ！」

レインフェルドは目の前に迫っていた野盗の剣をなぎ払い、美咲の手を握り駆けだした。

そのとき、一際高い声音が響いた。

「きゃあ！」

マリアンヌだ。ちらりと振り返ると、マリアンヌと彼女の護衛が野盗たちに取り囲まれている。

「レイ！　助けて！」

必死な叫びに一瞬気を取られ、美咲はつまずいた。レインフェルドが抱きとめてくれる。

「っ、」

「ミサキ、怪我は⁉」

レインフェルドが庇ってくれたから怪我はない。

しかしこちらも野盗たちに取り囲まれてしまう。

「さぁ、女を渡しな」

野盗のリーダーと思《おぼ》しき男が、勝ち誇った笑みで剣を構える。

レインフェルドは美咲を背中に庇い、フッと口角を上げる。

「冗談に付き合っているほど暇ではないと、何度言ったらわかるんだ?」

一見劣勢な状況下でも余裕すら感じられるレインフェルドの態度に、男は気分を害したようだ。

仲間たちに合図をすると、一気に襲いかかってきた。

レインフェルドは美咲を背中に守ったまま、襲いくる野盗たちを次々なぎ倒していく。

それはさながら映画のワンシーンを見ているような、圧倒的な迫力だった。力の差は歴然で、さすがは国一番の剣の使い手と謳《うた》われる実力だと誰もが認めざるをえないだろう。レインフェルドに敵《かな》う者は恐らくおらず、人の上に立つ人物だと、改めて認識する。

勝負はあっという間についた。足下からは血まみれで倒れた野盗たちの呻き声が響き、おぞましい光景に恐怖を感じる暇もなくまた手を引かれる。

「早くここを抜けるぞ」

美咲がおずおずと頷くと、またマリアンヌの声がした。

「レイ！　私の声が聞こえないの!?　助けて！」

美咲に聞こえているのだから、レインフェルドにも聞こえているはずだ。その証拠に、レインフエルドはちらりとマリアンヌに視線を送り――、そのまま美咲を連れ走り去ろうとする。

「待って、王女が――」

「きみは自分の心配だけすればいい」

「でも、きゃあ！」

美咲のすぐ近くで剣が空を切る音がして思わず悲鳴がこぼれる。まだ動ける野盗が死に物狂いで襲いかかってきたのだ。レインフェルドがすぐに美咲を庇いつつ、野盗を切り捨てる。

まだ驚きで心臓がバクバクする美咲の頬をレインフェルドは両手で包み、視線を合わせる。

「いいか、きみは自分の命を最優先に考えるべきだ」

「でも……、あなたが彼女を助けなくていいの？」

マリアンヌには護衛がついている。しかし、まだ残党たちとの戦いは終わっておらず、窮地であることに変わりはない。いまのレインフェルドは急に呼び戻された過去の記憶に感情が引きずられているだけだし、美咲が聖女だから守ってくれるけれど、レインフェルドの婚約者はマリアンヌなのだから、こんなときは美咲のことなんか放ってでも救いにいくべきではないのだろうか。

戸惑いつつ問いかけた美咲の頬を、レインフェルドは親指で撫でる。

「私が守りたいのはきみだけだ。きみさえ無事ならそれでいい」

「それは」

「きみが聖女だから言っているわけではない。そんな肩書は私には意味のないものだ。きみだから――」

レインフェルドの口調に熱がこもり、美咲は囚われたように目を逸らせなくなった。

「ミサキだから、私のすべてを差しだしてでも守りたい。昔も、そしていまも、私にとってきみは特別で、一番大切な女性なんだ」

「……っ」

レインフェルドの瞳には一切の淀《よど》みがなかった。迷いのない力強い口調に圧倒され言葉を失う美咲の返事も待たずに手を引くと、喧騒《けんそう》に背を向け今度こそ走り去った。

◇◆◇

「レイ！　さっきのはどういうこと⁉」

平地に、マリアンヌの金切り声が響き渡る。野盗の襲撃を振り切った集団は、馬を走らせ、安全な広場で隊を立て直そうとしていた。今回は悪竜討伐がメインなので余計な時間を取られるわけにもいかず、逃げた野盗たちを捕まえることはできなかった。こちらは死者こそ出さなかったが、負傷した騎士たちの治療を美咲も手伝っていた。

「殿下、申し訳ありませんが、いま忙しいのです。差し迫った用件でないなら、後にしていただきたい」

クリストフと話し合っていたレインフェルドは、マリアンヌに視線を寄越すことなく、クリストフとの会話を続ける。

「隊の立て直しにはどれくらいかかりそうだ」

問いかけられたクリストフはちらりとマリアンヌに視線を向けたが、一つ息を吐くと、気を取り直したように質問に答える。

「幸い、重傷者はいない。あと一時間ほどあれば出発できるだろう」

「そうか。できればもう少し安全が保障できる場所まで進みたいところだが」

「レイ！」

軽んじられたマリアンヌは、怒りに眉を吊り上げ、二人の間に割って入る。

「私の話を聞きなさい！　どうして私よりあの子を優先したの！」

あの子、と言いながら、マリアンヌが指差したのは美咲だった。

野盗に襲われたとき、取り囲まれたマリアンヌはレインフェルドに助けを求めていた。だが、彼は状況を把握していながら、彼女を救いにいくことはなかった。

無事難を逃れたものの、一国の王女として、レインフェルドの婚約者として、到底看過できるものではないのだろう。

「どうしてあんな子を守るの！　私を助けるのが当たり前でしょう！」

「……殿下」

レインフェルドの低い声が、静まり返った広場にやけに響いた。皆、固唾を呑んで成り行きを見守っている。

「なにか勘違いをなさっているようですね」

「勘違い？」

「私たちは、あなたのお父上でもある国王陛下より直々に下された命によって、他ならぬこの国のために命を捧げる覚悟で今回の旅をしているのです」

「わかっているわよそんなこと」

マリアンヌがふんっ、と鼻を鳴らす。

「いいえ、ご理解いただけておりません。ミサキは聖女として異世界より召喚され、彼女の力がなければ悪竜を倒すことはできない。彼女は今回の任務に必要不可欠な存在であり、他のなにを差し置いても優先するのは当然のこと」

マリアンヌはぐっと詰まったが、すぐに反論する。

「王女である私よりも尊いものなんかないわ」

「あなたには、国王陛下より賜った護衛の騎士たちがいるでしょう」

「それでもあなたが私を守るべきなのよ！」

どんどんヒステリックになるマリアンヌと、対比するように冷静なレインフェルドのやりとりを黙って聞いていた美咲の隣で、ヴィンセントが眉をひそめる。

「ほんとバカな王女サマ」

リュシーたちが苦笑いする。

「それに――」

ふと、レインフェルドの視線が美咲に向けられた。真っ直ぐな眼差しに射貫かれ、身じろぎができなくなる。

「騎士としての責務や矜持《きょうじ》の前に、一人の男として、私があなたよりミサキを優先するのは当然です」

場の空気が変わる。元から二人の関係を知っている者たちは口笛を吹き、他の人間は困惑を浮かべ、レインフェルドと美咲に視線を行き来させる。

「ミサキに害を及ぼすものは、誰であれただではすまさない。彼女は、私の命よりも大切な人なので」

「――っ」

目を見張る美咲の横で、ヴィンセントたちが「おー」と煽る。

マリアンヌが外野を睨みつけ、そばにいた美咲と目が合うとさらに怒りに顔を歪ませる。きれいな顔が般若《はんにゃ》のようになっていて、その恐ろしさに身がすくみそうになる。

「で、でもあなたは私と――」

忌々《いまいま》しげに美咲から視線を外し、縋るように言葉を継いだマリアンヌに、レインフェルドが淡々と切り返す。

「あなたと、なんでしょうか」

全く温度を感じさせない態度にマリアンヌは息を呑み、そんな怯《ひる》んだ姿の王女にレインフェルドは容赦なく続ける。

「あなたやその周りが私との関係を歪曲《わいきょく》し、吹聴《ふいちょう》していたことは知っています。知っていながら、強く抗議しなかった私にも非があるのでしょう。一番誤解されたくない人に誤解を与えてしまうことになり、私は己の甘い判断を悔やんでいる」

レインフェルドは目を伏せぎりっと唇を噛みしめたが、すぐに顔を上げる。

「それでも、あなたには再三申し上げてきたはずです。私に、あなたと結婚する意思はない。国王陛下にもすでにお話し済みのはずですが」

場がざわつき、騎士たちがひそひそしだす。「え、どういうこと」「確かに、隊長の口から直接お二人の話を聞いたことはないな」「そういえば前に、無責任な噂話は流すべきじゃないって他の奴が叱責されてるのを見たことがある」などと、囁き声が飛び交う。

「あ〜あ、言っちゃった」

リュシーがため息交じりに呟く。

「国王陛下はさ、レイにその気がないのは知ってたし、殿下のことは国のためにも他国に嫁がせるつもりだったんだよ。でも娘可愛さに、はっきりした態度取ってなくてさ。そのうち殿下の熱も冷めるだろうって静観してただけで、国王陛下が二人の婚約を表立って認めたことは一度もない」

ヴィンセントも頷き、続ける。

「王女の性格を熟知している高位貴族の中で婚約話を本気にしている人はほとんどいなかったし、もうその話自体、貴族社会ではあまり話題になってなかったんだよ。僕たちも忘れてたっていうか、そこまで真剣に捉えてなかったし。まぁ、男の影がちらつくってのは本来よくないんだけど、悪竜を倒した国の王女っていうネームバリューがあるから多少は強気に出られるって算段も国王にはあったみたいで。実際、箔《はく》がつくから王女をぜひって国は多くて、引く手数多《あまた》だった。その中から、国王は王女の有意義な嫁ぎ先をじっくり吟味《ぎんみ》してる」

「えっと、じゃあ」

「殿下が一人で勝手に盛り上がって、意を汲《く》んだ側近が噂流してただけ。それを隊長は、ある程度訂正してはいたけど……。ただ、強く抗議しなかったのは臣下である自分の立場をわきまえて、陛下や殿下の体裁のため目を瞑っていたにすぎない。律儀っていうか真面目っていうか……。僕には理解できないけど」

ノアが肯定するように頷く。

「いつかご自身の立場をご理解くださる、そう信じていたみたいだが――、残念ながら歳を重ねても夢見る王女様のままだった。このままだと殿下の本来の婚約にも支障が出るからと、やんわりと説得してきたがご納得いただけない。しかもミサキに危害を加えようとしたとなると……、止《や》むを得ず最後通牒《つうちょう》ってとこだな」

なんとも言えない気持ちでマリアンヌを見る。マリアンヌは、屈辱に震えている。拳を握りしめ、宝石のような瞳に涙が浮かぶ。

可憐《かれん》な少女の憐憫《れんびん》を誘う姿にも動じることなく、レインフェルドは冷めた眼差しで告げた。

「早く城にお戻りなさい。これ以上我々の手を煩わせるなら、私にも考えがある」

「レイ、待ってよ。どうしてそんなことを言うの？　私と結婚すれば、いまよりもっと強大な権力を手に入れられる。私があなたの望むものをすべてあげる。あの子じゃ、そんなことできないわ」

レインフェルドは、フッと笑った。

「あいにく、あなたからいただけるもので魅力的なものは一つもない。よろしいか、マリアンヌ殿下」

レインフェルドはマリアンヌに一歩近づく。気圧《けお》されたようにマリアンヌは一歩後ずさる。

「長年にわたり国家に仕えてきた我がシルベスク家を敵に回すとどうなるか、よくよく考えて行動なさるべきだ」

「――っ」

さっとマリアンヌの顔が青ざめる。

「あー、完全に怒らせたな」

リュシーが肩をすくめる。

「シルベスク家の力を、王女様はわかってないね」

レインフェルドの家は建国以来、長きにわたり国を支えてきた名門だ。貴族の中でも抜きんでた権力を持っている。その気になれば、味方につく貴族や諸外国と力を合わせ政変も起こせるかもしれない。国王もそれを恐れているから、無下な扱いをしないのだという。

「さらに、レイのお姉さんは隣国に嫁いで王太子妃になってる。隣は大国だからね。繋がりを持つシルベスク家に、よほどのことがない限り誰も歯向かおうとなんてしない」

力がありながら権威を振りかざさないのは、ひとえにシルベスク家が代々、公正、実直で穏便な家系であり、国に忠誠を誓った一族だからだ。

王女のわがままを許していたのも、特別な感情があったわけではなく、ヴィンセントの言う通り本当に臣下としての礼節をわきまえていただけにすぎないのだろうか。

「もう一度申し上げます。私はあなたと結婚しない。速やかにあなたの本来いるべき場所にお戻りなさい」

「レ――」

「はっきり申し上げないとご理解いただけませんか？　私は、あなたを女性として意識したことも、好意を抱いたこともない。ただの一度も」

「――っ」

マリアンヌは愕然と立ちつくした。

そのとき、遠くの方から蹄《ひづめ》の音がした。段々近くなり、月明かりにその姿が浮かび上がる。立派な馬が三頭、騎乗しているのは騎士だ。

「やっと来たか」

まるで彼らの到着を待っていたかのように、レインフェルドが呟く。

全員、馬から素早く下りると、リーダーらしき騎士が近づいてくる。

「シルベスク公爵閣下、遅くなり申し訳ございません」

到着早々頭を下げる騎士に、レインフェルドは頷く。

「遠くまでご苦労だった。疲れているとは思うが、早急に対応願いたい。――二度目はない」

声を荒らげているわけではないのに、厳しい声音はひやりと肌を撫でるようだった。騎士の肩が僅かにぴくりと揺れた。頭を上げると、マリアンヌに視線を送る。騎士の冷たい眼差しに、マリアンヌは息を呑む。

「な、なによ」

「王女殿下。我々と共に王宮にお戻りいただく」

「ど、どうしてよ、私はレイのそばにいるの！　私以上に彼に相応しい女性なんかいないんだから」

「遊びで旅をしているわけではないのですよ」

まるで子供に言い含めるような態度に、マリアンヌは眦《まなじり》を吊り上げる。

「あなた、誰に向かって口をきいているの!?　お父様に言いつけてやるわよ！」

「その国王陛下の勅命を受けて我々はここにいます」

騎士の言葉にマリアンヌは目を見開く。

「国王陛下はこのたびの殿下の身勝手極まりない行動に大層お怒りです。シルベスク公爵閣下より送られた書簡で陛下はすべてを把握しておられます」

マリアンヌは信じられないという顔でレインフェルドを見る。

「レイ、あなた、お父様になにを言ったの!?」

レインフェルドは淡々と答える。

「私はありのままをご報告差し上げたまでです。あとのことは国王陛下がご判断されること」

もはや言葉もないマリアンヌに、レインフェルドは容赦なく畳み掛ける。

「殿下。私は何度も進言いたしました。これは遊びではない、早急にお帰りください、と。残念ながらまったくご理解いただけませんでしたが。これが最後です、殿下。私はあなたを必要としていない。あなたの本来いるべき場所にお戻りください」

冷静だが一言一言に圧があり、突き放すような言い方だった。先ほどからレインフェルドにきつい言葉を掛けられ続け、さすがのマリアンヌも自身が置かれている状況を把握したのか、悄然《しょうぜん》としている。

「あと――」

レインフェルドの視線が、マリアンヌの護衛に向けられる。睨み据えられた護衛はびくりと肩を揺らす。

「お前たちがミサキを王女殿下のもとに連れていき危険な目にあわせ、マウロに暴行を働いたこと、私は許してはいない」

「――っ、我々は王女殿下のご命令で」

「だから剣も持たぬ非力な女性と子供に手を出したと？　恥を知れ」

レインフェルドの静かだが鋭い刃物のような雰囲気に、護衛は押し黙る。

「この件については、悪竜を倒したあと王都に帰ってからしかるべき対応を取らせてもらう。いいな」

もはや言葉もない護衛たちから視線を逸らし、レインフェルドは話を締め括《くく》った。

「王女殿下のお帰りだ。身体が動く者は丁重にお見送りを」

淡々と指示を出すと、レインフェルドはマリアンヌに背を向け、王都からの迎えの騎士たちに後を託して、何事もなかったように中断された話の続きをクリストフと始めた。王女であるマリアンヌの存在そのものを拒絶するような態度は、本来のレインフェルドでは考えられない。それほど彼の怒りが深いものであることが容易に察せられる。

レインフェルドの怒気にあてられ、彼の本気をようやく悟ったのか、マリアンヌはなにも反論してこない。

呆気にとられていた他の者たちは、ハッとし互いに顔を見合わせ、ためらいながらもマリアンヌの見送りのため移動する。

美咲は動かなかった。周りと同じく呆然としていたし、行ったところで美咲の顔なんてマリアンヌは見たくないだろうから。

「お優しい公爵様も、とうとう堪忍袋の緒が切れたってとこだな」

リュシーが苦笑し、ノアは肩をすくめる。

「いや、もった方だと思うよ。本当に参ってたから」

「まぁね」とリュシーはしみじみ呟く。

離れていた美咲と違い、リュシーたちはこの数年間を共に過ごしてきた。美咲が知らないレインフェルドの身の回りに起こったことも、当然把握しているだろう。

「レイだってさ、自分の立場はわかっていたはずなんだよ。本来なら結婚して子供を作り、後継を育てるのが貴族の役目で、王女様が相手なら申し分がないって。だけどずっと難色を示していた。誰になにを諭されても。どんな良縁があっても絶対に首を縦に振らなかったし、自分が死んだあとの家督は親族の中から適した人間に相続させるとまで言いだしたときは、さすがに周りは頭を抱えていたな」

苦笑したあと、ちらりと視線が寄越される。

「なぜ頑《かたく》なに独り身を貫いていたかわかるか?」

返事ができなかった。その先を言わないでほしい、聞きたくない。咄嗟に遮ろうとしたが――。

「忘れている間も、きっと心の底に、ミサキの存在があったんだよ」

美咲は、ギュッと目を閉じた。

「あの日、全員がミサキを思い出した瞬間から、ミサキと再会するまでのレイときたら、見ていられなかったな」

リュシーは空を見上げる。

「ずっと自分を責めていた。それはいまも変わらない」

美咲は、クリストフと話すレインフェルドに視線を向けた。凛々しい横顔だ。任務にあたるときは厳しい眼差しが、美咲を前にすると優しく細められ、いつだって美咲の胸をざわめかせた。

「……困るわ」

掠れた声で呟く。

そんなことをいまさら言われても、美咲にはどうしようもない。失った時間は取り戻せない。散々苦しんで、吹っ切ったはずだった。はずだったのに、いまさら動揺する自分が嫌だった。

◇◆◇

マリアンヌが帰ったあと、隊を立て直すまで美咲はマウロのそばについていた。地面に敷いたシーツの上で横になるマウロは、いまはぐっすりと眠っている。そっと服をまくりあげ、蹴られたお腹の様子を見てみる。少し青あざになっていた。マウロの様子や怪我の見た目からして、骨や内臓にまで影響はなさそうだとリュシーたちは言っていた。いまも特に苦しんでいる様子はなくホッとする。動くと若干痛むみたいだが、激しい運動をしなければ大丈夫そうだ。

「ミサキ、少しいいか」

レインフェルドに声をかけられ、顔を上げる。今後の予定をクリストフと話し合っていたが、もう終わったようだ。

レインフェルドは美咲のところに来るような気がしていた。だけど来てほしくないと思っていた。逃げだしたい気持ちはあったが、彼の真摯な眼差しに見つめられると断ることもできず、頷いて後についていく。

二人は少し歩き、隊の様子が遠目に目視できるあたりで足を止めた。

「マウロの怪我の具合はどうだ?」

「そこまでひどくないみたい。ぐっすり眠ってるわ」

レインフェルドはホッと息を吐いた。

「マウロはいい子だな」

美咲は頷いた。

「とっても。きっとあの子の父親の影響だと思う」

ダンのことを口にすると、レインフェルドの眉根が僅かに寄った。

「……そうか。——ミサキ。聞いてもいいか？」

不意に問いかけられ、頷く。

しかし問いかけておきながら、レインフェルドは黙ってしまった。言葉を探してはためらう様子が伝わってくる。

きっとマリアンヌの件だろう。二人の婚約が誤解だったことはわかった。だからと言ってどうしろというのか。美咲は答えを持っていない。核心に触れるようなことはなにも言わないでほしいというのが本音だ。

だがたっぷり一分程経過したのち出てきたのは、思いもよらぬ言葉だった。

「マウロの父親のことなんだが」

「ダンのこと？」

「そうだ。きみはその……、随分と彼に心を開いていたようだが」

「そうね」

紛《まご》うことなき事実なので迷わずに肯定すると、また沈黙が流れた。レインフェルドにしては珍しく歯切れが悪い。やがてレインフェルドは気を取り直したように美咲に顔を向けた。

「こんなところに呼びだしてすまない。だが、どうしてももう一度きちんと話がしたかった」

「……」

「きみを傷つけたのは私だとわかっている。私とは適度な距離を置くことをきみが望んでいることも。ミサキの思いを尊重することが、私にできるせめてもの贖罪《しょくざい》だと、頭ではわかっているんだ。だが、どうしてもきみを諦めることができない」

「……それは、きっといまだけよ。あなたはいま、私を思い出して日が浅いから、気持ちの折り合いがつかないだけ。何年も経てば、私みたいに心の整理ができる」

言いながら、果たして自分はレインフェルドを前に本当に冷静でいられているのか疑問だった。大丈夫なはずだった。己を律し、過去の想い出としてすべてを胸に仕舞いこんだ。他の仲間たちにするみたいに、普通に接していけると思っていた。

なのにどうして、こうして話しているだけで、自分でも制御できない焦燥感が湧いてくるのか。

「無理だ」

レインフェルドは首を横に振った。

「私も何度も言い聞かせた。だが、自分を納得させることができない」

「あなたが好きだった私は過去の私なの。あのころの私といまの私は、同じようで違う」

ただただレインフェルドを想い、レインフェルドだけをこの世界で生きる希望にしていた美咲はもう存在しないのだ。

「そうだな。きみは変わった。マウロといるきみを見ていると特に思う」

「マウロ?」

レインフェルドは頷く。

「人は守るものができると強くなれる。私にとってのミサキのように。きみにとって、マウロが守るべき大切な存在なんだろう」

レインフェルドの言う通りだ。過去の思い出が胸を刺しても、マウロを守り育てるという決意が美咲を今日まで生かしてくれた。

「先ほどマウロが王女殿下の護衛に危害を加えられたときも怒りを見せ、先日もマウロが王女殿下に噛みつき護衛に剣を抜かれたとき、身を挺《てい》して庇っていた。あれにはひやりとさせられたが……」

レインフェルドは苦笑し、美咲を見る。

「自分の身を投げだすほど、きみがマウロを大切に思っているのは見ていてわかる」

「……」

「私は五年前のきみを忘れていない。健気で一生懸命なきみが好きだった。守りたいと思った。だがいまのきみは昔より強くなった」

「それは……」

「強くならざるをえなかったことはわかっているつもりだ。私には想像も及ばないこの数年で、きみは強く輝くような女性になった」

昔に比べたら強くはなったかもしれない。でもそれはただ必死だっただけで、レインフェルドたちのように立派な考えや責務に追われてのことではない。

「きみはどんな状況に追いこまれても、自分を見失ったりしないな」

レインフェルドは眩しそうに目を細める。いまの美咲を通して、過去の美咲も包むような優しい眼差しに、落ち着かない気持ちになる。

「理不尽な目にあっても、どれだけ傷ついても、腐ったりしない。健気で一生懸命なところは変わらないまま、むしろ凛としなやかになっていく。きみを知れば知るほど、私はどんどんきみに惹かれていくんだ」

「……」

「きみのそばにいたい。きみは確かに強くなったが、これから先、もしきみに辛いことがあったとき、きみを守るのは私でありたい」

心臓が波打つ。その先の言葉を聞いてはいけない気がして遮ろうとした美咲より早く、レインフェルドは告げる。

「誰よりも愛している。きみだけを」

ざぁっと、風が吹き抜ける。木々が揺れ、葉の擦れる音がする。

互いに言葉を継ぐことができず、しばらく自然の音が鼓膜を震わせ、視線が交わる。真摯な瞳を直視することに耐えきれなくなり、美咲は思わず逃げるように目を逸らしてしまった。

互いの間にあった妙な緊張感が途切れ、レインフェルドは弱々しく呟いた。

「……きみの心にはもう、私が入る余地はないのか？」

「え――？」

「私以外の男が、心の中にいるんだろう？」

一体なにを聞かれたのかわからなかった。レインフェルドが、苦しそうに目を伏せる。

「マウロの父親に、好意を寄せていたのではないのか」

美咲は目を見張った。美咲の態度をどうとったのか、レインフェルドは続ける。

「向こうもきみのことを、愛しく思って……」

どうやら美咲とダンの仲を誤解しているらしいと、ようやく気づく。

マリアンヌのときみたいに侮辱されたと感じないのは、ダンと美咲の関係を見下したものじゃなく、お互いが尊重しあい、愛し合っていたのではないかとレインフェルドが疑っているのが伝わってくるからだ。

「それは——」

咄嗟に否定しそうになり、慌てて口を噤んだ。

否定してどうなる。むしろ勘違いしてくれていた方が好都合ではないのか。

レインフェルドといると、レインフェルドに抱いていた気持ちの残り火が燻る。

それはやがて大きな火になり、美咲では手に負えないほど燃え盛るだろう。

だったらいまのうちに完全に鎮火するべきなのだ。

胸の奥深くに閉じこめたはずの気持ちが溢れそうになる前に、固く蓋をしなければ。まだ間に合ううちに。

「……そうだとしても、もう、あなたには関係のないことでしょう?」

美咲はぐっと拳を握りしめ、あえて冷たい口調で突き放した。

レインフェルドが誤解しているなら、便乗しておけばいい。レインフェルドは美咲のことなんて忘れて、身分に釣り合う、自身に相応しい女性の手を取るべきだ。

初めはお互い辛いかもしれない。でもいつかきっと、いい思い出になる。

事実、美咲はレインフェルドと再会しなければ、思い出の一部として消化できていたはずなのだから。

「……そう、だな」

レインフェルドは自嘲気味に笑った。弱気な姿なんて、本当は見たくない。常に凛として、前だけを見据えて、美咲のために覇気をなくす必要なんてない人だ。

なのにレインフェルドは傷ついている。傷つけたのは間違いなく美咲だ。こんな顔はさせたくない。レインフェルドが美咲に真っ直ぐな感情をさらけだすたびに、頑なだった美咲の心は揺さぶられ、日に日に動揺が強くなる。再会した当初はもっと冷静でいられたのに。突きつけられる現実に、美咲の表情は知らずに歪んでいたらしい。

「そんな顔をされると、ミサキの心をまだ取り戻せるのかもしれないと期待してしまう」

美咲はハッとして、表情を引き締めた。レインフェルドは美咲の表情の変化をじっと見つめる。

どうしてそんなことを言うのだろう。

取り戻すもなにも、美咲の心の中にはどんな形であれいつだってレインフェルドがいた。どんな思いで断ち切ったのかなにも知らないくせに。

苦しんで、悩んで、泣いて、そうしていまの美咲がいるのだ。レインフェルドから見た美咲は、レインフェルドのことなんて吹っ切って、違う男性に想いを寄せていたように見えるのかもしれない。あっさり違う男性を好きになれたなら、どれほど楽だっただろう。

でも美咲の心に、他の人間が入りこむ余地なんてなかった。

レインフェルドと再会してから、最低限普通に会話できているのは、心がズタズタになっても、それでもなんとか生きてきたいままでの自分がいたから。レインフェルドによって傷つけられた心を、美咲は自分自身で守り抜いた。そのプライドを支えにかろうじて立っているだけだ。

それなのに、自分だけがいまでも美咲を想っているような言い方をして、挙句、美咲に傷つけられたみたいな顔をするなんて。

レインフェルドを傷つけたいわけじゃないのは本心なのに、レインフェルドに傷つけられた美咲の心が、勝手なことばかり言うレインフェルドを詰る。

――あぁ、だめだ。

美咲はギュッと目を瞑る。

いけない傾向だ。レインフェルドと話せば話すほど、この数年押し殺してきたあらゆる負の感情、そしてレインフェルドへ抱く複雑な想いが膨れあがり、自分の感情に呑みこまれていく。

激しく揺れ動く気持ちを必死に抑えこみ、強い口調で突き放すように言った。

「あなたにも、世界中の誰にも、私の気持ちなんてわからない。わかってほしくなんてない」

故郷も愛する人もなにもかも失った。美咲が美咲であると存在を証明するものは自分自身の体一つしかなかった。全世界から取り残された恐怖や、それでもレインフェルドを忘れられず苦しんだ美咲の葛藤を簡単に推し量られてたまるものかと、怒りにも似た感情が込みあげる。

ぽたり、と涙がこぼれ落ちた。

泣くつもりなんてなかったのに、感情が乱れ制御できない。うっ、と嗚咽《おえつ》を漏らす美咲にレインフェルドが近づいてきて、涙を拭おうとしたのだろう伸ばされた手を払いのけ、胸に拳を叩きつける。

「みんな勝手なことばかり。私のことをなんだと思っているの。聖女なんて知らない、なりたくなかった。私はただ日本で家族に愛されて育った普通の女子高生にすぎなくて、ちょっと見目のいい男性に親切にされたからって恋に落ちるくらい世間知らずの女で」

ドンドンと、胸を叩く手に力がこもる。レインフェルドは一切抵抗しない。

「どうしてただ好きでいさせてくれなかったの……っ」

レインフェルドの腕の中で、ただ幸せに浸らせてくれたらよかったのに。そしたらこんなふうにレインフェルドを責める必要もなく、なにも考えずすべてを委ねられたのに。笑い合いなんのしこりもなく二人幸せに暮らしていけたのに。

残酷で憎らしくて、誰よりも愛しい人。好きにさせておいて、自分だけあっさり美咲のことを忘れたくせに、美咲の中からは絶対に消え去ってくれない。

旅の間、ずっと戒めていた感情がほろりほろりとこぼれていく。マリアンヌが来てからは特に感情が揺れることが多くなったように思う。それでも必死に己を見失わないように律しているのに、他ならぬレインフェルド自身が美咲を追いつめる。

「これ以上私を振り回さないで」

美咲はレインフェルドを強い眼差しで見据える。

「私たちの関係は、悪竜を倒したあの日に終わったの。そうでしょう？」

レインフェルドのせいではなかったとしても、レインフェルド自身の言葉が態度が、二人の繋がりを断ち切ったのだ。

「だから私は、あなたがいない日々を受け入れた。毎日必死に。もうあなたと私は関係ない、そう思って私は――っ」

声が震えそうになり、深呼吸をする。

「ミサキ」

「触らないで！」

伸ばされそうになった手を思いきり払いのける。パシッと鋭い音が響いた。驚いたレインフェルドの眼差しは深く傷ついている。あぁ、この目だ。再会してからずっと、彼を傷つけているのも辛い思いをさせているのも美咲だと思うと、たまらなくなった。

「ミサキ！」

この場にいられなくなって、美咲はバッと走り去った。

◇◆◇

遠ざかる背中に声をかけたが、美咲の足が止まることはなかった。レインフェルドは伸ばした手をギュッと握り、腕を下ろす。

美咲の悲痛な叫び声が胸を抉る。

再会してから、いや、思えば五年前に出会ったときから初めてかもしれない。美咲があそこまで激しくレインフェルドに感情をさらけだしたのは。

それほど美咲を苦しめているのだと、充分すぎるほどわかっている。美咲への想いをすっぱり捨て、謝罪し、旅の仲間として接するのが、美咲に対する贖罪だと。それでもどうしても諦めきれない。

レインフェルドにとって美咲は、昔もいまも、誰よりも大切な存在だった。


レインフェルドは、由緒ある公爵家の嫡男として生を受けた。厳格だが愛を持って家族を守る父、凜とした美しさで家庭を支え社交をそつなくこなす母、穏やかな優しさで包みこんでくれた姉、そして大勢の優秀な使用人に囲まれ、何不自由のない生活を送っていた。

剣の才能にも恵まれ、騎士としての道に進み、実績も積んだ。すべてが揃った環境。レインフェルドの前には真っ直ぐ伸びるレールが敷かれ、逸れることなく歩むだけでよかった。

それが正しいことなのだと、疑ったこともなかった。苦痛も変化もない、すべてが満たされた日々に終止符が打たれたのは突然だった。

悪竜。自我を失った竜の成れの果てが世界を恐怖に陥れた。すぐに対策が講じられ、レインフェルド以下、精鋭たちが集められた。レインフェルドにとって幸運だったのは、右腕となる旅の中心人物たちが信頼に足る人間だったことだ。

同じ歳で侯爵家の次男であるクリストフとは以前から交流があったし、伯爵家の長男であるヴィンセントとも顔見知りだった。リュシーやノアは平民で傭兵のため初対面だったが、気のいい人物で好感が持てた。このメンバーならきっとうまくいくとレインフェルドは確信した。

ある日、諸々《もろもろ》の打ち合わせをして、準備に取り掛かっていたところでレインフェルドは国王に神殿へと呼びだされた。

国王と神殿長と一緒にいたのは、一人の少女だった。濡《ぬ》れたように黒い髪と瞳。異国情緒漂う風貌の少女は、泣き腫らした目で俯いていた。

「彼女はこの世界を救ってくれる聖女だ」

「聖女……？」

得意げな国王と神殿長いわく、悪竜を倒すための秘策として、古い文献を参考に異世界から聖女を呼び寄せたという。

レインフェルドは眉根を寄せた。

「……私は聞いておりませんが」

隠しきれない不快感が声音に乗ってしまった。悪竜討伐のために結成された隊については、レインフェルドが全権を任されていた。剣の腕前はもちろんのこと、急遽集められた大所帯を纏めるためのリーダーシップや貴族という身分、すべてが考慮されての任命だった。指揮権はレインフェルドにあったはずで、当然、悪竜討伐に関するあらゆる事柄はレインフェルドも把握しておくべきだ。

それなのに、レインフェルドにはなにも知らされていない。

この先勝手なことをされては困ると牽制《けんせい》もこめ、意図的に醸しだす雰囲気を冷えたものにしたレインフェルドに、少女がびくりと震えたのが視界に入った。レインフェルドが気分を害したのを敏感に感じとったようだ。レインフェルドはしまったと思い、国王に対して進言しようとした言葉を呑みこむ。

異世界からやってきたという少女は、心許なげに立っている。自分自身の指をギュッと握っている姿に、彼女の不安が読み取れた。縋れるものがなにもなく、自分しか信じられないのだろう。

――気の毒に。

真っ先に胸を占めたのは憐憫だった。

縁もゆかりもない国のために、わけもわからず連れてこられた。しかも強制的に。国王たちは喜んでいるが、少女からしたら災難以外のなにものでもないだろう。

だが現実として彼女は召喚されてしまった。元の世界に戻れず、この国を救うために必要なのだとしたら、丁重に迎え入れるしかない。

国王たちは聖女としての彼女の力に期待している。しかしまだその能力は未知数だ。もし少女に期待された力がなかったとしても、雑な扱いをすることは許されない。そんな身勝手なことは人としても騎士としても見過ごすわけにはいかない。実際に力があったとしてもなかったとしても、自分がすることは変わらない。目の前の少女がこの世界でつつがなく過ごせるようにすることだ。

レインフェルドは少女に近づいた。状況をまだ呑みこめず、混乱しているはずだ。突如引き合わされた初対面の男に距離を詰められ怯えた様子を見せた少女に、レインフェルドは片膝をつき手を差しだした。

「初めまして。私はレインフェルド・シルベスク。きみの名前を教えてもらっても?」

精一杯の穏やかさで問いかける。自分は敵ではないのだと、傷つけるつもりはないのだと伝わってほしい。

「……ミサキ、です」

僅かな逡巡《しゅんじゅん》のあと、小さな声で名乗った少女に、レインフェルドはゆっくりとした口調で微笑みを浮かべ続ける。

「ミサキ。私はきみの味方だから。この先、なにがあってもきみのことは私が必ず守ると約束しよう」

美咲の黒い瞳から、涙がポロリとこぼれ落ちた。声を出さず静かに涙を流し続ける姿にレインフェルドの胸は痛んだ。思わず抱きしめそうになった手を押しとどめる。

初対面の淑女を抱きしめるなど、ありえないことだ。だが弱々しい姿を前に衝動的に行動しそうになった自分に驚く。己を律して生きてきた。なにかに強く心を動かされたことなどいままでなかった。すべてにおいて自分を管理して生きてきたのに。

レインフェルドは戸惑いながらも、静かに涙を流す美咲から目を離すことができなかった。

旅が始まって最初のころは、美咲は周りとあまり馴染めなかった。周りはなんとか交流を図ろうとするが、美咲は泣いてばかりだった。なにかのきっかけで故郷を思い出し、また、この先のことを考えると恐怖心も湧くのだろう。無理もない。レインフェルドにできることは、できるだけ寄り添い不安を軽くして、少しばかりの慰めになればと一時でも責務を忘れられるように美しい湖畔に連れていくことくらいだった。だが、美咲は自分が原因で隊の進みが遅れていることに気づくと、足手まといにならないようにだろう、段々と仲間たちとも会話を交わすようになった。

強く聡《さと》い子だと思った。泣くときだって、別にレインフェルドたちを困らせようとしているわけじゃないのはわかった。その証拠に、いつもグッと涙を堪えようとしていた。堪えきれずこぼしてしまった涙を拭ってやりたいと思いはしても、面倒だと感じたことは一度もなかった。

「あ、ご、ごめんなさい」

馬上で体勢を崩した美咲の身体を支えると、美咲は慌てて謝罪を口にする。

「いや、やはり疲れているんだろう。先に気づかなくてすまない。いったん休憩に――」

「私は大丈夫です。だからこのまま進んでください」

硬い声音だった。きっと身体は辛いだろうに、自分のせいで進行を遅らせるわけにはいかないと考えているのがありありと伝わった。

案の定、美咲は少し落ち込んだ様子で続けた。

「さっきも、私のせいでご迷惑をかけてしまったので」

野生の獣であるデュラの群れに襲われたときのことを言っているのだろう。

これまで順調に進んでいたが、旅が始まって初のアクシデントだった。レインフェルドたちは当然こういうこともあるだろうと織り込み済みだったが、美咲にしてみたら衝撃だったのだろう。間近で見た野生の獣の迫力と、怪我をして血を流す騎士たちを見て、恐怖のあまり貧血を起こしてしまった。

リゼが美咲を介抱し、リュシーが気遣わしげに言う。

――レイ、もう今日はここで休んだ方がよくないか？

本当はもう少し先の町まで馬を走らせ、そこで一夜を過ごすはずだった。だが美咲の状態では無理をさせるのも気の毒だ。

他の仲間たちも同意するように頷き、レインフェルドも決断したのだが、話を聞いていた美咲本人が断固拒否した。

――もう動けます。だから、予定通りに進めてください。

――しかし……。

美咲は青ざめた顔で、でもしっかりとレインフェルドの目を見つめて言い切った。

――私、皆さんが命懸けで戦っているのを見て、思ったんです。私はなにもできないけど、せめて邪魔だけはしたくないって。だからお願いします。私のせいで皆さんの頑張りを無駄にしたくないんです。

――ミサキ……。

真剣に訴えてくる様子に、胸が締めつけられるようだった。

誰も美咲のことを足手まといだなんて思っていない。むしろなんの訓練も受けず、心構えもない状態で長旅に付き合わされ、よくついてこられると感心しているくらいだった。

レインフェルドの知る女性といえば、自身の意思で剣を握ることを選んだリュシーを除けば、全員が蝶《ちょう》よ花よと育てられた深窓の令嬢ばかりで、たいした食事も用意できない長旅にはきっとついてこられないだろう。身の回りの世話をしてくれるのはリゼ一人しかおらず、不便なことも多いだろうに、美咲は逆にリゼに申し訳なさそうにしている。

不慣れな環境の中、それでも美咲は騎士である自分たちが戦う姿に、純粋な尊敬の念をこめて接してくれる。

美咲の思いを無駄にして余計に本人の負担になるくらいならと、レインフェルドは美咲の意思を尊重することにした。

――わかった。だが、少しでも無理だと思ったら、すぐに言ってほしい。

美咲はホッとしたように頷いた。

微かに浮かべた笑みに、レインフェルドは目を細める。

本当は怖いし辛いだろうに健気な姿に、形容しがたい感情が胸に込みあげる。それはレインフェルドにとって初めての感覚だったが、美咲と共に過ごすうちに何度か経験することで、抵抗なく受け入れるようになった。

――では、行こう。

そうして馬を走らせたのだが、やはり気は逸《はや》っても身体は追いついていないようだった。

「ちょうど馬も休憩させようと思っていたところだから」

本当だろうかと半信半疑に振り返る美咲に、レインフェルドは微笑んでみせた。すると美咲は耳をほんのり赤らめ視線を前に戻す。あまり異性との触れ合いに慣れていないようで、美咲は度々初々しい反応を見せる。微笑ましい様子にくすりと小さな笑みをこぼし、レインフェルドは背後で馬を走らせるクリストフに合図をして、しばらく走った先で休憩を取ると伝える。

休憩場所で馬から下りた美咲は、少しバランスを崩した。やはり心身共に疲労が蓄積しているのが見て取れる。だが美咲は不満を口にしたりはしない。

美咲の世界では、移動手段に馬を使うことはないという。馬すら乗らない世界、レインフェルドたちの世界とは違う文明。聞けば聞くほど、文化も価値観も生活様式もなにもかもが違う。

それでも美咲は懸命に順応しようとしていた。

与えられた環境の中で、絶望や苦労とは無縁の日常を生きてきたレインフェルドとは違い、なにもない状態からでも腐ることなく前を向こうとしている美咲の姿は、レインフェルドの目に鮮烈に映った。

もし自分が美咲の立場だったとしたらどうだろう。

話に聞く美咲の世界とこの世界は大きく違う。レインフェルドが誇る剣の腕も、公爵家という肩書きも、美咲の世界ではなんの意味もなさない。いままで築きあげてきたあらゆるものを理不尽に奪われ、自分を象《かたど》るすべてがなくなっても、自分は美咲のように振る舞えるだろうか。いや、無理だろう。

すべてが整えられた環境下で、周りが望む相応しい人間であろうと振る舞っていただけだ。実際、対応できるだけの才覚もあった。期待に応えようと努力もしてきた。

だが必死になにかを追い求めたこともない。

追い求めずともレインフェルドは大抵のものを持ち、自身の置かれた環境を疑ったことなどなかった。

なにもかもがうまくいくわけでもなかったが、周りが望む人物像に応えるため、自分が正しいと思える道を真っ直ぐ進めるよう己を磨き騎士になった。

苦だと感じたことはなかった。そうすることが当たり前だと思っていた。

結果的に自分が望んだすべてを手にしたはずなのに、どこか他人事《ひとごと》だった。

大きく感情を揺さぶられることもなく、体裁ばかり完璧に取り繕って、中身は空っぽだったのだと気づいた。その空っぽを一人の少女の存在が埋めていくのを確かに感じた。

「ミサキ。この旅が終わったら私と生きてほしい」

「レイ、それって……」

「結婚しよう」

旅の間共に過ごす中で、レインフェルドにとって美咲はかけがえのない女性になっていた。泣いてばかりいた少女は旅を通じてレインフェルドに心を開き、笑顔を見せるようになった。

理不尽な環境に突然放りだされても自分を見失わず懸命に踏ん張る姿も、周りを気遣う健気さも、すべてがレインフェルドの心を摑んで離さない。もはや手放せない。美咲がいなければこの先の人生など意味がない。

涙を浮かべる美咲の手を握りしめる。

この手をずっと握っていよう。絶対に離さない。美咲が失ったものを完全に埋めることはできなくても、この先の生涯をかけて美咲を愛し守り抜こうと心に誓った。


それなのに。レインフェルドは美咲の存在を忘れてしまった。


「レイ、私よ、美咲よ！」

縋りついてくる少女が誰なのか、レインフェルドはまったくわからなかった。

親しい者だけが呼ぶ愛称でレインフェルドを呼び、無遠慮にも腕に縋りついてくる。その鬼気迫る様子に、ひょっとして自分がおかしくなったのかと周りを見るが、全員が厳しい顔で少女を見ていた。

レインフェルドたちとは明らかに違う風貌で、悪竜を討伐したばかりの場所になぜか居合わせた見知らぬ少女。レインフェルドが警戒するには充分だった。

「すまない。私は、きみのことを知らない」

レインフェルドに取り入ろうとしているのだろう。これまでもあったことだ。レインフェルドの肩書きや容姿に惹かれ寄ってくる女性は初めてではない。対応を誤るとのちのち面倒なことになる。

それに明らかに非戦闘員の雰囲気の少女が戦闘の前線にいるのも不気味だ。他の仲間たちも同じように感じたのだろう。クリストフが部下に命じ、少女は騎士に取り押さえられた。

「レイ！」

あとのことはクリストフたちに任せ、悪竜討伐の事後処理に取り掛からなければならない。やることは山積みだった。

悲痛な叫び声に、レインフェルドは背を向けた。

悪竜討伐が終わり、レインフェルドたちは王都に戻ってきた。

馬を下りたところで自然な仕草で馬上に手を差しだそうとしていた。まるで誰かが馬を下りるのを補助するように。

「おーい、レイ！　なにしてんの？」

遠くからリュシーに呼びかけられハッとする。

これで何度目だろう。悪竜を倒してから王都に帰還するまでの間、ついこの動きをしてしまう。まるで誰かと相乗りをしていたかのようだ。旅の間、ずっと一人で騎乗していたはずなのに。

レインフェルドは気持ちを切り替えるように頭を振る。

どうやら疲れているようだ。この先もまだ色々と忙しいのだから、しっかりしなくてはならない。

その後、レインフェルドたちは盛大に迎えられた。国中、いや世界中から称賛された。祝賀会には国内のみならず他国からも多くの貴賓が訪れ、レインフェルドたちに熱い眼差しを送ってくる。

「レイ、私と踊ってちょうだい」

国王の愛娘《まなむすめ》であるマリアンヌからダンスの誘いを受ける。彼女がレインフェルドに執着しているのは知っていた。まだマリアンヌが幼いころは微笑ましく思って相手をしていたが、もうすぐ成人になるというのに熱は一向に冷める気配がない。それどころか淡い初恋は歳を重ねるごとに大人の女性顔負けの熱を孕《はら》むようになってきた。ただレインフェルドも国王もマリアンヌの願いを叶えるつもりはなかった。無駄な期待をさせぬよう、極力マリアンヌとの接点は持たないようにしてきたが、いまは公の、しかも他国からも多くの重鎮を招いている祝いの場だ。マリアンヌは自分の思い通りにならないと癇癪《かんしゃく》を起こすことがあるため、ここで対応を誤ってめでたい席に水をさすのは憚られるし、王妃についで貴い身分の女性に衆目の前で恥をかかせるわけにもいかず、レインフェルドはしかたなく手を取る。

瞬間、レインフェルドは動きを止めた。脳裏に一瞬、女性の姿がよぎった。顔は見えない。見えたのは黒い髪だけ。

「レイ?」

訝しげなマリアンヌの声に、レインフェルドはハッと我に返る。

「……申し訳ありません。少し疲れているようです」

胸が嫌な感じに波打つ。貼りつけた笑みを浮かべステップを踏むが、疲労を理由にレインフェルドは早々にマリアンヌとのダンスを打ち切り、端に避けた。マリアンヌは不服そうだったが、なにかがレインフェルドにそうさせた。

「レイ、大丈夫か？」

旅の仲間が心配そうに寄ってきた。クリストフにヴィンセント、リュシーにノア。命懸けの修羅場を共に乗り越えた、かけがえのない友だ。

「……あぁ、大丈夫だ」

ため息交じりに答える。

「きっと疲れているんだろう。このお祭り騒ぎもそろそろ落ち着くだろうから、ゆっくり休め」

仲間たちの労《ねぎら》いの言葉に曖昧に頷いた。

なにもかもが満ち足りている。レインフェルドは皆の期待に応え、世界を危機から救った。なにも不足はないはずなのに、ときおり違和感が襲う。そのたびにいてもたってもいられないような焦燥感が纏わりついて離れない。

一体なぜなのか、自分でもわからなかった。


黒い髪がなびく。レイ、と自分を呼ぶ可愛らしい声。振り向いた少女の口元が笑みを浮かべる。

だが次の瞬間、黒い瞳には涙が浮かび、絶望に染まった。

「――っ」

レインフェルドはハッと目を覚まし、飛び起きた。

肩で息をして、前髪をくしゃりと鷲掴む。

夢を見ていた。だがなんの夢だったのかまったく思い出せない。絶対に忘れてはいけない夢だった気がするのに。

これで何度目だろうか。もはや数えることも難しい。悪竜を討伐してからそれなりに年月が経過したが、あれ以来レインフェルドは眠りが浅くなった。こうして何度も飛び起きる。確かに夢を見ていたのに、起きた瞬間にすべてが消え去り内容がなに一つ思い出せないのだ。

レインフェルドは深く息を吐き、ベッドから下りた。外はもう明るくなっていて、朝が来たことを知らせている。

身支度をして部屋を出ると、ちょうど女中のリゼと会った。レインフェルドの家で長年働いてくれている女性で、ノアの恋人でもある。

「おはようございます、レインフェルド様」

「あぁ、おはよう。ノアから聞いた。婚約したんだって？」

リゼはポッと頬を赤らめた。

「はい」

レインフェルドは目を細めた。大事な仲間が幸せになることは、レインフェルドにとってとても喜ばしいことだ。

「おめでとう」

「ありがとうございます」

「きっとあの子も喜ぶだろう。きみたちのことを応援して——」

レインフェルドはハッと言葉を切った。あの子とは、誰だ。自分は一体誰の姿を思い浮かべた？

一瞬誰かの姿がよぎった気がするのに、もう跡形もない。

急に固まったレインフェルドに、リゼは戸惑ったように声を掛けてくる。

「レインフェルド様？」

「っ、あぁ、すまない。……今度きちんと祝わせてくれ」

「そんな、わざわざお気遣いいただかなくても」

「ノアもきみも、共に旅をした大事な仲間だ。それにきっとリュシーあたりが張り切ってなにか計画するだろうから」

想像したのか、遠慮しながらもくすくすと笑うリゼと二、三言葉を交わして別れ、レインフェルドは長い廊下を一人歩く。

「……私は一体、なにを言っているんだ」

妙なことを口走った自分に、動揺が収まらない。

レインフェルドの中で、なにかに対して抗おうとする自分がいる。このままではいけないのだと、取り返しのつかないことになるのだと心は訴えかけてくるが、肝心なことがなにもわからない。もどかしくて、苛立たしい。漠然とした焦燥感は最近ではもはや身体の一部と化して、レインフェルドの心身に暗い影響を与える。

レインフェルドは頭を無理やり切り替える。今日も忙しい一日が待っている。自分のことだけにかまけていられない。

朝から騎士団に行って、午後からは会議も控えている。悪竜は倒したが、被害にあった人々の救済措置について話し合わなければならない。年月を経てもいまだ生活を立て直せていない人々がいる。やることは山積みだ。

レインフェルドは胸元をギュッと握った。

今日もまた、言いようのない胸の痛みを感じながら、レインフェルドの長い一日が始まる。

「レイ、いい加減、腹を決めたらどうだ」

クリストフがため息交じりに苦言を呈する。

レインフェルドにあてがわれた騎士団の執務室。書類整理をしているレインフェルドの傍らで、共に旅した仲間たちがソファで呑気に寛《くつろ》いでいる。

悪竜討伐から五年近くが経ち英雄扱いされている彼らだが、どれだけ持ち上げられても根っこの部分は変わらないらしく、どこに行っても注目されるのは息が詰まると言ってここに逃げこんでくる。ここはいつの間に溜《た》まり場になったんだと呆れながらも、レインフェルドにとっても彼らと過ごすのは心地よく、追いだすようなことはしなかった。

「どれどれ、おー、今度は他国のお姫様ときたか」

クリストフの手元を覗きこんだリュシーがクッキーを齧《かじ》りながら感心したように呟く。

レインフェルドは公爵家の嫡男だ。しかも世界を救った英雄ということもあり、縁談がひっきりなしに舞いこんでくる。いまもうずたかく積みあげられた釣書を手にしたクリストフが呆れ顔をしている。二十九歳という年齢的にも妻を迎えていてもおかしくない。いや、むしろ遅いくらいだろう。

だがそのどれをもレインフェルドは断り続けていた。

ありがたいことに家族は静観してくれている。隠居した父は、家督はもう譲ったのだからあとの判断はすべてお前に任せると言ってくれ、母や他国に嫁いだ姉も、レインフェルドの意思を尊重してくれた。

しかし外野が放っておいてくれない。

仕事や社交界で繋がりのある貴族連中が、顔を合わせるたびに早く結婚しろとせっついてくる。結婚しなければ一人前とは認めないような価値観の人間や、親切ごかしているが、自身の娘を売りこもうとしているのが透けて見えるような人間が寄ってくる。

レインフェルドはいい加減うんざりしていた。

穏やかな紳士の仮面を被り適当にあしらっているが、時が経つにつれ周りの圧は増すばかり。

「なにがそんなに嫌なんだ？」

リュシーが純粋に疑問だとばかりに問いかけてくる。

レインフェルドは沈黙した。

確かに自分でも不思議なくらい、結婚に対して拒否感がある。これはいつからだろう。

悪竜討伐の旅に出る前は、そんなことはなかったはずだ。無事に悪竜を倒し落ち着いたら縁談を受けようとさえ思っていた。立派な跡継ぎをもうけることが、公爵家の嫡男に生まれた自身の責任であると疑っていなかった。

それがどうしたことだろう。

悪竜を倒し、世界が平和になったいま、レインフェルドは打って変わって結婚に対し明らかな拒絶反応を示している。

「まぁ、確かに顔はいいかもだけど、あんまりいい噂聞かない女もいるしね」

ヴィンセントがつまらなそうに釣書を摘《つま》んで眺めている。

彼も貴族だから社交界に蔓延《はびこ》る噂話には精通している。

だが、違うのだ。

相手の女性がどんな容貌だろうと性格だろうと、それが公爵家のためになるのなら、自身の感情は抜きにして妻を迎えるつもりだった。だが理屈ではない別のどこかで、警鐘が鳴る。

「……でもそろそろ逃げるのも限界じゃないか？」

ノアが気遣わしげに言う。

「あー、マリアンヌ殿下？」

リュシーがうんざりしたように肩をすくめる。

国王の愛娘であるマリアンヌがレインフェルドに並々ならぬ執着を抱いているのは誰もが知るところだ。幼いころは微笑ましく見守っていた周囲も、マリアンヌが適齢期になってくるとそうもいられなくなった。

賢明な者は本気でレインフェルドとマリアンヌが婚約するなんて思っていないし、国王もそうだ。いまごろ自国にとって有利になる嫁ぎ先を吟味しているところだろうが、当のマリアンヌ本人だけが現実を見てくれない。マリアンヌを諦めさせるためにも、早急に妻を迎えるよう、先日はとうとう国王陛下自ら釘《くぎ》を刺されてしまった。

だがそれでも、レインフェルドの心は揺らがなかった。

「――私は誰とも結婚しない」

クリストフがため息を吐く。

「なぜそこまで頑なになる？　せめて顔合わせくらいはしてみたらどうだ。結婚してもいいと思える女性がいるかもしれない」

「そうそう。会ってみたら意外とトントン拍子に話が進むかもよ？」

リュシーも同意するが、レインフェルドは首を横に振る。

「いや、そんなことはできない。そんな不誠実なことは……」

言いかけて、戸惑う。不誠実とは、誰に対してだろうか。自分は一体、誰に対して操を立てているのか。結婚するつもりもないのに無駄な期待をさせてしまう令嬢に対してか、それとも他の誰か――。

レインフェルドは舌打ちしたくなった。

いつもそうだ。なにか大事なものを忘れているような焦燥感があるのに、摑もうとしてもすぐにあやふやな霧のように霧散する。濃霧が視界を覆いつくし、その先に行けないのだ。もがいてももがいても、霧は際限なく目の前に立ちはだかる。

――レイ！

ふと、悪竜を倒したあの日、現場に居合わせた少女の姿が脳裏によぎる。

レインフェルドも旅の仲間たちも誰も知らない、なぜか戦闘の最前線に居合わせた不思議な少女。事後処理に追われ、いなくなったと報告を受けたときも、たいして気にもとめていなかった。脆《もろ》い砂が風に飛ばされていくように、意識の外に追いだされてしまった。

だがそのあとも、何度となく黒い髪がなびく映像が頭の中によぎった気がする。悪竜討伐の祝賀会でマリアンヌの手を取ろうとしたとき、そして毎日のように見る夢の中。起きた瞬間にすべて忘れ去ってしまうのに、あの日レインフェルドに縋りついてきた少女の姿を夢の中で見ていたような――。

だがなにかを摑みかけたと思った瞬間、レインフェルドの中から少女の姿が遠ざかっていく。まるで見えないなにかに強制的に操られているかのように。

こうしてレインフェルドの胸にはまた、心臓が軋むような痛みだけが取り残される。

「とにかく、私は誰とも結婚はしない。何度も言っているが、後継に関しては親戚筋から優秀な子を養子に迎える」

それだけは譲れない。自分でもなぜかわからないが、誰になにを言われても考えを覆すつもりはない。強い口調に、クリストフはまた息を吐いた。

「わかった。この件に関して、私はもう口を挟まない」

「まぁそうだね。レイが決めることだし、周りがなにを言おうと、レイの意思を尊重するよ」

リュシーが肩をすくめ、クッキーを頰張る。

問題はなにも解決していないが、信頼する仲間たちはレインフェルドの考えを肯定してくれる。

旅の間も、旅が終わってからも、彼らの存在にどれほど支えられてきたか。仲間たちに礼を言おうとしたときだった。

机に置いていた花瓶がカタカタと細かく揺れだした。

次の瞬間――。

ドンッと下から突き上げるような揺れが襲った。全員驚いたが、その驚きはすぐに別の衝撃に上塗りされた。

レインフェルドは大きな揺れが生じた瞬間、いままでどれだけ足掻いても消えることのなかった、胸の中に巣くっていた霧が一気に消え去るのを感じた。

霧の先にいたのは――。

「――ミサキ」

そうだ。美咲だ。異世界から招かれた少女。黒い髪に黒い瞳。異国の風貌をした、いつも泣いていた少女。だけど次第に心を開き、可愛らしい微笑みを浮かべるようになり、レインフェルドの心を唯一揺さぶった少女――。この数年、何度も脳裏によぎっては消え、夢の中に出てきたのは美咲だ。

レインフェルドは愕然とした。

どうして自分は忘れていたのだろう。あんなに大切で、将来を誓い合った、ただ一人の少女のことを。

悪竜を倒してから、自分は一体美咲になにをした？

――すまない。私は、きみのことを知らない。

絶望に歪む大切な人の顔が浮かんだ瞬間、レインフェルドは立ち上がっていた。

「ミサキ……」

そのまま部屋を出ていこうとしたレインフェルドの腕をクリストフが掴む。

「待て、レイ！　落ち着け」

「離せ！　私はミサキのところに行く！」

「そのミサキの居場所をお前は知っているのか⁉」

いつも冷静なクリストフにしては珍しく張り上げた鋭い声音に、レインフェルドは足を止める。

そうだ、美咲はいまどこにいる？

旅の間あんなに近くにいた美咲の居場所を、いま自分は知らない。いや、そうさせたのは自分だ。

レインフェルド自身が、美咲を突き放した。

レインフェルドは立っていられないほどの衝撃に、思わず机に寄りかかり目を手で覆った。それはいつも完璧で隙がないレインフェルドが初めて見せる姿だった。

常に他人の目を意識して振る舞っていた。公爵家の人間として、少しでも弱みを見せたら足をすくわれる。気心が知れた仲間たちの前でも、染みついた習慣が抜けることはなかったのに、いまは取り繕う余裕もないほど打ちひしがれていた。

とはいえ、他の仲間たちもレインフェルドの様子に驚くような余裕はなかった。全員、レインフェルドと同じく動揺していた。

一緒に旅をしていた大事な仲間だ。レインフェルドと美咲の間に芽生えたような特別な繋がりはなかったとしても、命懸けの苦難を共に乗り越えた仲間だったはずの少女をきれいさっぱり忘れていたことは衝撃で、すぐに立ち直ることができないのだろう。

「……早急に居場所を探す。その間に気持ちを立て直せ」

いち早く切り替えたクリストフが硬い声音で告げる。

美咲はいまどこでなにをしているのか。無事に生きているのか。

「……彼女になにかあれば、私のせいだ」

青ざめるレインフェルドの肩をノアが叩く。

「レイ、気をしっかりもて」

リュシーも自身に言い聞かせるように強く頷く。

「あの子ならきっと大丈夫だ」

どんな気休めの言葉も、レインフェルドの心には響かなかった。

美咲の消息はすぐにわかった。もうすでに迎えをやり神殿に向かわせているという。

本来ならレインフェルド自身が美咲を迎えにいきたかった。だが、レインフェルドに美咲が見つかったという知らせがもたらされたのは彼女に会う直前だった。それはクリストフの判断だった。

「なぜ早く教えてくれなかったんだ!」

夜もふけた執務室にレインフェルドの怒りを孕んだ声が響く。

なにか知らせが入ればすぐに動けるよう執務室につめていた。なりふり構わず美咲を探しにいきたいが、いまや広く顔を知られてしまったレインフェルドたちが目立つ行動をすればあらぬ憶測が広がってしまう。ただでさえ今朝の地面の揺れで人々には動揺があると聞く。

無理もない。まだ限られた人間にしか知らされていないが、あの揺れは悪竜が復活したものだった。

悪竜と再び対峙しなければならない。だが国を揺るがす一大事を前にしても、レインフェルドの頭を占めていたのは美咲のことだった。

他の仲間たちも、帰ることもなくレインフェルドと共にいた。待機するしかできないもどかしさを抱えながら、美咲が無事であることを祈るばかりだった。

その間、国王に呼びだされたりと慌ただしかったのに、時間が経つのがやたらと遅く感じた。レインフェルドの焦りや苛立ちは当然クリストフもわかってくれているはずだと思っていたし、美咲に関する情報が入れば、どんな些細なことでもすぐに知らせがくると疑っていなかった。

「レイ、落ち着け」

ノアがレインフェルドの肩に手を置く。

「お前らしくない。気持ちはわかるが、クリストフを責めてもなにも変わらないだろ」

リュシーの言葉は正論だが、自分を保ってなどいられなかった。出会ってからそれなりに年月が経つが、クリストフに怒りをぶつけたのは初めてだった。

美咲を忘れてしまったのも、美咲を突き放したのもすべてレインフェルド自身でクリストフが悪いわけではない。それどころかこんなに早く居場所を突き止めたクリストフに感謝してもいいくらいなのに、レインフェルドは自分でも感情が制御できなかった。

クリストフは冷静にレインフェルドの怒りを受け止めた。

「レイ、自分でもわかっているだろう。いまの自分がまともな判断をくだせる状態じゃないことは」

レインフェルドは厳しい眼差しでクリストフを見据えた。

「私がミサキを迎えにいく。ミサキはどこにいるんだ」

言いながらドアに向かって歩く。

「すでに迎えは手配済みだと言っただろう」

「だが私がミサキを」

「目立つお前が乗りこんでミサキのいまの生活を壊すつもりか」

レインフェルドを叱責する言葉に、ドアノブを摑んだまま立ち止まる。

「……いまの生活？」

クリストフは息を吐いた。

「どういう経緯があったのか詳しいことはまだわからないが、ミサキは王都の一角で暮らしていた」

「王都……」

自分が忘れてその手を離してしまっただけで、美咲はずっとレインフェルドの近くにいたのだ。

レインフェルドは深く息を吐きだした。頭に血がのぼった状態から少しだけ冷静さが戻ってきて、糸が切れたようにソファにどかりと身体を沈める。

美咲は無事に生きていた。レインフェルドは生まれて初めて、いるかどうかもわからぬ神に感謝した。

突然召喚され、わけもわからず旅に連れだされ、挙句放りだされた美咲が生きていたのは奇跡に等しかった。この国のことをなにも知らない十代の少女を無責任に放りだしたのだ。まるでもう用済みだとばかりに。その罪深さに息もできないほどの罪悪感が襲う。

これまで美咲がどう生きて、そしてレインフェルドのことをどう思っているのか。考えるだけで胸が苦しかった。

だがレインフェルドは逃げるわけにはいかなかった。どんな責めも怒りもすべて受け入れるつもりだった。他の仲間たちも同様だろう。

しかし数年ぶりに再会した美咲は、想像したどんな反応も示さなかった。


「お久しぶりです」

仲間たちを前に声を発した美咲は、取り乱すでも感情を爆発させるでもなく、いたって冷静だった。憔悴するレインフェルドたちに毅然《きぜん》と対応し、凛としていた。悪竜が復活したことを知ったときこそ僅かな動揺を見せたが、そのあとは終始落ち着いていた。レインフェルドは驚いた。姿形は確かに美咲なのに、五年前とは明らかに違う。初々しくどこか頼りなげな少女は、五年の時を経て、レインフェルドの知らぬ間に立派な女性へと変貌していた。

再び旅が始まってから、レインフェルドは美咲との距離感をはかりかねていた。自分勝手に振る舞うなら、恥も外聞もなく謝り、縋りたい気持ちだった。だが、美咲がそれを許さない。レインフェルドと彼女の間には常に見えない壁があった。それは他の仲間たちに対してもそうだったが、レインフェルドには特に顕著だったように感じられた。決して被害妄想ではない。美咲はレインフェルドの名前を呼ばない。必要最低限の会話以外しない。彼女にとってレインフェルドは過去の人間なのだと突きつけるように。

一緒に馬に乗ることになったときも、過去の美咲との距離の違いを突きつけられた。過去の彼女は恥じらう様子を見せながらも、レインフェルドに全幅の信頼を寄せているのが伝わった。

だがいまの美咲は明らかにレインフェルドと馬に乗ることに困惑していた。

「ミサキ、手を」

馬に乗ることに不慣れな美咲に手を差しだす。その表情にあるのは恥ずかしさでもなく、ただただ戸惑いだった。

レインフェルドと相乗りすることにためらいがあるのはもちろんだろうが、他者の反応も気になるのだろう。

他の騎士たちの視線はレインフェルドも気づいていた。今回から新たに加わった騎士の中には、美咲の聖女としての力に懐疑的な人間もいる。彼女はそんな周りの態度を敏感に感じ取っているようだ。美咲を軽んじるようなら見過ごすわけにはいかないと鋭い眼差しを向けると、騎士たちは視線を逸らした。

レインフェルドの馬に乗ることを遠慮しようとする美咲を半ば強引に引っ張りあげる。彼女は諦めたのかもう抵抗はしなかった。

華奢《きゃしゃ》な身体が目の前にある。常に一緒にいた前回の旅では当たり前だった美咲との距離感。再会してから遠かった美咲が、いまこの瞬間だけは近くにいる。

物理的な距離だけだとしても、レインフェルドは泣きたくなるような愛しさを感じていた。

美咲に対して申し訳なさや後悔の念は消えない。本来なら許されるはずもないのにまたこうして共に旅に出られるのは、再び危険な旅に同行することを同意してくれた美咲の優しさに尽きる。だからそれだけでレインフェルドは感謝しなければならない。

華奢な身体をそのまま強く抱きしめそうになる自分を戒める。

美咲に触れる権利がないことくらいわかっている。その背中はレインフェルドを拒絶しているのだから。

互いにどこか張り詰めた空気が漂っているのを感じながらも、レインフェルドはこの瞬間が少しでも続けばいいと願った。

そんな中、美咲が共に暮らしていたマウロという少年の存在もレインフェルドに追い打ちをかける。

この数年、美咲が生きてこられたのは、間違いなくマウロとその父親のおかげなのだろう。二人の間にはレインフェルドが入っていけない確かな絆が感じられた。

——オレ、あんたのことすごい人だと思ってた。

美咲がいないとき、マウロが話しかけてきた。

やんちゃな少年の瞳はとても澄んでいて、逃げや誤魔化しを許さない雰囲気があった。

——でもミサキはあんたといると辛そうだ。いくらすごい人でも、オレはそんな人間にミサキは任せられないし、泣くミサキは見たくない。

許さないとか近づくなとか感情的に詰られるよりもよっぽどこたえた。

旅の始まりこそ美咲を忘れたレインフェルドたちに純粋な怒りを爆発させたマウロだったが、そうすることで美咲が戸惑う姿を見てからは表立って仲間たちを非難することはなかった。むしろ旅の間、仲間たちと交流を深めるなかで態度は軟化していたように思うのだが、レインフェルドに対しては違った。レインフェルドと美咲の間に流れる複雑な空気感を、マウロは敏感に感じとっていたようだ。

——ミサキはオレの家族だから。オレが父ちゃんの代わりにミサキを守らないといけないんだ。

マウロの態度や言葉は、レインフェルドの今後の行動を制限するものではなく判断をこちらに委ねていた。見定められている。子供だからそこまで深い意図があったのかはわからないが、一つでも判断を誤ればマウロはこの先レインフェルドのことを認めてくれないと思わせた。

「疲れているようだな」

木陰で一人、今後の旅のスケジュールを確認しているうちに、ぼんやりしていたようだ。クリストフが労うように声をかけてきた。水筒を渡され、礼を言って受け取る。

「まぁ、理由はわかっているが」

他の騎士たちの目があるところではそつなく振る舞っているつもりだが、やはり長年の付き合いであるクリストフの目は誤魔化せない。

レインフェルドはため息を吐いた。

任務に集中しなければならないのに、できない。正直こんな任務、投げだしたいくらいだった。世界が滅びようがなんだろうが関係ない。美咲の心が取り戻せないのなら、こんな世界どうなってもいいとすら思う。しかしそんな無責任なことをすれば、地に落ちている美咲からの評価をさらに落としてしまうだろう。

レインフェルドにとってなにより怖いのは、美咲から軽蔑の眼差しを向けられることだ。五年前のあの旅で、きらきらした目で騎士としてのレインフェルドの生き方を褒めてくれた美咲を裏切りたくない。美咲と距離を詰めることもできず、鬱々とした気持ちで過ごす間も、隊を仕切るリーダーとしての責任はしっかり果たしたつもりだ。みんなが望む公平公正な、なにごとにも動じない上官を血が滲む思いで演じきった。なにがあっても任務を成功させ、美咲が尊敬してくれた騎士としての役目を全うしなければならないという一心で。

しかし、どれだけ集中しろと言い聞かせても心は揺れる。視線はいつだって美咲を追うし、美咲のそばにいたいと願う。いくら表面だけ取り繕っても内心はボロボロだ。

だめな自分とは違い、美咲は強い。騎士たちといざこざがあっても、美咲はレインフェルドに助けを求めてくることはない。すべて自分自身で解決しようとする。

守りたいと思っていた。五年前の美咲は、レインフェルドの庇護下にいた。だがいまの美咲は、レインフェルドの庇護を必要としていない。昔は誰かが怪我をして血を流すたびに泣きそうな顔をしていたのに、いまは率先して傷の処置に当たる。本来なら喜ばしいことなのに、複雑な気持ちも僅かにある。

まるでレインフェルドなど用済みだとばかりに美咲は強くなった。捨てたのはこちらで、強くならざるをえなかったのはレインフェルドのせいなのに、勝手な言い分だ。

「……辛いな」

ぽつりと呟いたクリストフに、自分でも驚くほど弱々しい返事をする。

「……だが、ミサキの方がもっと苦しんだ」

クリストフは小さく息を吐いた。

「お前だけが悪いわけじゃない。私も、他の連中も同罪だ。挙句、私たちはお前に他の女と婚約しろとまで言っていたんだからな」

自嘲するように笑うクリストフに、レインフェルドはなにも言えなかった。冷静に振る舞っているようで、クリストフも美咲に対して罪悪感があるのだろう。

誰に強く結婚をすすめられても、レインフェルドの意思は揺らがなかった。心の中でずっと美咲を求めていたのだといまならわかる。

自分がそばにいない間に、美咲は強く輝くような女性になった。マウロといる美咲を見ていると特にそう思う。

マウロは元気いっぱいで人懐っこく、隊の騎士たちともすぐに打ち解けていた。反面、好奇心旺盛で暴走しがちなところもあった。なにもないときならいいが、いまは重要な任務中だ。

休憩が終わり、いざ出発しようとするタイミングで、マウロの姿が見えなくなったことがあった。青ざめる美咲をリュシーたちが支え、レインフェルドは隊の全員にマウロを探すよう指示を出した。

近くに街や集落がない、人通りの少ない街道を進んでいたときだった。

レインフェルドたちが近くにいれば問題ないが、子供が一人でふらふらしていると野盗や野生の獣に襲われる確率は高くなる。

最悪の事態が頭に浮かぶのだろう。美咲の顔はかわいそうなほど血の気が引いている。

幸い、マウロはすぐに見つかった。用を足しにいった先で興味が惹かれるものがあったようで、ついふらふらと行ってしまったらしかった。

——マウロ！　どこか行くときは必ず誰かに声を掛けなさいと言ったでしょう！

美咲の叱責が響き渡る。

怒られたマウロは唇を尖らせている。

——だってあっちに面白そうな洞窟が見えたから……。

——あなたがいなくなったせいで、みんながあなたを探す羽目になったのよ？　わかってるの？

——まぁまぁ、ミサキ。こうして無事に見つかったんだから。

リュシーが美咲を宥めにかかるが、美咲は首を横に振る。

——だめなことはだめってちゃんとマウロにわかってほしいの。

美咲は普段、あまり自己主張をしない。どちからといえばおっとりとした性格で、静かに事態の成り行きを見守っている。

無事に見つかった安堵からくる反動もあるのだろうが、いつになく厳しくマウロを叱る姿に、正直レインフェルドは少し驚いた。

美咲は膝をついてマウロの目をしっかりと見る。

――これは遊びじゃないと言ったでしょう。王都とは違って危険なことも多いの。騎士の皆さんはなにかあれば守ってはくれるけれど、あなたのお守《も》りをするために旅をしているわけじゃないの。勝手についてきたのはあなたなんだから、迷惑だけはかけないようにしなさい。

噛んで含めるように美咲が言うと、マウロは視線を落とし、ごめん、と謝った。

――私じゃなくて、みんなに謝りなさい。

マウロは素直に謝った。

自身に非があるときに素直に謝罪を口にできるマウロを見て、レインフェルドはこれまで美咲がどうマウロに接してきたか垣間見《かいまみ》たような気がした。

きっと手を焼いて大変な思いもしたのだろうが、深い愛情を注いできたのだろう。マウロが勝手な行動をしたのはこれきりだった。

マウロと一緒になり美咲も全員に謝る。場が落ち着き、各々解散していくなかで、美咲はマウロの頰を両手で挟んだ。

――心配させないで。あなたになにかあったらって、想像するだけで怖いんだから。

——うん。

美咲はマウロとこつんと額を合わせ、目を細めた。レインフェルドが見たことのないような、包みこむような微笑みを浮かべて。

マウロに向ける美咲の眼差しは無償の愛を捧げる母親のようでもあり、五年前には見せなかった大人びた表情にドキリとすることがこれまでも何度かあった。マウロといるときはもちろん、一悶着あった騎士にも微笑みを浮かべたときなどもそうだ。だが美咲のすべてが変わったわけではない。

他者を許す優しさも、周囲への気遣いも、一生懸命さも、レインフェルドの思い出の中の美咲の片鱗《へんりん》がある。

美咲以外にレインフェルドの心を揺さぶる女性は他にいない。レインフェルドの気持ちはあのころとなに一つ変わらない。それどころか新しい一面を知るたびにさらに惹きつけられている。だけど自分たちの間には決して取り戻せない年月が流れてしまった。

美咲が他の男から言い寄られていたと聞いて、自分勝手なのは百も承知だが激しく動揺した。

美咲は魅力的な女性だ。当然、誰かから思いを寄せられることもあっただろう。マウロの話では美咲は断っていたようだが、彼女の心にはレインフェルド以外の男性がすでにいるのではないだろうか。

「……ミサキと話してくる」

いてもたってもいられず呟いたレインフェルドの肩を、クリストフは励ますように叩いた。

美咲に改めて自分の気持ちを打ち明けたとき、思いもよらない話を聞かされた。

レインフェルドたちに忘れられた挙句に捕まり、幽閉された王宮から逃げだした先で、美咲は暴漢に襲われたという。幸い無事だったとはいえ、それは運がよかっただけだ。一歩間違えば、美咲はいまここにはいなかったかもしれない。怖くて想像すらできない。取り返しのつかないことをしてしまったのだと、改めて自分の罪の深さを知る。

助けてくれたマウロの父親には感謝してもしきれない。さらに美咲がとんでもない勘違いをしていると知り、レインフェルドは動揺を抑えきれなかった。

マリアンヌと婚約をしていると思われていたなんて、微塵《みじん》も考えていなかった。レインフェルドの周りで誤解している人間はいなかったから、市井でどういう噂になっているかまで気にしたことはなかったのだ。

もっと噂話に関心を持つべきだったと後悔しても後の祭りだ。次から次へと色んな衝撃が襲い、レインフェルドの精神はもはや限界だったが、なんとかして踏ん張る。ここで誤解を解かなければ。

だが追い打ちをかけるように災難が降りかかる。

当のマリアンヌがやってきたのだ。

誰かに対してここまで苛立ちを感じたのは生まれて初めてかもしれない。

レインフェルドは基本的に感情の器が大きい。普通の人間なら怒りを表す状況でも、感情を制御するよう教育を受け、己を律してきた。大概のことはそつなく対処できる自負もあったが、さすがに精神的に参っていたのか、慣れたはずのマリアンヌの傍若無人な振る舞いには辟易《へきえき》させられた。

それでもグッと堪え、旅を続けた。かろうじて大人の対応に努めたのは、隊の士気を乱したくなかったからだ。指揮官の苛立ちや焦りは敏感に隊全体に伝わる。だからこんなときこそ冷静に対応しなければならない。レインフェルドの感情の乱れは隊の乱れ、ひいては悪竜討伐に影響する。レインフェルドが立派に隊を率いて悪竜を倒すこと、それをきっと美咲も望んで――。

レインフェルドは自嘲気味な笑みを漏らした。

そもそも、美咲がレインフェルドに望んでいることなどあるのだろうか。美咲からかつてのような熱を孕んだ眼差しは感じられないし、もう美咲にとって自分は完全に過去の人間になっている。レインフェルドがいくら縋ろうとなにをしようと、もう美咲の心は手に入らないのかもしれない。それだけのひどい仕打ちをした。なのに自分は一体なにを頑張っているのだろう。

――レイは最高の騎士ね。

ふと、かつての美咲の言葉が蘇った。五年前、小さいころから騎士になりたかったのかと問われたことがあった。レインフェルドの胸に秘めた志を知った美咲は、屈託のないきらきらした眼差しでレインフェルドを称《たた》えてくれた。あのときの美咲の眼差しを軽蔑したものに変えたくない。過去の美咲の言葉だとしても、レインフェルドに縋るものはもうないのだ。だからレインフェルドは無理やり気持ちを切り替え、任務に向き合う。自分にできるのは、この旅を成功に導くこと。そして美咲が二度と傷つかないようにすること。それ以外にないのだから。

「これを至急、国王陛下に届けてくれ」

レインフェルドは認《したた》めた手紙を部下に渡した。信頼できる旅の商人に手紙を預け、金はいくらかかってもいいから最優先で王都まで届けさせるように指示を出す。

「……なにを書いたんだい？」

　近くにいたノアが穏やかに問いかけてくる。

「尻を叩いただけだ」

　レインフェルドは王都を出るとき、国王と神殿に呪詛を回避する方法がないか調べるよう頼んでいた。旅をしながらではなかなか手が回らない。だからこそ国の最高権力者である国王と、そして聖女召喚を行った神殿に力を貸すように言っていた。だが返事がこない。国にとって一番重要なのはあくまで悪竜を倒すことだ。聖女である美咲の存在は二の次なのだろう。

　だがそれでは困る。レインフェルドたちは二度と美咲を忘れるわけにはいかない。それだけは許されない。だからレインフェルドは定期的にプレッシャーをかけている。遠く離れた地にいるからといって適当な対応をされるのは心外だ。自分を敵に回せばどうなるか、思い知らせてやると覚悟を持って。

　それに付け加え、マリアンヌについての苦情も記した。マリアンヌのせいで現場の士気はみるみるうちに下がっている。ひいては悪竜討伐への影響も出るかもしれない。悪竜を倒せなかった場合、レインフェルドが責任を取るだけでは収まらない。レインフェルドを指揮官に任命した国王にも、国内のみならず各国から追及がくるかもしれない。そうなった場合の責任は取れるのか。

　というようなことを暗にほのめかして書いたが、つまりは早くマリアンヌをなんとかしろ、でなければこちらとしても相応の手段をとらざるをえない、という脅し文句を書き連ねた。本来なら褒められる態度ではないのだろう。だが国王もそれなりの行動を示してもらわねば納得できない。王宮でぬくぬくと座っているだけではすまさない。聖女召喚という荒技で美咲の運命を捻じ曲げた責任は、こういうときにこそ少しでも取ってもらわねば。

美咲のためにできることはなんでもする。たとえ自身の地位が危ういものになったとしても。

ノアはレインフェルドを窘めたりはせず、微笑んでくれた。

「うん。レイは間違ってないよ」

穏やかな眼差しに肯定され、僅かばかり気が安らいだのも束《つか》の間《ま》、事件が起こった。

「隊長、聖女様が王女殿下の護衛に連れていかれました」

報告を受け、レインフェルドは自身のテントの中で深いため息を吐いた。

行動に出るとは思っていた。マリアンヌの態度は日増しに悪化していたから、美咲の周りの警戒を強めてもいた。しかしマリアンヌの中にある王族としての矜持に、ほんのかけらでも期待していた自分がいた。王族であるマリアンヌも、己の感情よりも国のために尽くすことを優先するべき立場だ。最後の一線だけは越えないだろうと。

だがマリアンヌは、越えてはいけない一線を越えようとしている。レインフェルドの中で、かろうじて残っていた王女としてのマリアンヌへの敬意もすべて吹き飛んでしまった。

どうやらマウロも美咲がいないことに気づき、見張りの騎士に尋ねたりと動き回っているらしい。

マウロは美咲のためなら無茶をするところがある。旅に無理やり同行してきたことも、美咲が心配でならなかったのだろう。小さなナイトは彼なりに、美咲を守ろうとしている。

デュラに襲われたあと、さすがにこれは遊び気分ではいられないのだと気づいただろうマウロに、確認したことがある。

――マウロ、どうする。このままついてくるか？

旅は危険なことも多いが、悪竜に比べたら他のアクシデントなどレインフェルドたちにとって瑣《さ》末《まつ》なことだ。マウロを守りきれる自信もある。だが王都で安全に暮らしてきたマウロにとっては恐怖だろう。美咲だって過去の旅では怯えていたのだから。

自身の隊から人員を割くことはできないが、立ち寄った街に騎士団の拠点があれば預けることはできる。だがマウロはレインフェルドが想像した通り、首を横に振った。

――オレは絶対にミサキのそばから離れないぞ。

きりっとした態度には確固たる信念のようなものが感じられて、レインフェルドは苦笑した。

――わかった。

幼い子供特有の無謀さがありながらも、大人の騎士顔負けの勇敢さも見せるマウロに、レインフェルドはもうそれ以上なにも言わなかった。マウロにとってレインフェルドたちは、美咲を任せるにはまだ信頼に足る人間ではないのだろう。美咲のためなら驚くほどの行動力を見せるマウロのことだから、またこっそりついてこようとして騒動を引き起こされ、美咲の心労を増やすのも嫌だった。

今回もまた、美咲のためにマウロが無茶をしないとも限らない。マウロになにかあれば、悲しむのは美咲だ。

「すぐに向かう」

レインフェルドが静かな怒りを湛《たた》え現場に着くと、美咲の怒鳴り声が響いていた。

レインフェルドは一瞬、我が目を疑った。過去の旅でも泣いたりすることはあっても、激しい感情を見せることがなかった美咲が、マウロの父親のために見たことがないほどの怒りに震える眼差しで睨みつけ、王族であるマリアンヌに歯向かう。

レインフェルドは自分でも信じられないくらいショックだった。

美咲のことを忘れ去ったレインフェルドにすら向けなかった激しい怒りを、別の男のために向けている。まるで美咲にとって、マウロの父親がレインフェルドなんかよりもとても特別な存在のように感じられた。

その事実がレインフェルドにかつてない衝撃を与えた。

すべての人間から忘れ去られ一人きりになった美咲を、暴漢から救ってくれ、その後も保護してくれたのがマウロの父親だ。二人の仲を疑っていたマリアンヌには否定していたが、自分を救ってくれた男に美咲が特別な感情を抱いたとしても不思議はない。二人の間にもし親密ななにかがあったとしてもレインフェルドに美咲を責める資格などないし、文句も言えない。二人の過去はレインフェルドにはわからないが、美咲にとってマウロの父親が特別な人間であることには変わりないだろう。

動揺が収まらない。おかげで反応が遅れてしまった。美咲がマリアンヌに手を上げようとしているのを見て、慌てて止めに入る。マリアンヌを庇ったというよりは、人を殴るなんて嫌な感触を美咲のきれいな手に覚えてほしくなかったからだ。

その後、野盗に襲われたりとイレギュラーなことばかり起こったが、ようやくマリアンヌの迎えが王都からきた。正直もう限界だったから心底安堵した。自身の立場や責任をすべて放りだしてでもマリアンヌをなんとかしなければならないところまできていた。それだけのことをマリアンヌはした。

しかし、マリアンヌはもういない。やっと美咲とゆっくり話ができる。もっと早く話すべきだった。野盗に襲われたとき、改めて突きつけられた。すべてを投げ打ってでも、レインフェルドにとって一番大切なのは美咲なのだと。

だが、結果的にレインフェルドは美咲をまた傷つけてしまった。

涙をこぼす姿が忘れられない。拭おうとした手は振り払われた。

五年前、美咲の涙を拭うのはレインフェルドだった。いまは自分が彼女を泣かせてしまっているという事実が胸を抉る。

美咲のことは潔く諦めるべきで、それが正しいのだとわかっているのに、どうしても諦めきれない。

彼女の表情が僅かに揺れるたび、もしかしたらまだレインフェルドにも希望があるのかもしれないと微かな可能性に縋りたくなる。

ここで心が折れてしまったら、本当にすべてが終わってしまうかもしれない。迷ったのは一瞬で、走り去った美咲を追いかけようとしたところ、声をかけられた。

「シルベスク隊長、お手紙が届いております」

騎士の一人が王都から手紙が届いたと知らせてきた。後にしろという言葉を呑みこんだのは、差出人が国王だったからだ。マリアンヌの迎えはきたが、肝心の悪竜対策については宙に浮いたままだった。きっとその返事だろう。また催促しなければならないと思っていたが、やっと届いたようだった。

美咲のことは追いかけたいが、こちらも重要だ。彼女の未来を左右することが書かれているかもしれないのだから。

逸る気持ちを抑えて手紙を読み進め、レインフェルドは目を見張った。

そこに記されていた内容は、レインフェルドに一縷《いちる》の希望を見出《みいだ》させた。

◇◆◇

――誰よりも愛している。きみだけを。

レインフェルドの真摯な瞳が美咲を射貫く。

――触らないで！

しかしすべてを拒絶するように、美咲はレインフェルドの手を払いのけてしまった。

レインフェルドに気持ちをぶつけるつもりなんてなかった。

過去のことは過去のこととして割り切ろうとしているのに、レインフェルドが許してくれない。美咲を見つめる眼差しには五年前と同じような、いや、それ以上の熱があって、美咲を絡めとろうとする。

旅が始まる前は、平気だと思っていた。

もうレインフェルドへの恋心は過去のもので、旅の仲間としてやっていけると、――やっていかなければならないと決めていた。

それなのにいざ旅が始まると、美咲の心は全然思い通りにならない。それどころかどんどん揺さぶられてもはや手に負えないところまできている。美咲にとって自身の心境の変化は、足元がぐらつくような恐怖と痛みを伴った。

レインフェルドから逃げるように走り去ったあと、隊はすぐに出発した。だけどどうしてもレインフェルドの馬に乗ることができず、リュシーの馬に乗せてもらった。きっと色々と思うところはあるだろうが、リュシーは特に深追いはしてこなかった。移動の間、レインフェルドからの視線は感じていたが、美咲は知らぬふりをした。

ゆらゆらと揺れる炎をぼうっと見る。細い煙が一本の筋となり、星が瞬く夜空に吸いこまれる。美咲は火が消えないように新たな薪をくべた。

日中は春のような過ごしやすい気候だが、夜は少しばかり冷える。用を足しにいったマウロが戻ってから寒くないように、美咲はテントの前で火の番をしていた。

「薪は足りるか？」

不意に掛けられた声に顔を上げると、ノアがにこやかに美咲を見下ろしていた。

「ええ、大丈夫」

「そうか」

ノアは美咲の隣に腰を下ろすと、小さな丸い果実を手渡してきた。日本でいうライチのようなもので、皮を剝いて食べると瑞々《みずみず》しい甘さが疲れた身体に染み渡る、この世界でよく食べられる果物だ。

美咲は礼を言って一個貰い、皮を剝いていく。

ぽつりと問いかける。

「……ノアも、私はひどい女だって思う？」

昨日、レインフェルドと話してから、美咲は彼にどう接すればいいかわからなくなった。

レインフェルドと美咲の道は、もう交差することはない。そう思ってこれまで生きてきた。そう思わないと生きてこられなかった。

それなのに。

美咲は、抱えた膝に顔を埋《うず》める。

レインフェルドは、閉じた美咲の心を無理やり押し開こうとする。

また互いの道が交差してしまう。美咲はそれが怖くて、レインフェルドを避けてしまう。

みんながなにか言いたそうにしているのは気づいている。だけど美咲の強張った態度に傷ついた顔をするレインフェルドに、どうすればいいのかわからなくなるのだ。

美咲に対して誠実に過去を謝罪し、一途に想いを伝えているのに、意地を張ってレインフェルドを傷つけるひどい女性だと周りからは見られているかもしれない。記憶を失ったのは不可抗力で、レインフェルドが悪いわけではないのだから、その態度はどうなのかと。そんなことを思う仲間たちではないと頭では理解していても、弱った心は考えをどんどん卑屈にさせる。

ふと、頭にふわりとなにかが触れた。ノアが美咲の頭を優しく撫でている。

「ミサキをひどい女性だなんて思ったことは一度もないよ」

微笑むノアの瞳に、いまにも泣きだしそうな情けない自分の顔が映りこんでいる。

「ミサキには本当に申し訳ないと思っているんだ。本来なら、のこのこミサキの前に顔を出せる立場じゃないこともわかっているし、その上、また危険な旅に同行させる羽目になった」

「……それは、別にノアたちのせいじゃないから」

呟くと、ノアが小さく笑った。

「あまり優しいことを言うと、悪い大人につけこまれるぞ」

どちらかといえば、美咲のセリフじゃないだろうか。ノアの方こそ、優しすぎて大丈夫かと心配になるときがある。

大柄で強面な見た目に反して、隊の中で一番穏やかで紳士的な性格をしているのがノアだ。いつも隊のみんなを包みこむように見守っていて、だから美咲もついポロッと弱音や本音をこぼしてしまうことがあった。

「……リゼに避けられたとき、辛かった？」

美咲を忘れていた罪悪感から、ノアは婚約者のリゼに避けられていた。いまは昔みたいに仲睦まじい姿を見かけるので、関係は修復し仲は良好のようだ。

ノアは苦笑する。

「辛くなかったと言えれば格好いいんだけどな。でも、リゼの気持ちもわかったから」

「ノア……」

「ミサキが悩んでることや苦しんでること、すべてわかるなんて、軽はずみなことは言えない。俺たちは、ミサキもレイも大切だから、二人がこれ以上傷つかなければいいいと思ってるだけだよ」

「……私も大切？　私があなたたちの大切な隊長を傷つけても？」

ノアは優しく目を細めた。

「俺たちは、ただ見守るしかできない。だからミサキの選択を否定しない。きみは自分を責めているようだけど、ひどいというなら俺たちの方がよっぽどひどい。きみのことを忘れて、この国に知り合いもおらず、なにもないまだ少女だったきみを放りだしたのだから。同じように記憶を失ったから、心情的にはどうしてもレイに寄ってしまうところがあるのかもしれない。でもそれはきみには関係のないことだ。外野の声に惑わされず、自分の心の内とだけ対話すればいい」

その心の内を覗くのが怖いのだ。

しかしこれ以上泣き言を漏らすのはためらわれ、口を結ぶ。

「そんなにしんどいなら、もうはっきり言ってやれば？」

突如背後から声がした。驚いて振り返ると、ヴィンセントが後頭部で手を組んで、つまらなそうに美咲を見下ろしている。その隣にはリュシーもいる。リュシーは両手を合わせ、「ごめん、盗み聞きするつもりはなかったんだけど……」と申し訳なさそうだ。

「あなたのことが嫌いです。憎いです。だからもう必要最低限のこと以外で話しかけないでって」

「そんなひどいこと」

「ひどい？　どこが？　ミサキにそう思われてもしかたないことを隊長も、そして僕たちもしたよ」

「でもそれは別にみんなのせいじゃなくて」

「僕たちのせいじゃないから許してくれるって？」

許すとか許さないとか、そういう話ではないのだ。

うまく説明できずに俯く美咲に、ヴィンセントは肩をすくめる。

「ミサキの態度って中途半端だよね」

これにはさすがにムッとした。色んな葛藤を抱えて、それでも旅の仲間として接しようと足掻いていることをすべて否定されたみたいで。

思わず振りあおぐと、ヴィンセントは口調に反して意地悪な顔はしておらず、むしろ真摯な瞳で美咲を見ている。

「生殺しだよ。誰も悪くない。誰も責めない。だからみんなそれ以上踏みこめない。隊長が憎いなら憎い、嫌いなら嫌いってはっきり言うべきだ」

「……私だって、気持ちをぶつけたわ」

懸命に抑えていた心の中に澱《よど》む複雑な感情をぶつけてしまった。はたから見たら、間違いなくレインフェルドを責めていたように映っただろう。

「それで？　隊長はなんて？」

「彼は……」

なにも言わなかった。いや、言えなかったのだろう。結局傷ついたレインフェルドの姿を見て、美咲は逃げだしてしまった。

「ふーん。言い逃げしたんだ」

すべてを察したようにヴィンセントが呆れた声を出す。

「それってひどいね。隊長の意見をミサキは聞くべきだった。そして決着をつけるべきだったんだ」

「決着ってなに？」

なにをもって決着だというのだろう。

ヴィンセントは肩をすくめた。

「そんなの僕が決めることじゃない。ただ二人ともずっと、浮かない顔をしてる。それって二人にとっていまの状況が納得のいくものじゃないってことじゃないの？」

「……」

確かにヴィンセントの言う通りだ。きつい言い方だが、彼が意地悪で美咲に厳しいことを言っているのではないと伝わってくる。その証拠に、ノアは口を挟まない。優しい彼なら、理不尽な場面に居合わせたら口を出すはずだから。つまりこれは、美咲が自分でヴィンセントに向き合わなければいけないのだ。いや、違う。ヴィンセントではなく、レインフェルドに、か。

美咲はため息を吐いた。

激しく揺れ動く心情を仲間たちはきっと見透かしているのだろう。

美咲にとってレインフェルドが本当に過去の人間なら、もっときっぱりと対峙できているはずで、こんなふうにあからさまに悩んだりしていないはずだから。

なにもかもが宙に浮いた状態で、確かにこのままでは、美咲もレインフェルドも一歩も動けないまま、再会した日から、同じ場所で苦しんでいる。

「まぁでも、私がミサキの立場なら、二度と顔見せるなってぶん殴ってるから、ミサキは偉いよ」

リュシーが苦笑する。

「私たちが色々言ってミサキのことを追いつめてしまったのかもしれない。レイのこと、許したくないなら許さなくてもいい。ミサキがレイのことを拒絶したって、ミサキのことを責める人間はいないから。レイ本人にだってミサキのことを責める権利なんてない。ミサキに文句言う奴がいたら私がぶっ飛ばしてやるし」

「リュシー……」

「だからさ、なんていうのかな。私や他の人間の目とか気にしてるならそれはミサキにはまったく関係ないし、ミサキは自分のことだけ考えればいいよ」

ずっと自分自身の心の内を覗くのが怖かった。だけどもう、そんなことは言っていられないのかもしれない。

終わったはずの恋だった。でも粉々に砕け散った恋心が、いまも美咲の心を容赦なく傷つける。先に進むのか後退するのか。わからないが、もう一度レインフェルドと話し合う必要があるのは確かだった。今度は逃げずに、美咲とレインフェルドがどれだけ傷つこうと、ありのままの気持ちをさらけだして、結果を受け止める。

「……ありがとう、みんな」

あえて厳しいことを言ってくれたヴィンセントと、美咲を尊重してくれるノアやリュシーに礼を言う。

話を聞いてもらえたことで、美咲の心は少し軽くなった。きっと各々思うところはあるだろうが、美咲に答えを強要してくることはない。どちらかといえば、みんな本当は美咲にレインフェルドを許してほしいのだろう。美咲なんかよりレインフェルドとの付き合いの方が長いのだから当然だ。でも美咲が選んだ道を肯定し、背中を押してくれようともしている。

あとは美咲が自分自身と向き合うだけ。美咲が決意したとき、マウロが戻ってきた。

「ミサキ、隊長が話があるって。向こうで待ってる」

「……そう」

子供を使うあたりが、なかなかの策士だ。呼びだしを無視すれば、微妙な空気を察してくれる大人と違い、なぜ呼ばれているのに行かないのかと不思議がって色々詮索してくるだろう。美咲は立ち上がった。

「疲れているところ申し訳ないんだけど、マウロのこと見ててくれる？」

「もちろん」

笑顔で頷いてくれたノアにマウロを託し、美咲はレインフェルドが待っている場所に向かった。

「何度もすまない」

美咲は静かに首を横に振る。

「きみに話したいことがある」

なにか心に決めたように強い眼差しで美咲を見つめるレインフェルドの言葉を美咲は遮った。

「私も話したいことがあるの」

レインフェルドがなにを言いたいのかはわからない。先にレインフェルドに喋られたら、また心が揺らいでしまうかもしれない。美咲は自分がそこまで強くないことを知っている。だから心が少しでも冷静さを保っているうちに、胸中を明かしてしまいたかった。

「私なりに色々考えたの。私が思ってること感じてきたこと、正直に全部話すから、聞いてくれる？」

必要なことのはずだ。美咲のすべてをさらけださなければ、本心を隠したままではきっと前に進めない。

もしそれでレインフェルドが美咲に抱く気持ちに変化が生じたとしても、避けては通れない。

これまでと違う空気を美咲から感じとったのか、レインフェルドは力強く頷く。

「もちろんだ。聞かせてほしい」

美咲は覚悟を決めた。小さく深呼吸する。

「みんなね、私のこと優しいって思ってるみたいけど、そんなことないの。自分ではどうすることもできない大きな力に抗えずに、ただ流されてきただけ」

「いや、美咲は優しいよ。私がいままで出会ったどんな人間よりも、優しくて強くてきれいだ」

間髪いれず断言され、美咲は苦笑する。随分と買いかぶられているが、これから話すことを思えば身の置き所がなくなるのでやめてほしい。

レインフェルドが思うほど、美咲は立派な人間ではない。聖女という大層な肩書きが霞《かす》んでしまうほど弱い自覚がある。本当に強くて逞しい人なら、延々とうじうじ悩んだりしていないはずだし、なによりもっと割り切ってレインフェルドに接していただろう。

だけど残念ながら、そんなこと美咲にはできなかった。だって美咲にとってレインフェルドは、どんな仕打ちをされても特別な人に変わりなくて。

「この数年間、辛かった」

絞りだすように、切りだす。

「あなたを忘れられないことが、一番辛かった」

レインフェルドへの想いは変わらず胸にあるのに、彼は美咲の存在すら記憶にない。二人で交わした会話も一緒に見た風景も鮮明に思い出せるのに、過去を共有できない。こんなにも好きなのに、好きだからこそ、なおさら辛かった。レインフェルドにも他の誰の中にも美咲はいなくて、美咲だけなにもない真っ暗闇の世界に突然投げだされた。

あのときのことを思い出すと、胸が締めつけられ、気が狂いそうになる。

「……どうして」

美咲は一呼吸置き、胸の中にずっと巣くって離れなかった言葉を、やっと吐きだした。

「どうして忘れたの」

「ミサキ……」

レインフェルドが目を見張る。

ぽつりとこぼした言葉が波紋状に広がり、胸の奥深くに閉じ込めていた感情を掘り起こしていく。どうしようもないことなのだと諦め、行き場を失った感情がじわりと湧き上がる。

「私のこと愛してるって言ったのに」

召喚されたのも、忘れられたのも。しかたない、しかたない、みんなのせいじゃない、そう思って。諦める以外になにができただろう。実際その通りなのだ。レインフェルドたちの落ち度だと責めるには酷な状況だったし、こんなことといまさら蒸し返したって無意味だとわかっている。だけど理性とは別に、美咲の感情は納得なんかしていなかった。ずっと無理やり、納得したふりをしてきた。

そうする以外なかったからだ。

当の本人たちに感情をぶつける術もなく、美咲を救ってくれた恩のある人たちに悲しみをぶつけることもできず。誰かを責められたらよっぽど楽だったのに、それさえ許されなかった。

苦しくて苦しくて、必死だった日々の中、どれだけ忘れようとしてもふとした拍子によぎる面影が、美咲を余計に悲しみへ突き落とした。息ができないほど辛くても、感情の行き先はどこにもなく、自分の中で処理するしかなかった。手のひらからこぼれ落ちた幸せを想い、ただ唇を噛みしめ耐えるしかなくて。

「あなたはひどい人だわ。いまさらのこのこ現れて、好きだなんて平気な顔で言う。もう嫌だって思うのに、どうして私の中から消え去ってくれないの。放っておいてほしいのに、私の心をいたずらにかき乱す」

美咲の強い言葉の数々を正面から受け止め、レインフェルドが視線を落とす。

またた。レインフェルドが後悔に顔を歪ませるたび、美咲の心まで痛む。あんなに辛い想いをしたのに、ちょっと弱った姿を見せられたくらいで揺らぐ自分が本当に嫌だった。もうレインフェルドのことなんか吹っ切ったはずなのに。あの辛かった日々を、絶対に忘れないと思っていたのに。

それなのに。

美咲は血が滲むほど唇を噛みしめ、震える声で告げる。

「馬鹿みたい。それでもあなたが好きなんて」

「ミサキ……」

切なげに声を震わせるレインフェルドに、美咲は力無く微笑む。

もう無理だ。どれだけ必死に目を逸らそうとしても、心はレインフェルドを求めてしまう。

だってやっぱり、レインフェルドは格好いい。美咲が好きだったレインフェルドとなに一つ変わることなく、立派で素敵な騎士だ。

野盗に襲われたとき、美咲を命懸けで守ってくれた。自分より立場が上のマリアンヌに対しても毅然と対処してくれるほど。行動の根本にあるのは美咲への変わらぬ想いだと、本当は美咲だってわかっている。

美咲はそっと目を伏せた。

「だからこそ、あなたの手を取ることができない」

レインフェルドを好きだったあのころの気持ちが戻らないよう必死になったり、レインフェルドを拒絶したり。感情がこれだけ揺れ動くということは、美咲にとってレインフェルドは過去の人間ではなく、いまでもとても大きな存在であることの証明だ。わだかまりも苦しみも、複雑な気持ちをすべて覆いつくすほどの恋情がある。

だけどレインフェルドの腕に飛びこむことをためらわせているのは、恐怖心だ。レインフェルドや仲間たちにはきっと一生わからない。

「あなたと再会して、あなたのことを好きだったあのころの私が顔を出す。だから怖い。あなたへの気持ちを思い出せば出すほど、忘れられるのがたまらなく怖くなる。私はもう、傷つきたくないの。……ごめんなさい」

愛した人や信頼した仲間から忘れ去られることが、どれほどの苦痛を伴うのか。

今回もまた忘れられたら――。もう二度とあんな辛い思いはしたくない。それならいっそ、初めから手に入れなければいい。そうしたら、失ったときの苦しみも絶望も抱くことはないのだから。

「……きみの言いたいことはわかった。きみがなにを恐れているのかも」

美咲は唇を噛みしめた。

これでいい。レインフェルドは美咲のことなんて忘れて、立場に見合う相応しい人と連れそうべきだ。貴族令嬢ならば美しい容姿で、レインフェルドを支えていける教養もある。

逃げずに自分の本心をすべて話した。これからは旅の仲間としてやっていけるはずだ。いまはお互い辛くても、悪竜を無事に倒し、王都に戻れば、美咲とレインフェルドはもう会うこともない。住む世界の違う人なのだから。

またきっと、レインフェルドへの想いを封じることができる。一度できたのだから、大丈夫。美咲はマウロの世話をしながらパン屋で働き、これまで通りの日常に戻るだけ。

レインフェルドがいなくたって、美咲は生きていける。

そう覚悟していたはずなのに、いざレインフェルドが離れていってしまうと思ったら胸が痛んだ。

自分勝手な想いはグッと呑みこみ、立ち去ろうとしたが――。

「だが、私は存外諦めの悪い男だったみたいだ」

「――え？」

どこか吹っ切れたように、ニヤリ、と彼らしくない好戦的な笑みを浮かべ、レインフェルドは一枚の手紙を取りだした。

「きみに話したいことがあると言っただろう」

呼びだされたとき、確かにレインフェルドはそう言っていた。気持ちが逸って、先に美咲が話を始めてしまったが。

「私はきみを諦めない。きみの中にまだ私の存在が少しでもあって、可能性が残されているなら。

きみの懸念を取り除くために、あらゆる手を尽くす」

「え……」

呆然と目を見張る美咲に、レインフェルドはこれまでの殊勝な態度とは一変して、なにか決意したように瞳に力強さを宿していた。

◇◆◇

レインフェルドがなにを言っていたのか理解したのは、この先の旅にも関係のあることだからと、仲間たちを集めて続きを話しだしたときだった。

「大賢者に会いにいくだと？」

クリストフが眉間に深いしわを刻んでいる。

「あぁ」

剣呑な雰囲気を纏わせるクリストフに構うことなく、レインフェルドは平然と頷く。

レインフェルドが口にした内容は全くの寝耳に水だったらしく、全員すぐには理解が及ばなかった。当然、美咲も。

「レイ、一体なにを言ってるんだ。詳しく説明を求める」

リュシーのもっともな言葉に、レインフェルドは答える。

「悪竜の呪詛対策として、有効な手立てがないか国王と神殿に調べてもらうよう頼んでいた。その返事がこれだ」

レインフェルドが手紙を指で挟み、クリストフに差しだす。

「国としては解決策を提示できないが、ある人物なら知恵を授けてくれるかもしれないと」

クリストフが手紙を受け取りながら呟く。

「……それで、大賢者か」

クリストフが難しい顔で続ける。

「お前の言いたいことはわかった。だが、大賢者はどこにいるか誰も知らないんだぞ」

美咲は隣にいるリュシーの袖を引き、小声で尋ねた。

「ねぇ、大賢者って……？」

「あぁ、ミサキは知らないか。昔、まだ私たちが生まれる前に、先々代の王に仕えていた御仁だよ。なんでも、王の知己だったというその方は、あらゆる知識を持ち、王を助け、国に平和をもたらしたとされる。ミサキを召喚するきっかけになった古い文献もその方が管理していたものらしい。だけど、先々代の王の崩御と共に姿を消し、以降、表舞台に出ることはなく誰も消息を知らないんだ」

「そんな人が……」

驚く美咲に、ヴィンセントが「だけど」と口を開く。

「確かにその人ならなにか知識を授けてくれるかもしれない。でも、リュシーが言った通りもう何十年も姿を見た者はいないし、まだ生きている保証はない」

そうだ。もし存命だとしても、もはや伝説的な扱いになっていることから察するに、かなりの高齢になるはずだ。

　クリストフが息を吐く。

「なんにせよ、居場所がわからないんじゃ話にならない」

「いや、あてはある」

　重い空気を振り払うように、レインフェルドがきっぱりと言った。

「その手紙には、ここからすぐ近くの小さな村が、大賢者の故郷だと書いてある」

「故郷？　しかし……」

「わかっている。生きているか死んでいるか不明だし、亡くなっている可能性の方がおそらく高いだろう。生きていたとしても、生まれ故郷に帰っているかわからない。だがそれでも、そこにいけばなにかの手がかりがつかめるかもしれない」

「……行程的に、寄り道する余裕はないぞ」

「すべて理解している」

「わかっていて言ってるのが一番厄介だな」

　クリストフは苦々しく呟いた。

「隊を預かる責任者として、失格なのは承知している。だけど、どうしてもこれだけは譲れない。どんな些細な可能性でも、ミサキを失わずにすむならあらゆる手段を講じる。それにより任を解かれても、身分を剝奪されても構わない」

「レイ！」

余計な口を挟まず事の成り行きを固唾を呑んで見守っていた美咲だが、突拍子もない発言が飛びだし思わずといったように懐かしい呼び方をしていた。

レインフェルドは、張りつめた場の空気に似つかわしくない、嬉しそうな笑顔を浮かべる。

「やっと私の名を呼んでくれたな」

再会してからずっと、美咲は頑なにレインフェルドのことをシルベスク隊長と呼んでいた。

他の仲間は昔と同じ呼び方ができたのに、レインフェルドにだけできなかったのは、彼への想いがいまだに特別だからだと認めざるをえない。

その都度レインフェルドは悲しげな顔をしていたが、自分の中の線引きだけは譲るわけにはいかなかった。

だがいまはそんな葛藤もすべてすっ飛ぶくらい動揺していた。

「自分がなにを言ってるかわかってるの？　勝手なことをして、許されるはずがない」

「許されない？　それは誰に？」

「誰って……」

レインフェルドに期待を寄せ重大な任務を任せた国王だったり、貴族だったり、悪竜によって被害を受け、救いを求める一般の人だったり。

そういう色んな人の想いを背負って、レインフェルドは今日まできたのではなかったのか。

「ミサキ、私を見て」

言い淀み視線を落とした美咲の両頬が挟みこむように大きな手で包まれ、顔を上げさせられる。

グレーの瞳とすぐ近くでかち合い、あまりのきれいさに息を詰める。

「きみは、この国のために生まれ故郷や家族、すべてを捨てさせられた。そしてこの国は、きみが築き上げてきたものをまた捨てさせようとしている。きみだけが、この国の犠牲になる必要はない。そんな国など、守る価値もない」

「レイ……」

なにを言ったらいいのかわからない。正解はなんだろう。なにを言えばレインフェルドの考えを止めることができるのか、必死に頭を働かせるのに、唇が震え、考えがまとまらない。

「そんなの、レイらしくない。レ、レイはいつだって、公平、公正で、国のために尽くして」

「そうだ。そうあるべきだと自身を常に戒め、国に忠誠を誓い、事実、そうあってきた自負もある。ミサキ、きみを失うまでは」

もうどうすればいいのかわからず、美咲は子供のようにいやいやと首を横に振った。

「悪竜を倒して国を救っても、きみを忘れてしまったらなんの意味もない」

レインフェルドはさらに追いつめてくる。

「私は騎士失格だ。国以上に、大切なものを見つけてしまったのだから」

怖い。そこまでさせてしまう要素が自分にあるなんて、到底思えなかった。早く考えを正さなければ。手遅れになる前に。正義感の真っ直ぐな人だから、いまは美咲に対する罪悪感や負い目が目を曇らせているだけ。近い将来自身の過ちに気づくだろう。レインフェルドはどんなときもみんなの先頭に立ち、導く人なのだから、美咲のせいで誤った道を進ませるわけにはいかない。

そう思うのに、レインフェルドから向けられる眼差しは優しくて、なのに怖いほど真剣で、美咲は身体が搦《から》め捕られているように動けなくなった。

不意に、深いため息が聞こえた。

現実に引き戻されたみたいにびくっと肩を揺らし、声の主を見る。

クリストフがやれやれとばかりに首を振り、諦めたように言葉を発した。

「失格だなんだと言われたところで、残念ながらこの国、いや、世界中どこを探しても、レイ以上に実力のある騎士がいないのが現状だ。レイがいなければ悪竜は倒せず、我々には衰退しかない」

「確かに」

リュシーが同意を示し肩をすくめる。

「ミサキ。決めるのはきみだ。ただ、心が揺らいでいるのなら、行ってみる価値はあると思う」

ノアの言葉に、ヴィンセントが頷く。

「そうそう。隊長、すっごく吹っ切れた顔してて覚悟決めた感じだだし、僕たちが止めたところで意味ないでしょ。国のためとか人のためとか、堅いことは頭から取っ払っていいんじゃない?」

ヴィンセントの軽い言葉にためらう。

「三日だ」

クリストフが厳しい顔で告げた。

「三日やる。それ以内に帰ってこい。我らが隊長殿なら容易《たやす》いだろう」

つまり、事実上の許可が出たのだ。神妙に頷くレインフェルドとは違い、美咲は困惑も露わに抵抗する。

「ちょっと待って。みんな落ち着いて。こんなこと勝手に決めて、みんなの立場が」

クリストフは表情を緩めた。

「落ち着いているさ。いつかこんな日がくると覚悟していたからな」

「え——？」

「レイは理想的な騎士だよ。身分の垣根なく誰に対しても誠実で職務に忠実で。言い換えれば、誰にも無関心だった」

穏やかに微笑む中に僅かな寂寥《せきりょう》が滲む。

「歪《いびつ》さに気づいていながら、私たちは知らないふりをしていた。だがある日、レイが唯一執着する存在ができた」

クリストフの視線が真っ直ぐに美咲に注がれ、知らず知らず一歩後ずさる。

「きみと初めて会った日のレイのことを、いまでもはっきり覚えている。二人が共に過ごしていた日々のことも。いつかミサキただ一人の手を取る日がくるとわかっていた。それが今日だっただけのことだ」

「クリストフ……」

呆然とする美咲に、クリストフはどこか諦めたような荷が下りたような、複雑な微笑を浮かべた。

「どんなに旅を予定通り進めても、不測の事態に策を練ろうとも、きみの存在がなければ我々はどのみち死ぬしかない。なのにきみにだけ犠牲を強いるような結果になるなら戦っても意味がない、それだけの話だ」

動揺する美咲の手が、大きな手に包まれる。

「よし、行くぞ、ミサキ」

「でも」

いまだためらう美咲に、ノアが声をかける。

「行ってこい」

見渡すと、皆、美咲の背中を押すように頷く。

全員、覚悟を決めている目だった。

そうだ、美咲だけじゃない。全員が、また美咲を忘れてしまうことを恐れている。傷ついたのは美咲だけじゃなくて、だからこそ呪詛を回避する方法があるのなら微かな希望でも、自分たちの立場が悪くなってでも試す価値があると思ってくれている。

最悪の結末を迎えずにすむ道があるのなら、賭けるしかない。いまここで決断しなければ、きっと後悔する。

「ミサキ」

呼びかけられ、美咲はレインフェルドに視線を向ける。不安や動揺できっと情けない顔をしているはずの美咲に、レインフェルドは真摯な瞳で告げる。

「私はきみを失いたくないし、きみさえいればそれでいい。だが、きみの心が私と同じではないことも理解している。先ほどきみは言った。怖いのだと。私にチャンスを与えてくれ。この先の未来を、きみと一緒にいられるために」

美咲は、レインフェルドに握られた自身の手元に視線を落とした。

大きくて、美咲を命懸けで守ってくれる手だ。美咲が怖気づいて拒絶しても、真っ直ぐに気持ちをぶつけてくれる人。美咲だけを、想ってくれる人。

もしこの手を離さなくてもいい未来があるのなら――。

美咲はレインフェルドの手を握り返した。レインフェルドは僅かに目を見張り、だけどすぐに眼差しを和らげ、美咲の手を引いた。こうして美咲とレインフェルドは、大賢者を求め馬を走らせることになった。

◇◆◇

――ねぇ、レイ。レイは小さなころから騎士になりたかったの？

無邪気な問いかけに、レインフェルドは困ったように笑う。

――騎士を目指していたというよりは、力がほしかったんだ。

――力？

――そう。私の家は権力も地位もあるが、すべてが思う通りになるわけではない。自分が正しいと思うことを貫ける力、というのかな。少しでも理想に近づくために、あらゆる努力を惜しまなかった。その一つが剣でね。幸い剣の才能はあったようで、家柄だけではなく、私自身としても確固たる立場を築けるんじゃないかと思った。

レインフェルドの言葉に、美咲はただただ感服するばかりだ。

いまのままでも充分なのに、努力を怠らず、さらに自身を高めようとする。

本当に尊敬する。彼ほどの騎士は他にいないだろう。

——レイは最高の騎士ね。

心からの言葉を告げると、レインフェルドは嬉しそうに目を細めた。

——じゃあ、夢は叶ったの？

レインフェルドに敵う者はいないし、国からも一目置かれている。自分が思い描いた理想の未来を手にしたんじゃないだろうか。

——どうだろうな。私は随分と欲深かったようだ。どうしてもあと一つ、手に入れたいものができた。

キョトンとする美咲に、レインフェルドは微笑む。頬に大きな手が添えられ、真っ直ぐ見つめられるとそれだけで美咲の心臓はどくどくと速くなり——。

「——っ」

ハッと目覚めた。

ゆらゆらと身体が揺れている。高い目線に一瞬どきりとしたが、馬上だったことを思い出す。どうやら束の間微睡《まどろ》んでしまったらしい。たまたま狭い道を通っていたので速度を落としていたが、飛ばしていたら大変な目にあっていた。

「起きたのか」

すぐ耳元で、囁くように低い声が響く。

「ご、ごめんなさい」

背中に感じる服越しでも伝わる逞しい体つき。力が抜け、完全にレインフェルドに寄りかかっていた。申し訳ないやら気まずいやらで、慌てて姿勢をただす美咲に、レインフェルドは「いや」と答える。

「役得だった。もっと寄りかかってくれていい」

返事に窮して、結局なにも反応しなかった。レインフェルドもそれ以上なにも言ってこない。

美咲は、小さく息を吐いた。

夢を見ていた。

五年前、レインフェルドとの未来を疑っていなかった幸せだったころの夢だ。

あのころは、この旅が終わればレインフェルドとずっと一緒にいられると根拠もなく信じていた。

思い描いた夢や希望は、しばらくして呆気なく泡と消えたが。

あれから色々あって、再会して。こうして長い時間二人きりになるのは、以前の旅以来だと思い至る。

本隊から離脱して数時間。レインフェルドは迷うことなく馬を走らせている。美咲を気遣い何度か休憩を挟んでくれるが、あとはずっと馬の上だ。

昔もこんな風に、レインフェルドと一緒に馬に乗った。日本にいたころは、乗馬の経験なんかなかったから初めて間近で見る馬の迫力に驚き、いざ乗ってみると身体に余計な力が入るのか、全身筋肉痛になって辛かった記憶がある。

レインフェルドは呆れることも苛立った様子を見せることもなく初心者の美咲になにかと配慮してくれたが、よれよれの美咲を見て、思わずといったように吹きだされたときはちょっと傷ついた。

「ふ」

不意に、密着していなければ聞こえない微かな笑い声が耳元でした。

「どうしたの？」

「いや、馬の上で居眠りなんて、随分器用になったなと思って。前はガクガクしていたから」

図らずも同じことを思い出していたらしいが、あまり覚えていてほしくない姿だ。しかしいくら過去を掘り返しても、褒めてもらえるような凜々しいことは全くしていない。

「あれはあれで可愛かった」

「……」

そういうことを臆面もなく言うのはやめてほしい。反応に困る。わざとなのかと勘ぐりたくなるが、レインフェルドは天然の人たらしなところがあるので、恐らく素で言っているのだろう。

足の引っ張り合いのような貴族社会に身を置いていながら、変に偉ぶったりせず、対人関係において回りくどい駆け引きをしたりもしない。必要とあらばレインフェルドも貴族の仮面をかぶって振る舞うのだろうが、美咲にはいつだって真っ直ぐで。相乗りするとき、馬上で感じる背中の温もりに、なによりも安心感を覚えていた。

そういうところが、好きだった。そして、いまもやっぱり、その感情が完全に消え去ってくれない。

認めたくないのに、レインフェルドへ抱く想いが心の中にストンと落ちて、ぴったり当て嵌《は》まる。

この腕の中にいるときだけは、どんな悲しみにも不安にも恐怖にも耐えられた。

本当はいますぐにでも腕の中に飛びこみたい。好きだと真摯に訴えてくる瞳になにも考えずに応えられたら、どんなに楽だろう。

だけど同じくらい怖い。

またレインフェルドの記憶から美咲が消え去ってしまったら。

美咲だけが恋い焦がれ、想いが届くどころか存在すら認知されていない。自分に向けられる熱量のない眼差し。味わった地獄のような苦しみが胸を刺すたび、抑えられない衝動に突き動かされそうな心がスッと冷静になる。どうしようもない葛藤を何度繰り返しただろう。

レインフェルドの気持ちや言葉に嘘はない。真実、愛してくれている。こんなにも美咲を想ってくれるのは、きっと後にも先にもこの人だけだ。でも——。

手綱を握る大きな手に視線を落とす。

辛いとき、悲しいとき、何度この手に慰められただろう。大きくて、ゴツゴツして、美咲なんかよりよっぽど器用で。

そっと触れてみると、すぐに握り返してくれる。いまだけは、この手の温もりを感じていたい。幸せだったころの思い出に浸っていたい。

自分で一歩を踏みだした。大賢者がいるかもしれない場所に行くことに同意したのは美咲自身だ。だけど、レインフェルドやみんなには申し訳ないが、大賢者の存在に完全に期待するのはためらいがある。

希望を抱いて打ち砕かれるのは辛い。もしなにも収穫がなかったとき、この手を取ってまた忘れられたら、もう二度と、立ち直れない。

◇◆◇

大賢者の故郷だと言われる村には、馬を飛ばして翌日に着いた。

随分と小さな村だった。家屋や畑がぽつぽつ点在し、村人同士助け合い自給自足をして細々と暮らしているようだ。

馬の手綱を集落の入り口付近の木に括りつけ、村の中を歩いていると、ちょうど一人の青年が前方から向かってきた。

「すまない」

レインフェルドが話しかける。

「聞きたいことがあるんだが、少し時間をもらえるだろうか」

「うわぁ、こんな辺鄙《へんぴ》な村に、随分と立派な騎士様が」

青年は驚いた様子だったが、レインフェルドの正体までは知らないようだった。

レインフェルドは悪竜を倒した国の英雄だ。美咲がいた世界ならネットなどを通して姿形はすぐに広まるだろうが、この世界にそんなものはない。王都から遠く離れた地に住む田舎の平民にとって、たとえレインフェルドの名前は知っていたとしても、目の前の人物とすぐに結びつかないのも無理はない。

だが風貌から明らかに身分が違うと察することができるレインフェルドを前にしても、青年が必要以上に萎縮していないのは、レインフェルドが意図的に醸しだす雰囲気を柔らかくしているからだ。

「それで、聞きたいことってなんですか？」

「ここは、大賢者バルクの故郷だと聞いたんだが、本当だろうか」

「大賢者？　かどうかは知らないけど、バルクって名前の爺《じい》さんならここにいますよ」

美咲とレインフェルドは目を見開き、顔を見合わせた。

「生きていたのか……？」

「もういつ死んでもおかしくないくらい、よぼよぼですけどね」

ワハハと豪快に笑う青年に、レインフェルドは詰め寄る。

「その御仁のところに案内してくれないか」

「え？　まぁ、いいですけど」

こっちですよ、と歩きだす青年の後ろを、美咲たちはついていく。

大賢者らしき人物が生きていた。

もしかしたらなにか知恵を授けてくれるかもしれないと心臓が逸りそうになるのを、落ち着け、と戒める。

期待してはだめだ。もし当人だったとしても、悪竜について精通しているとは限らない。なにも収穫がない場合だってある。いや、むしろその方が可能性としては高いだろう。期待して、傷つくのは自分だと、身に染みているはずだ。平常心でいなければ。

ふと、手に温もりを感じた。

レインフェルドが、美咲の手を握っていた。

ちらりと横顔に視線を向けるが、レインフェルドは真っ直ぐ前を見ている。しかし表情は少し硬いようにも見える。

期待したり、戒めたり。平静を保とうと必死になっているのは、きっと美咲だけではない。

「ここですよ」

しばらく歩き、村のはずれにある小屋の前で青年は足を止めた。

レインフェルドが礼を言うと、青年は軽い足取りで来た道を戻っていく。

美咲とレインフェルドは、小屋を見つめた。とてもこぢんまりとした、言ってはなんだがいまにも崩れそうな様態だった。

「いくぞ」

レインフェルドの言葉に、美咲は黙って頷く。

コンコンコン、とレインフェルドが扉を叩いた。返事がない。

「こちらにバルク殿がいらっしゃると聞いて参ったのですが」

またしても返事はない。先ほどの青年の話だと、一日の大半をベッドの上で過ごし、小屋から出ることはほぼないということだったのだが。

「いないのかしら」

「いや、人の気配はする」

レインフェルドはしばし難しい顔で考えていたが、意を決したようだ。

「しかたない。無礼を承知で、失礼する」

一言謝り、扉を開けた。

一部屋あるだけの簡素な作りだった。少しほこりっぽい室内に、キッチンからテーブル、ベッドまで、生活に必要な最低限の家具がすべて揃っていて、ベッドの上に人影があった。

「……なんの用じゃ」

ベッドに横たわった老人が、一瞥《いちべつ》を寄越し、また目を閉じる。

頭髪も口髭《くちひげ》も真っ白で、顔もしわだらけだ。百歳は超えているように見える。日本とは違い医療技術がそこまで発達していないこの世界では、奇跡的な長寿だろう。

「貴殿が、大賢者バルク殿で間違いないでしょうか」

「さて、もう長いこと生きすぎて、自分がなんて呼ばれていたか忘れてしもうたわ」

「……聞きたいことがあります」

「見ての通り、ただの老いぼれだ。もう誰とも関わる気はない、帰れ」

「申し訳ないが、話を聞いていただくまで帰るわけにはいかない」

あしらわれても一歩も引く気配を見せないレインフェルドに、老人は呆れたような声で続ける。

「お主もしつこい男だな。儂《わし》にお主と話す義理などない」

レインフェルドはベッドに近寄り、片膝をついた。

「……ほう。王の騎士が、老いぼれに膝をつくか」

「私は騎士として貴方《あなた》に会いにきたわけではない。お願いします。大賢者と称えられた貴方の力がどうしても必要なんです」

レインフェルドは真摯な声音で続ける。

「私はレインフェルド・シルベスク。シルベスク公爵家の当主です」

そこで老人の眉がぴくりと動いた。

「ほう。シルベスクとな」

愉快そうな声に、レインフェルドが訝しげな顔をする。

「……ご存じですか」

「ライとはよく酒を酌み交わした」

「ライ……、それは恐らく、私の曾祖父です」

「なかなか気骨のある若者だった。他国との戦争や内紛、激動の時代を共に生きた。若くして亡くなったがな。まこと、惜しいことだった」

老人は遠い昔を懐かしむように目を細め、レインフェルドを見つめた。

「お主はライに似ておるの」

「……あいにく、我が家には曾祖父の肖像画がなく、私は顔を見たことがないのです。曾祖母が、すべて処分してしまったようで」

「そうか。あれは気丈な女だったが、ライを失った悲しみは想像以上だったか」

寂しげに目を伏せた老人は、「して」と話を変えた。

「今日は一体なんの用だ。わざわざこんな辺鄙な村に来て、思い出話をしたかったわけではあるまいて」

レインフェルドは姿勢を正した。本題に入る。美咲にも緊張が走る。

「悪竜の呪詛に対抗する術を知りたいのです」

ほう、と老人は目を眇めた。億劫《おっくう》そうに上体を起こす。美咲は慌てて駆け寄り、枕を背中にあてて補助をした。

「冥土の土産に、話を聞いてやろうかの」

レインフェルドは感謝を示すように頭《こうべ》を垂れた。

「貴方もご存じかと思うが、約五年前、我々は悪竜を倒した。だがこちらの力不足で奴はまた復活しました。我々は、今度こそ奴を仕留めなければならない。が、その前に、重大な懸念事項がある。それを解消しなければ、我々は、――私は、奴と向き合うことができない」

美咲は俯いた。

レインフェルドの真剣さが言葉の端々から伝わってくる。

「彼女は、この世界のために遣わされた聖女です。縁もゆかりもなかった世界のために生まれ故郷を捨てることになり、それでも共に戦ってくれた。だが、悪竜の呪詛により、我々は彼女についての記憶を失ってしまいました」

表情に抑えきれない苦しさ、悔しさが滲む。

「悪竜を倒せたとしても、また彼女を忘れることだけはあってはならない。知恵を貸していただけますか」

レインフェルドは頭を下げた。

貴族の中でも高位に身を置き、もはや王族くらいしか上に立つ存在のいないレインフェルドが、ただの一般人に過ぎない美咲のために頭を下げてくれている。

申し訳ないのと同じくらい、形容しがたい熱いものが胸に込みあげてくる。

「……なるほど」

老人が、美咲を真っ直ぐに見つめてきた。しわだらけの顔の中に、どこまでも澄んだ青い瞳。とてもきれいな虹彩に、吸いこまれるように目を逸らせない。

「お主の魂は、半端な状態のようだ」

「え――?」

目をぱちりとさせる美咲に、老人はやれやれと座り直す。

「静かに余生を過ごそうと思っておったのに、最後の最後にとんでもない客がきたもんだ」

ふー、と息を吐いたあと、老人は続ける。

「今回のこと、お主には不幸なことだったな。儂が神殿にいたころ、禁術にまつわるあらゆる文献は厳重に保管されておったはずだが……。まぁ、お主はすでに召喚されてしもうた。ここでなにを言ってももう後の祭りじゃな」

切り替えるように、さて、と老人は仕切り直す。

「一番単純な解決策は、お主らもわかっておるだろうが、竜が呪詛を吐く前に倒すことじゃ」

レインフェルドは頷く。

「あとは……、――娘、お主の魂をこの世界に繋ぎとめる必要があるの」

言われた意味がわからず、首を傾げる。レインフェルドも同じだったようで、老人に問いかけた。

「それは一体どういう意味でしょうか」

「お主は異世界から来た。そうじゃの」

「はい」

「だからじゃな。魂が不安定なんじゃ。身体はここにいるが、精神の残像というか、かけらがまだ向こうに残っている。だから竜の呪詛を受けた」

思いもよらなかった内容に戸惑う。

「あれは、竜の成れの果て。この世界にたった一つきりの存在じゃて。同じようにこの世界に二つとない不思議な魂に共鳴した。そして許せなかったんじゃな」

「許せない？」

「そうじゃ。同じく孤独な存在であるはずのお主に仲間がいることが」

息を呑んだ。

美咲は元の世界の大切な人たちと、強制的に離れ離れになった。だけど同時に、美咲を守り慈しんでくれる愛しい人と、仲間たちと出会った。

「理論はわかりました。ただ、ミサキの魂を繋ぎとめるというのは、どうすれば」

「方法は一つじゃな。この世界の魂と交わればいい」

「交わる……、と言うと」

「性交、と言えばわかるかの」

「――っ」

息を呑んだのは、美咲かレインフェルドか。恐らく二人ともだったに違いない。

突拍子もない言葉に、美咲は激しく動揺した。レインフェルドも絶句していたはずなのに、さすが公爵家当主であり悪竜討伐の隊を纏める地位につくだけあって立ち直りが早い。すぐさま老人に事実確認をする。

「それは、確かなのですか」

「まず、娘の魂は完全にはこの世界に根づいておらん。この世界の人間と気を交わらせることで初めて、この世界を構成する魂の一部となりえる」

どんな表情でなにを言えばいいのか言葉に窮する美咲に、老人は追い討ちをかける。

「お主、生娘じゃな?」

「――っ」

面と向かってとんでもないことを平然と聞かれ、真っ赤な顔で俯く。レインフェルドが問うような眼差しを向けてくる。

「そう、なのか？　きみは、マウロの父親と――」

美咲とダンの仲をレインフェルドが疑っていたことは知っている。知っていてあえて誤解を解かなかったのは美咲だ。なのにこんな形で暴露されるなんて。

もはやなにも言えず固まる美咲と、言葉を継げないレインフェルドを前に、老人は愉快そうに笑った。

「なんと、死ぬ前に面白いものが見れたな。あの世にいったおりには、ライの奴にも話して聞かせよう」

楽しそうな老人だったが、不意にごほごほと激しく咳《せき》こんだ。思考が停止していた美咲は、我に返り慌てて背中をさする。

「大丈夫ですか？」

「なに、たいしたことはない。こんなに会話したのはかれこれ数十年ぶりだから、少し疲れただけじゃ」

「すみません、無理をさせてしまって。横になりますか？」

「あぁ、そうじゃな」

介添えをして老人を横にさせるが、あまりの軽さに美咲は内心で驚いた。

「……食事はされていますか？」

「なに、ぼちぼちな」

あてにできない返答に、自分でも知らぬ間に悲愴《ひそう》感漂う表情を浮かべてしまったのかもしれない。

老人は美咲の胸中に去来した感情を見抜いたのか、深く息を吐き、天井を見上げた。

「儂はもう、充分すぎるほど生きた。儂を知る者は、もうこの世にはいない」

「……」

「大事な者たちはみんな死に、儂は一人、世界中を放浪した。いつ死んでもいいと思っておったが、いざ死期が迫ると、なぜか自分の原点に帰りたくなってな。誰も儂を知っている者はいない、待っている者はいないとわかっていても、ここに帰ってきた」

わかる気がした。美咲もいまでも故郷の風景を思い出す。どれだけ年月が経とうと忘れることなんてできやしない。もう二度と帰れない、懐かしく愛しい地。

「ひっそりと朽ちていくだけだと思っておったが……。もしかしたら、儂はなにかに導かれてここに帰ってきたのかもしれんな」

老人が故郷に帰る選択をしなければ、美咲たちは老人に会うことはできなかった。まるで自分たちを引き合わせてくれたなにかがあるようだ。

恐らく、老人の命はもう長くない。美咲たちが去ったあとすぐにでも亡くなりそうな儚さがあった。

「長すぎるほど生きたが、振り返ればなんと短い人生だったことか。人の生というものはお前たちが思うよりもずっと短く、刹那的じゃ。それをどう生きるかは、自分次第」

老人の眼差しが美咲に向けられる。どこまでも静かで、すべてを悟りきった瞳は美咲の心を包みこもうとしているようで。

「……お主は、すべてを諦めているな。いや、諦めようともがいているのか」

どきりとした。跳ねた心臓を抑えるように、無意識に胸元に手がいく。

「だが、諦観するのはまだまだ早い。お主は若い。諦められないなら感情の赴くまま足掻くのもまた一興。もしその先の辛い現実に耐えきれなくなったら、儂が一緒に連れていってやろう」

「バルク殿……！」

ずっと黙って老人の話を聞いていたレインフェルドが、死を連想させる言葉に思わずといったように声を張った。明確な怒りを滲ませるレインフェルドに、老人は「冗談じゃ」と笑う。

たちの悪い冗談はさておき、老人の言葉のすべては美咲の心に確実に突き刺さった。

胸がざわめきだす。落ち着かない気持ちをなんとかしようと息を吐きだすが、美咲なんかよりも老人の方が呼吸が乱れていることに気づく。本当に疲れてきたのかもしれない。もう、去った方がいいだろう。レインフェルドも同じことを思ったのか、視線を向けると頷いていた。

「バルク殿、貴重なお話を聞かせていただき感謝します」

「お会いできて光栄でした」

礼を述べる美咲たちに、老人は目を閉じて口元だけでにやりと笑った。

「礼を言うのはこっちの方じゃ。いい土産話ができた」

美咲たちは深々と頭を下げ、小屋を後にしたのだった。

◇◆◇

老人の小屋を後にして、この日は途中に見えた街の宿に泊まることになった。王都には及ばないが充分活気ある街並みで、夕方のメイン通りはこれから飲みにいくのか楽しそうな人や仕事帰りの人たちで賑わっていた。

この街で一晩休んで明日の朝一番に馬を出せば、なんとか設けられた期限内に皆のもとに合流できそうだ。

「ミサキ、待たせた」

レインフェルドが部屋を取ってくれている間、美咲はフロントの片隅でぼんやり窓の外を行き交う人たちを眺めていたが、レインフェルドが戻ってきたので、後をついていく。

案内されたのは、ベッドが二つある部屋だった。

同室なことに不思議はない。もしなにかあっても美咲は自分の身を守れないのだから、レインフェルドの他に腕利きの人間がいないいま、護衛を兼ねてそばにいてくれることは当然だといえる。

そう、お互いになんとも思っていない相手なら。

微妙な関係性を保っているいまの自分たちには、気まずい以外のなにものでもない。特に、老人の小屋で交わされた数々の会話を思い起こせば余計に。

「腹は減っているか」

美咲は首を横に振った。

小屋を出たあと軽食を取ったし、なによりあまり食欲がない。レインフェルドは美咲の反応を見越していたのか、食事を強制することなく「そうか」と言ってベッドに腰を下ろした。

「なら、少し話がしたい。いいか?」

きた、と思った。老人の小屋を後にしてから、不自然なくらいレインフェルドはやり取りの内容に触れなかった。じっくり話す機会を待っていたのだ。問いかけの形は取っているが、有無を言わせない雰囲気があった。

逃げられない。こくりと頷き、おそるおそるレインフェルドに近づくと、向かい合うようにベッドの縁に腰かける。

しばらく沈黙が流れる。レインフェルドは一点を見つめなにか考えているようだったが、スッと顔を上げた。

「正直に答えてほしい。きみは、マウロの父親のことをどう思っていた?」

真剣な眼差しに射貫かれ、美咲は覚悟を決めた。これ以上嘘を重ねるのを、天国のダンは許してくれないと思ったからだ。

「……ダンは、本当によくしてくれたの。あの人がいなかったら、いま私はここにいない」

王宮を抜けだしたまま生きていくこともできず、レインフェルドや仲間たちと再会することはなかった。レインフェルドも重々承知しているのだろう、ギュッと拳を握りしめた。

「だけど、お互いに異性として見たことなんて一度もなかった。あの人は、私にとって大切な人であることに変わりはないけど、恩人なの」

美咲にとってダンは、この世界での父親や兄のような存在だった。そしてダンにとって美咲は、妹のようなものだ。血の繋がりはなくとも、確かな信頼と親愛を互いに抱いていた。

「異性として好きになれる人なんて、現れなかった。——あなた以外に」

どれだけ否定しようと、逃げようと、認めざるを得ない。

レインフェルド以外に、美咲の心を奪う人なんていなかった。

いつだってレインフェルドだけが、美咲の心を満たすことも、絶望に突き落とすこともできる。

「……きみが誰のものでもないと知って」

レインフェルドが深く息を吐く。

「私がどれだけ喜んでいるかわかるか」

レインフェルドが立ち上がる。びくり、と身体をすくませる美咲の前に、膝をつく。

美咲の手を、大きな手がそっと包んだ。

「私が怖いか？」

怖い。世界中の誰よりも、レインフェルドが一番怖い。

小さく頷いた美咲に、レインフェルドは「そうか」と答える。

「私もきみが怖い。きみを失うことが、私はなによりも怖い」

レインフェルドは美咲の手の甲に口づけを落とすと、互いの鼻先が触れ合うほど近くに顔を寄せた。

「きみが好きだ、愛している」

互いの吐息がかかるほどの距離。これまで、こんなに近づいたことはあっただろうか。

レインフェルドは紳士だった。

五年前の旅の間、美咲に口づけ一つすることはなかった。手を繋ぎ、温もりを分け合ったのが精々で。

いまは、ほんの少し身体を動かすだけで、唇が触れ合ってしまう。

レインフェルドの眼差しから、確かな美咲への想いを感じる。熱が、覚悟が伝わってくる。老人の言葉を信じるならば、二人が身体を繋げると、悪竜の呪詛は効果を発揮せずレインフェルドたちに忘れられることはない。

だけど――。

「ミサキ、きみの葛藤もわかる。だから、無理強いはしない」

「……」

「だが私は、可能性に賭けたい」

美咲だって信じたい。

このままレインフェルドに身を委ねて、ずっと一緒にいられるならどんなにいいか。

でも、レインフェルドの温もりを知ってしまったら、胸の中に燻るレインフェルドへの気持ちはよりいっそう強くなる。今後こそ、引き返せない。

身体を繋げることで、本当に道は開けるのか。燃えるだけ燃え上がって、また忘れられたら？

もう二度と、あんな他人行儀な目で見られたくない。きみは誰だとレインフェルドの口から問われたとき、美咲がどんな思いになったか。

「もう二度と、きみを忘れたくない」

辛そうな声が、美咲の葛藤を深くする。

わかっている。レインフェルドだって、辛いはずだ。それでも自身の苦悩を抑え込み、美咲の気持ちを尊重しようとしてくれている。

美咲だって自分で決めたはずだ。

この手を離さずにすむ未来があるのなら、可能性に賭けたいと。だからレインフェルドと共に大賢者のもとを訪ねた。

美咲は、震える唇で言葉を発した。

「私は――」

◇◆◇

夜の風が、頬を撫でた。

心地いい風だ。今夜は満月で、あたりは月明かりでほのかに照らされている。

美咲は、草の上に膝を抱えて座り、湖を眺めていた。昼間はボートに乗ったりピクニックをしたりするのに良さそうだが、いまは誰もおらずとても静かだ。

こんな夜遅くに一人でいるなんて、不用心だとわかっている。でも無性に一人になりたくて、ふらりと宿を抜けだしてしまった。

結局、レインフェルドと身体を繋げることはしなかった。

どうしても、頷けなかった。

身体が硬直し沈黙する美咲の心中を察してか、レインフェルドは無理やり先を促そうとはしなかった。

――いきなり色々聞いて混乱しているだろう。今日はもう休もうか。

そう言って、レインフェルドは話を打ち切った。

ホッと安心したあと、猛烈な焦燥感に襲われた。

もしかしたら、取り返しのつかないことをしてしまったのではないか。自分から未来を手放してしまったのではないか。

美咲に背を向けて眠るレインフェルドの姿に胸が苦しくなり、大人しく眠るなんてできなかった。

美咲はぼんやりと、飽きることなく湖を眺めた。

どこまでも透き通っている水面は、ときおり吹く優しい風で微かに揺れ、月明かりがきらきらと淡く光る。

こんなきれいな湖は、日本で暮らしていたときも、この世界に来てからも、初めて見たかもしれない。

日本にいたころ、自然と触れ合う機会なんてあまりなかったように思う。

この世界には存在しないテレビやスマートフォンなどの便利な機器に日常的に触れ、車や電車、飛行機が行きたい場所に簡単に連れていってくれる。

当たり前にあった快適な日常。当たり前にそばにいた両親や友達。

「お父さん、お母さん……」

もう会えなくなった両親に、急に会いたくなった。いま直面している、胸が張り裂けそうな悩みや苦しみ、不安を、すべて吐きだしてしまいたい。

一人っ子の美咲のことを、とても可愛がってくれた。ある日突然消えてしまった美咲を、二人は心配しているだろう。どんな思いで毎日を乗り越えているのか。想像すると、申し訳なさで胸が締めつけられる。

会いたい。だけど、会えない。

老人に去り際に聞いた。元の世界に帰る方法はあるのかと。帰りたいとか残りたいとか強い信念に基づいたものじゃなくて、諦めていたつもりでもどこかでずっと燻っていた疑問を晴らし、選択肢としてありえるのか明確にしたいだけだった。だが、一度閉じた道を同じ時空と結びつけ、もう一度開くことは困難だと言われたとき、なんとも言えない感情に包まれた。心の底では理解していたことだった。美咲はこの地で生涯を終えるのだと。元の世界にいた大切な人たちと最後のお別れをすることさえ許されずに。

この国は、そうして美咲だけでなく、美咲を取り巻く人々の運命さえ捻じ曲げた。

理不尽だと思う。ひどいとも思う。

だけど誰にもその怒りをぶつけられない。だってこの地にも、美咲を大切に思ってくれている人々ができた。

なにも持たなかった美咲にこの国で生きる術を教えてくれたダンやマウロ、ダン亡き後も美咲とマウロを気にかけてくれる近所の人たち。

悪竜退治のハードな旅の中、足手まといの美咲を命がけで守ってくれる仲間たち。

そして、美咲に愛を囁いてくれる人。

万が一帰れたとしても、みんなに会いたくて会いたくて、心が引き裂かれそうになるだろう。

結局、どっちにどう転んでも、美咲にとっては苦しいことに変わりない。

――人の生というものはお前たちが思うよりもずっと短く、刹那的じゃ。

老人の言葉が脳裏をよぎる。

この苦しみも、刹那的なものなのだろうか。

いままで悩んだことも、悲しかったことも、すべてはいつか心穏やかに振り返ることができるのだろうか。老人みたいに。

美咲には想像できない苦難を乗り越えてきただろうその瞳は、とても澄んで凪いでいた。

あれは、己の死期を悟っていたからだろうか。

そう、人は死ぬのだ。どれだけ悩んでも、苦しんでも、いつかすべてが無になる。

行き着いた考えが気分を重くさせ、ふ、と目を伏せようとしたとき、視界の端に、ふわりと光るものがあった。

湖のほとりで、一輪の夜光花が咲いていた。

満月の夜にだけ咲く貴重な花だ。月の光をふんだんに浴び、己の命を燃やすようにふわりと薄紅色に光り、散っていく。個体数も少なく、そのあまりの儚さに、咲いているところを見ることは稀《まれ》なのだと聞いたことがある。

事実、美咲が見惚れている間に、花は散ってしまった。

一瞬の命。光っていたことを美咲以外に知る者はいない。でも確かにそこに咲いて、淡い光を見せていた。

きっとそれは、自分たちも同じなのだろう。

長い歴史の中で、美咲が生きているいまなんて一瞬なのだ。

だとしたら、いま生きているこの瞬間を、後悔のないようにするべきなのかもしれない。

どう足掻いたって、レインフェルドに惹かれる気持ちが消えることはない。胸に燻りつづける、淡く、でも強い想い。離れていた間も、レインフェルドのことを考えない日はなかった。

忘れ去られた日から、どれだけの決意をもって、どんな思いでレインフェルドへの未練を断ち切ったのか。なにをしていてもふとした拍子に声や笑顔を思い出す日々。涙を流す夜が終わるまでどれほど悲しい思い、苦しい思いをしたか、忘れたわけじゃない。忘れることはない。でも——。

——ミサキ。

注がれる温もりを、眼差しを、美咲は手に入れたい。

消えることのない強い気持ちを、大事にしたい。

奇跡のように美咲の前で命を燃やした小さな花が、美咲の背を押し勇気を与えようとしてくれているみたいで。

「――くしゅっ」

感情の高ぶりと共に、くしゃみが出た。

少し冷えてきたのだ。無意識に腕をさすろうとしたが、ふわっと温もりに包まれる。ブランケットだ。

「風邪を引くぞ」

レインフェルドが穏やかに目を細め、美咲を見下ろしていた。

◇◆◇

外は冷えるからと、美咲はレインフェルドと共に宿に戻ってきた。

「まだ朝まで時間はある。出発までゆっくり眠った方がいい」

勝手に外出した美咲を責めることなく優しく言ってくれるレインフェルドの腕を、美咲は思わず掴んだ。

胸の中に渦巻く気持ちを伝えるなら、きっといましかないはずだ。

ベッドに入ろうとしていたレインフェルドが、驚いたように足を止める。

「どうした？」

「話がしたいの」

美咲の改まった言い方に、なにかを感じ取ったのだろう。レインフェルドは表情を引き締め、美咲に向き合う。

「……私、あなたのそばにいたい」

感情のまま動いていいなら、本当は一秒だって離れたくない。

なにが正解で、なにが間違いだとかそんなことはわからない。美咲の選択を愚かだと笑う人もいるだろう。でも好きなのだ。ずっとレインフェルドだけを想ってきた。混じり気のない純度の高い恋心ではなくなったとしても、美咲の心が向かう先は一つだけ。誰にも否定なんてさせない。

だけど、心には深い傷ができていて、今後どんな影響をもたらすのか見当もつかない。いくら優しいレインフェルドでも、眉をひそめるほどの醜態を晒《さら》す可能性だってある。

「私は私の存在を否定された悔しさや惨めさを忘れたわけじゃない」

レインフェルドを想う気持ちの奥底にへばりついて離れない、好意とはまた違う昏《くら》い感情を、美咲は自分の中に確かに感じ取っていた。もうきっと、初めて出会ったころのように、ただ純粋な気持ちだけでレインフェルドを想うことはできない。

「あなたが悪いわけじゃないとわかっているのに、またあなたを責めてしまうかもしれない」

でもレインフェルドはきっと、言い訳一つせず美咲の責めを受け止めるのだろう。謝るしかできないとわかっている人を詰る自分の未来を想像してゾッとする。みんなのせいじゃないと言いながら、心の底では許せないと思っている自分がいつまでも存在して、いつかなにかの拍子に表面化するのかもしれない。

そんな自分を、美咲は受け止めきれるのか。自分で自分がわからなくて、怖い。

ぶるりと震えた美咲を、レインフェルドがギュッと腕に抱きこむ。痛いほど、力強く。まるで少しでも力を緩めたら美咲がどこかにいってしまうと怯えるように。

「かまわない。責めて詰って泣き喚《わめ》いてくれていい。すべて受け入れる。それが私にできる償いだ。一生背負っていく」

「……私は、そんな自分が嫌なの」

「きみのすべてを、私は受け入れる。きみのぶんまで、きみを愛していく。――だから頼む」

レインフェルドは、懇願するように言った。

「ミサキの中から私を追いださないでほしい」

「……勝手な人」

追いだしたのは自分のくせに、と、口にはしなかったが、ぽつりと力なくこぼした言葉に続く隠された本心は伝わったのだろう。レインフェルドは強く言い切る。

「あぁそうだ。私はきっと勝手でひどいことを恥じらいもなく言っているのだろう。簡単にミサキの信頼を取り戻せるとは思っていない。だが嫌悪されても、私は言葉と行動で、きみに気持ちを伝え続ける。きみを愛していると、死ぬまで証明していく。だから私はきみから離れない。絶対にだ」

まるで駄々を捏ねる子供みたいではないかと半ば呆れつつ、すっと身体から力が抜けていく。

胸の中に澱んでいたドロドロしたものが、ほんの少し軽くなっていくのを美咲は感じていた。

大賢者のもとを訪ねる前もいまも、美咲のまぎれもない本心をぶちまけた。物分かりのいいふりをかなぐり捨てた美咲の丸裸の姿だ。そんな美咲に嫌気がさして、レインフェルドに拒絶されたとしてもしかたないのだと覚悟を決めていたが、レインフェルドは美咲の心を否定することなく、受け入れ包みこんでくれた。

辛くて悲しくて悔しくて、途方に暮れていたあのときの自分自身を、僅かだけでも救ってあげられたような、切なさと安堵感が胸をよぎる。

美咲はそっとレインフェルドの背中に腕を回し、ギュッとしがみつくように服を握った。なにもかも諦めていた。またこうして、自分からレインフェルドに手を伸ばせる日がくるなんて思っていなかった。

やっと一歩歩きだせる。自分を縛りつけていた枷《かせ》が外れたような気がした。

「あなたといたい、そのためにできることはする」

美咲はレインフェルドの逞しい腕の中で身じろぎ、グレーの瞳を見据えてはっきりと告げる。

「自分の意思で未来を決める。もう誰にも私の人生を好きなようにはさせない」

「だから」と続ける。

「私を、あなたのものにしてほしい。私も、あなたといられる可能性に賭けたい」

「ミサキ……」

レインフェルドの瞳に、徐々に熱がこもっていくのを美咲はじっと見ていた。

大きな手が、壊れ物を扱うみたいに美咲の頬に触れる。そのまま引き寄せられ、また強く抱きしめられた。

「ミサキ、ミサキ……っ」

耳元で、レインフェルドの震える声が響く。

いまにも泣きだしそうな声音に、美咲は広い背中を宥めるように撫でた。

レインフェルドの温もりに包まれ、自分の選択は間違っていなかったのだと確信する。この先どんな未来が待っていても、いまこの瞬間、レインフェルドがこれだけ喜んでくれるのなら、どんな結果でも受け入れる意味がある。

やがて、レインフェルドがそっと抱擁を緩める。美咲を腕の中に閉じこめたまま、額と額を合わせる。

「私はいま、とても舞い上がっている」

美咲はくすくすと笑った。

「いつも冷静沈着な公爵様が？」

「そうだ。きみといると、己の感情が制御できない。こうあるべきだと理性では理解しているのに、感情がすべてを覆いつくす」

レインフェルドは美咲の顎に指をかけ、上を向かせた。

「きみだけだ。私の心をこんなにも乱すのは」

「レイ……」

触れるだけの口づけが落ちる。

初めて知ったレインフェルドの唇の感触に、胸が高鳴る。何度も啄《ついば》むように唇を吸われ、やがて深くなっていく。

「んっ」

舌を絡めとられ、互いに擦りつけあう。背中がぞくぞくして、レインフェルドの服をギュッと掴む。

唇が離れ、熱い吐息が肌を掠めた。

息を整える間もなく、首筋にレインフェルドの唇が触れる。ちゅっ、と軽いリップ音が続いて、立っていられない。

足の力が抜けそうな美咲の身体を支えながら、レインフェルドは美咲の身体をベッドに押し倒した。

「レイ、私……」

覚悟は決めた。だけど初めてのことで、どうしようもなく緊張する。

心臓がバクバクとうるさい。どうすればいいかわからず混乱する美咲の頭を、レインフェルドは宥めるように優しく撫でる。

「ミサキ、私を見て」

レインフェルドの細められたグレーの瞳が、真っ直ぐに美咲を見つめている。情欲に染まる瞳が、いまさら止めることなんてできないのだと突きつけてくる。だけど指を絡めるように繋がれると、心臓はうるさいくらい鼓動を刻むのに、どこか落ち着いていくから不思議だ。

「きみがどれだけの覚悟をもって私を受け入れてくれるのか、きっと私なんかには想像も及ばないのだろう。だが、これだけは誓う。私は、きみの覚悟に恥じないよう生きる。きみだけを生涯愛し、守る」

「レイ……」

レインフェルドは優しく目を細めると、美咲の身体に覆いかぶさるようにして頬や唇に口づけを落としていく。そして寝巻き姿の簡素なワンピースだった美咲の服を、するりと脱がしていった。

異性の前で裸になったことなどない。マウロがもっと小さいころは一緒に湯浴みをしたこともあるが、あれはノーカウントだろう。

とても恥ずかしい。熱い眼差しが刺すように肌に降り注ぐ。いたたまれず、美咲は腕で身体を隠すようにした。

「すごくきれいだ」

レインフェルドの瞳と声音には、包み隠せない熱が孕んでいた。

「レ――」

恥ずかしさの限界に達し、見ないでと訴えようとした言葉は、レインフェルドの唇に呑みこまれる。

深い口づけを交わしながら、レインフェルドの手が美咲の肌を這う。肩を撫で、脇腹を辿《たど》り、そして胸に。下から掬《すく》いあげるように包まれ、柔らかさを堪能するみたいに揉《も》まれていたときは強い刺激を感じなかったのに、先端をつままれた瞬間、甘い声が漏れた。

「んっ」

びくり、と肩を震わせ、キスがやっと解かれる。

レインフェルドの唇は、目的を変えて下に滑っていく。行き着く先を想像してハッとなる。

「あっ、待って――っ、やぁ」

先端を口に含まれ、つま先がシーツを蹴った。吸いつかれるといままで感じたことのない甘い痺《しび》れが身体に走り、腰が跳ねる。

「や、あ……ン」

甘ったるい声が響く。舌先で転がされ、反対側は指先で弄ばれる。

「レイ……っ」

単に身体の一部でしかなかったはずの胸をいやらしく触られて、あられもない姿を晒す自分に泣きそうになる。しかしレインフェルドの手のひらが太ももを撫で、下腹部に触れると、それ以上の衝撃に襲われた。

身体が強張る美咲を宥めるように、レインフェルドは美咲の唇を啄ばみ、指先で秘めた場所を探る。

「んぅ、あ」

敏感なところをすりすりと刺激され、確かな快感が這い上がってくる。秘裂をなぞり、花芯を指の腹で責められ、まともな思考が働かない。

「あぁ、だめ、……っ」

下腹部に熱がたまる。とろりと溢れた蜜を指に纏わせ、レインフェルドは美咲を優しく、しかし容赦なく追いつめる。

ドッドッと速まる心臓の音が耳の中に反響する。

「んぁ、あ、ぁぁ、レイ……」

やがて指先は蜜口へと滑り、ぐっ、と一本の指が埋められた。

「ひぅ、んん……っ」

初めての異物感に怯えるが、レインフェルドが動きを止めることはない。美咲の反応がよかった首筋や耳の裏に唇で吸いつきながら、指を根本まで埋めていく。

「あ、あぁ」

ギュッと目を瞑り、耐える。痛くはないが、異物感が半端ないのだ。

レインフェルドは慎重に指をなじませる。膣壁を擦られるたび、なんとも言えない感覚に身体がびくびくと跳ねる。いちいち反応する身体が恥ずかしくてしかたないのに、レインフェルドは美咲の些細な表情の変化を見逃さないとばかりにじっと観察しているから、顔が赤くなる。

「レイ、お願い、見ないで」

視線から逃げるように顔を横に向ける。だがすぐに顎を取られた。

「悪いが、それは無理だ」

色気を放つ眼差しに、なぜか追いつめられているような気になり泣きそうになる。

レインフェルドは涙の滲む美咲の目尻をそっと親指で拭う。

「私の手で乱れるミサキの姿をすべて目に焼きつけておきたい。きみが乱れれば乱れるほど、きみは私のものだと思えて安心する」

優しい声音だがきっぱりとした言葉に美咲の願いは退けられる。くちゅくちゅと淫らな音が理性を焼いていくのに耐え、どれくらい経っただろうか。ぱさり、と服が床に落ちる乾いた音がして緩慢にレインフェルドを見上げると、美咲同様、一糸纏わぬ姿になっていた。

見せる筋肉ではなく、実用的な鍛え方をした引き締まった身体つき。いままで見ることのなかった無防備な姿に、胸が高鳴る。

「ミサキ」

レインフェルドの手のひらが、美咲の頬を包む。

「痛ければ、爪を立ててくれて構わない。だが、すまない、途中でやめることはできない」

男としての快感を追う以上に、美咲とレインフェルドの未来がかかっているのだ。なにがあってもやめない。レインフェルドの言葉の中にある決意に触れて、頷いた。

もう、ここまで来たら逃げない。レインフェルドを受け入れる覚悟はできている。

ぴた、と、指とは違う質量のものが、散々ほぐされた場所に押しつけられる。その大きさ、熱さに、自分の意思とは関係なく反射的に逃げる美咲の身体を、レインフェルドは腰を掴むことで押さえつける。

「——っぅ、い、た」

明らかにサイズ感の合っていないものが、どんどん入ってくる。

初めて経験する痛みに、涙がうっすらと滲み、美咲はレインフェルドの腕を縋るように掴んだ。首を横に振り、痛みを散らそうとする。

レインフェルドは美咲の首筋に顔を埋め、宥めるように唇を落としていく。

「いやぁっ、っ」

ぎゅうっとレインフェルドの腕を掴んでいた指が、長い指に絡めとられる。

両手をシーツに縫いつけられ、唇を塞がれる。その間も止まることなく進んでくる熱杭《ねっくい》に、痛みとはまた違う充足感が胸を満たす。

レインフェルドの額にも汗が滲んでいて、なにかを耐えるように眉を寄せる顔が愛おしいと思った。

「――――っ、これで、全部だ」

「ん！」

最後に強めの衝撃がきて、喉が反った。

レインフェルドの少し荒めの息づかいが耳朶《みみたぶ》を擽《くすぐ》る。

美咲はそっと指を伸ばし、レインフェルドの髪に触れた。ハリのある髪を撫でながら、涙が頬を伝う。気づいたレインフェルドが、唇で吸いとっていく。

「……すまない。痛かったか？」

心配げな瞳に、美咲は首を横に振ることで答える。

自分でもよくわからなかった。

ずっと恋い焦がれていたレインフェルドと一つになれた。諦めていた想いが報われて、心の底から嬉しい。なのに、同じくらいの恐怖がある。

レインフェルドが好きだ。決して表に出してはいけないのだと固く封じこめていた気持ちが、どんどん溢れて止まらない。

何度も何度も忘れようとした、諦めようとした。もう平気だと思ってた。——だけど無理だった。レインフェルドに忘れられたとき。レインフェルドが王女と婚約したと聞いたとき。どん底の中のどんなときでも、心はずっとレインフェルドを求めていた。再会してからもずっと。

諦めるなんて、できるはずがなかった。こんなにも好きなのに。

一縷の可能性に縋ってもいいのか、本当はまだ不安はある。本当にこれで、レインフェルドは美咲のことを忘れないのだろうか。臆病な自分が顔を覗かせて、この選択でよかったのかと詰る。それでも——。

レインフェルドの温もりを知ってしまった。抱きしめられる腕の心地よさも、肌が触れ合う幸福感も、自分の中にレインフェルドを受け入れる充足感も、すべて知ってしまったいま、もうレインフェルドのいない人生なんて考えられない。

だからこそ怖い。幸せなのに、怖くて怖くてたまらない。

色んな感情がごちゃ混ぜになり、次々と胸を襲う。

「ミサキ……」

切ない声で名前を呼ばれ、涙に濡れる瞳でレインフェルドを見上げる。

「愛している。もう二度と、きみを一人にはしない」

「……私も、愛してる」

唇が重なる。激情をすべてぶつけるように深くなる口づけを、必死に受け止める。

レインフェルドが腰を引き、また埋める。ん、と喉から声が漏れる。繋がった場所で聞こえる粘着質な音が恥ずかしくて、レインフェルドの唇から逃れるように顔を横に向けた。

「ん、あ、っ」

レインフェルドの腰使いが荒くなっていく。お腹の中を掻き回されるような激しさに、苦しさと同じくらいの快感が押し寄せ、意に反してあられもない声がこぼれる。肌と肌のぶつかる音が生々しく響き、美咲は絡まる指にぎゅっと力をこめた。

「やぁ、ぁあ、レ、レイっ、ちょっと、待っ――」

懇願する言葉は、覆いかぶさってきた唇に呑みこまれる。

「んーっ、ふぅ、っ、ん」

舌と舌がいやらしく絡み合い、下腹部からは淫らな音が絶え間なく鼓膜を打つ。美咲の心臓はばくばくして、すでに許容量を超えている。決して行為自体を拒絶したいわけじゃなく、ただ少し待ってほしいと心身共に訴えるのだが――。

「は、ミサキ……っ、すまないが、もう止められない」

愛しい人に至近距離から熱っぽい瞳でそんなことを言われて、拒否できる人間がいるのだろうか。

「あ、レイ……っ、んんっ」

全身全霊で求められる喜びが胸を満たす。美咲は抵抗をやめ、逞しい首に腕を回して縋りついた。ただただ荒れ狂う感覚に身を任せ、声を上げ、身体を揺すられる。一際強く中を穿《うが》たれ、レインフェルドの身体がぶるっと震えた瞬間、身体中にじんわりとした不思議な温かさがめぐるのを感じながら、美咲は意識を手放した。

◇
◆
◇

宿を出て馬を走らせ、みんなのもとに戻ったのは、翌日の夜だった。

「ミサキ！　おかえり！」

真っ先に駆け寄ってきたマウロに、美咲は笑顔を見せる。

「ただいま、マウロ。いい子にしてた？」

「オレをいくつだと思ってるんだ」

「そうね」

頬を膨らませる様子は子供じみた愛らしさがありながらも、子供扱いすると怒らせそうなのでくすりと笑って会話していると、他の仲間たちも近寄ってきた。

「おかえり。で、収穫はあった？」

早速のリュシーの問いかけに答えたのはレインフェルドだ。当然のように美咲の腰に手を回し頷く。

「あぁ。詳しい話は中で」

みんなと合流した町外れの広場には小屋があり、レインフェルドはそこを指した。

美咲は腰に回された腕が気になり外そうとするが、ますますグイッと引き寄せられる。

「レ、レイっ」

「なんだ？」

「なんだ、じゃなくて、離して」

これではまるでイチャイチャしているようだ。思えば今日一日、目覚めたときからずっとそうだった。馬上で密着するのはしかたないが、休憩して地上に下りているときもレインフェルドは常に美咲にぴったりとくっついていた。身体の一部分が触れていないと死んでしまうとでも言わんばかりの距離感に、美咲は大いに戸惑ったものだ。

「ふむ」

美咲とレインフェルドの攻防を眼前にしたリュシーたちは、互いに顔を見合わせた。

「どうやら、いい結果が得られたようだな」

どこか安心したような声音にハッとする。皆、穏やかな笑みを浮かべてくれていた。ずっと心配させていたのだと実感し、申し訳なさと優しさに涙が滲む。

「では、話とやらを聞こうか」

クリストフが促し、全員で小屋に向かう途中で、美咲はある事実に気づき、足を止めた。

——ちょっと待って。

悪竜と対峙するにあたって、大賢者から授かった対処法を説明することは、すなわちレインフェルドと美咲がそういうことをしたと宣言するようなものだ。

美咲の顔が一気に赤くなる。

そんなことわざわざ触れ回ったりしたくない。しかし避けては通れない。散々気を揉ませてしまった仲間たちに、嘘偽りを言うわけにはいかないのだから。

「ミサキ？　どうした？」

急に立ち止まった美咲の顔をレインフェルドが不思議そうに覗きこんでくるが、なぜ平然としていられるのか逆にこっちが聞きたい。

刻々と近づく公開処刑の場面を想像する。いたたまれなさで逃げだしたい気持ちをぐっと堪え、美咲は憂鬱な一歩を踏みだした。


「は？」

説明を聞いたリュシーはぽかんとしたが、真っ赤になり俯く美咲と、対照的に晴れ晴れと満足そうな笑みを湛えるレインフェルドを見て、美咲に同情するように苦笑した。

「なんだ、そんなことでよかったならとっととやっとけばよかっ――」

身も蓋もないことを口走るヴィンセントの頭をリュシーが思いきり叩いた横で、ノアはにこにこしている。

「どんな方法にしろ、美咲を忘れずにいられるのならよかったよ」

「そうそう。これで心置きなく悪竜に挑めるな」

肩を回して張り切るリュシーの横で、美咲を見つめるクリストフと目が合う。

いつもクールな眼差しが少し和らいでいるのを見て、クリストフも喜んでくれているのが伝わり胸がいっぱいになる。

ただやはり内容が内容だけに、恥ずかしさは払拭できない。喜びをもう少しみんなと共有したかったが、話もそこそこに小屋を抜けだした。

「あ、ミサキ」

「お前はまだ話が残ってる」

レインフェルドもついてこようとしたが、いつもの冷静な顔に戻ったクリストフに捕まった。予定外の日数を消費してしまったため、今後の進行の立て直しについて話し合うのだろう。

出発は、明日の早朝だと聞いた。今日はここで夜を過ごすことになる。

「……あの」

先にテントで休んでいるマウロのところに行こうと広場を歩いていると、突然背後から声を掛けられた。振り向くと、一人の騎士が立っていた。

「少しいいですか」

松明の明かりに浮かび上がる顔は、先日、仲間内で美咲のことを非難していた騎士の一人だった。デュラに襲われ負傷したのを手当てしてからは特に接触もなかったのだが、改まった様子に美咲にも緊張が伝わり、おずおずと尋ねる。

「なんでしょうか」

傷の治りがもしかして悪いのだろうか。でもそれなら付け焼き刃の知識しかもたない美咲なんかよりも他の騎士たちの方が頼りになるはずだから、美咲をわざわざ呼び止めるのも不自然だ。だとすればまたなにか、今度は面と向かって美咲に対する不平不満をぶつけてくるのだろうか。

身構えるが、騎士はなかなか口を開かない。視線をせわしなく彷徨わせるだけだ。

沈黙に耐えきれず、再度問いかけようとしたとき、騎士は意を決したように頭を下げた。

「先日は、申し訳ございませんでした！」

あまりの勢いに、美咲は思わず後ずさり、ぽかんとした。

頭の整理がついていない美咲を置き去りに、騎士はぽつぽつと話しだす。

「失礼な態度を取ったのに、あなたは嫌な顔一つせず、怪我をした私の手当てをしてくれました。きちんとお詫《わ》びができていなかったので」

どうやら、ずっと気にしてくれていたらしい。

好意的ではない言葉の数々に、決して傷つかないわけではなかった。騎士たちが美咲のことをどう思っているのか突きつけられて、本当は悲しかった。

だけど、騎士が自分の言動を後悔し、美咲に対しての考えを改めてくれたと知り、胸がほんのりと温かくなった。

美咲は笑みを浮かべ、首を横に振った。

「もう気にしないでください。お気持ちは伝わりましたから」

「……はい」

噛みしめるように頷いた騎士に、美咲は朗らかに問いかける。

「先日の怪我は治りましたか？」

「あ、はい、おかげさまでこの通り」

力こぶを作る騎士の動作がおかしくて、美咲はくすくすと笑った。和やかな空気に、強張っていた騎士の顔も緩む。

「あ、そうだ」

突然ポケットをごそごそと漁《あさ》りだした美咲に、騎士は不思議そうにしている。

「あ、あった。——これ、よかったらどうぞ」

美咲は手にしたものを騎士に差しだした。一体なんだろうかと困惑しながらも受けとるため近づいてきた騎士の手のひらに載せたのは、キャンディだった。

今朝、宿を出るときに宿のオーナーがサービスでくれたものだった。四粒もらったのだが、二粒は帰ってくる道中でレインフェルドと一粒ずつ食べ、残りは美咲に譲ってくれたのだ。一粒はマウロのために残しておきたいので、最後の一粒になる。

「仲直りの印です。一粒しかないから、他の皆さんには内緒ですよ？」

人差し指を口にあてていたずらっ子のように微笑むと、騎士は目を見張り、そして俯いた。小さく「……はい」と答え、キャンディをギュッと握りしめる。

「……なにかお困りのことがあれば、なんなりとお申し付けください」

思いがけない言葉に、美咲は目をぱちりと瞬かせた。首を傾げる美咲に、騎士が意気込む。

「お手伝いできることがあれば、いつでも――」

「ミサキ」

騎士の言葉は、ピンと張りつめた声に遮られた。

レインフェルドがこちらに向かって歩いてくる。

「レイ」

「探したぞ」

「ごめんなさい。もう話は終わったの？」

「あぁ」

レインフェルドは、ちらりと騎士に視線を流した。

「まだなにか用か？」

騎士はびくりと背筋を伸ばし、「い、いえ！」と慌てたように去っていった。

「……なんの話をしていた？」

レインフェルドが美咲の腰を引き寄せながら問いかけてくる。

「この間、傷の手当てをしたことのお礼をご丁寧にまた言ってくれたの」

「……そうか」

「私、リュシーたちにもっとちゃんとした手当ての仕方とか教えてもらうね。みんなの役に立ちたいから」

「……」

レインフェルドは黙ってしまった。不思議に思って見上げると、美咲の肩に額を擦りつけ、はぁ、と深い息を吐く。

「あ、あの、だめだった？」

素人の美咲が迂闊《うかつ》に手を出してはいけないのかもしれない。ちょっとお礼を言われたからって調子に乗った美咲の浅慮さに呆れられてしまったのかと、オロオロする。美咲の慌てように、レインフェルドは苦笑交じりに答える。

「いや、助かるよ。ただ、自分の心の狭さに驚いているだけだ」

美咲は首を傾げた。

レインフェルドはいつだって他人のことを考え、普通の人なら怖気《おじけ》付く場面でも冷静さを見失わない、器量がある人間だ。一体なぜそんな見当違いな結論を導きだすのか。

「……できるなら、ずっと閉じ込めてしまいたい」

「え？」

美咲の首筋に顔を埋めたレインフェルドに、ふわりと抱きしめられる。

「誰の目にも触れさせず、危険なことなどなにもない場所で、ただ私だけに笑いかけてほしい」

「え？　え？」

突然の熱烈な言葉の羅列に、なにごとかと目を白黒させる。身じろぐ美咲の抵抗を封じこめるように、抱きしめる腕にギュッと力がこもる。

「きみを、私一人だけで独占できたらどれほどいいか」

「レイ……」

レインフェルドの中でどんな考えが巡り巡って弱音ともとれる発言が飛びだしたのか見当もつかないが、心許ない声音を聞いているといてもたってもいられず、レインフェルドの背中にそっと腕を回した。

「……そんなの、私のセリフなのに」

誰もがレインフェルドを頼りにし、慕っている。常に集団の真ん中にいる姿を遠くから見つめることしかできないときだってある。誰に対しても分け隔てなく平等で、こうして抱きしめあっていたって、レインフェルドは美咲だけのものじゃない。

「レイは、みんなのものだから」

美咲だけが独占できるわけじゃない。そんなことわかっている。醜い感情は見ないように目を逸らし、溢れないよう押しこめていたのに。

「ズルイ。あなたが先に言うなんて」

「……ハハ」

少し拗ねたように唇を尖らせる美咲に、レインフェルドが楽しそうに吹きだした。ギュッと抱きしめる腕に力をこめ、ふっと緩める。だが腰に腕は回ったままなので、距離はとても近い。

「ねぇ、レイ。思ったんだけど、あなた、ちょっとくっつきすぎじゃない?」

お互いの本音を吐き出したついでに、この際だからと気になっていたことを伝える。ただ会話をしているだけなのに人目も憚らずぴったりくっついてこられるのは、どちらかと言うと控えめな日本人の美咲としては、正直反応に困る。周りの視線も気になるし、なによりレインフェルドはとても整った顔立ちをしているから、至近距離で見つめられるとドギマギするのだ。

「そんなことはない。これが普通だ」

レインフェルドはきっぱりと言い切った。美咲は言葉に詰まる。

「そ、そう?」

「あぁ」

無駄に真面目な顔で頷いたあと、レインフェルドの手のひらが美咲の頬を包む。

「それに、きみも離れたくないと言っただろう?」

宿で美咲の本心をぶつけたとき、確かに似たようなことは言ったが、額面通り受けとられると色々と弊害がある。身体を重ねたことまでうっかり思い出してしまい頬を染める美咲に、レインフェルドは目を細める。

熱っぽい眼差しが美咲の唇に流れ、レインフェルドがなにを求めているのか悟る。甘さを伴う緊張に襲われながら、ドキドキと目を閉じようとして——。

「あー、お二人さん。盛り上がってるとこ悪いんだけど、そういうことはできれば人目につかないところでしてくれるかな?」

ごほん、と咳払いと共に飛んできた忠告に、身体がびくりと跳ね上がる。驚きのあまり、反射的にレインフェルドを突き飛ばしてしまった。鍛えられた身体は大きく体勢を崩すことはなかったけれど、声の主に恨めしげな息を吐く。

「……リュシー。ちょっとくらい気を遣えないのか」

「あのね、独り身の騎士たちのことも考えてあげな。見てみなさい、みんな困ってる」

促されて周りを見渡すと、離れたところで思い思いに身体を休めていた騎士たちが、サッと視線を逸らして晩ごはんの続きを食べたり雑談を始めたりした。

あからさまな様子に、美咲の顔に熱がたまる。そうだ、ここは別に奥まった場所ではないのだ。暗いし距離があるので会話までは聞こえていなかったと信じたいが、親密な空気感は伝わるだろう。

「まぁまぁ、リュシー。あまりいじめないであげなよ」

くすくすと微笑ましそうに美咲たちを援護するノアの眼差しがさらに恥ずかしさを煽る。ノアは動揺する美咲と平然としているレインフェルドに優しい目を向ける。

「よかったね、レイ、ミサキ。このまま二人が離れずにすむよう、祈ってるよ」

「ノア……」

無意識に不安げな表情でも浮かべてしまったのだろうか。ノアは包み込むように穏やかに言った。

「そんな顔するな。きっと大丈夫」

レインフェルドが「……あぁ」と応えるように神妙な顔で頷き、美咲の腰を抱き寄せた。

「絶対に離さない」

言霊を込めるみたいに、力強い口調だった。美咲も祈りを込めるように、レインフェルドの手をギュッと握った。

◇◆◇

先に進むにつれ、荒れ果てた土地が目立つようになってきた。

美咲たちがたどり着いたのは、焼けおちた集落だった。ここから馬で数時間走った先に、悪竜の根城があるという。根城に近いこの集落は、悪竜の被害をすぐに受けてしまったのだろう。人の気配は全くなかった。

民家の名残である木材の、焼けたにおいが立ちこめる。この先に、悪竜がいる。

「明日の早朝、討伐に向かう」

レインフェルドが騎士たちを集め、宣言した。

「明日は厳しい戦いになると思う。だが、我々は決して負けない」

神妙な顔で頷く騎士たち。誰も言葉を発せず、だからといって怖気付いている様子もなく、瞳には必ず勝負を決めるという力強さがあった。決起集会は早々に終わり、あとは各々自由に過ごす時間に割り当てられた。

剣の整備をする者、訓練をする者、身体を休める者。様々に行動する騎士たちを横目に、美咲はテントの中に入った。

いつもならマウロが外で稽古をつけてもらっている音が聞こえる時間帯だ。旅の間、ただ守ってもらうばかりの自分が許せないらしく、早く強くなりたいと木で作った剣を片時も離さず、時間のある騎士たちが相手になってくれていたのだ。

だが今日は静かだ。

テントの中には美咲一人。マウロとリゼの二人はいま、ここにはいない。これまでの道中とは違い、明日は悪竜と交戦するのだ。桁違いに危険な現場にマウロを連れていくわけにはいかず、まだ悪竜の被害を受けていない一番近くの街にある宿に預けてきた。マウロはだいぶごねていて説得するのに随分苦労したが、リゼがついているから大丈夫だろう。

そのときのことを思い出しながら床に紙を広げ目を通していると、外から声をかけられる。美咲は顔を上げた。

「ミサキ、入るぞ」

レインフェルドが顔を覗かせ、テントに入ってくる。

柔らかな笑みを浮かべていたが、美咲が紙を広げているのを見ると、怪訝《けげん》そうな表情になる。

「手紙か？」

「手紙、というか……」

美咲の隣に腰を下ろしたレインフェルドが、手元を覗きこんでくる。さっと目を走らせたレインフェルドの空気が変わる。

「ミサキ、これは……」

美咲は目を伏せた。

「ごめんなさい、決してあなたを信頼していないわけじゃないの」

マウロへ。そんな書きだしで始まる文には、マウロが今後一人になっても生きていけるための備えを書いていた。

掃除道具はどこにあるのかといった日常生活に関わるものから、一番大切な、お金の保管場所にいたるまで。

日々の暮らしは、美咲の給料や周りの人のおすそわけなどの助けを得てやりくりしていた。ダンが貯《た》めていたお金には手をつけていない。計算すると、マウロが働ける年齢になるまで生きていくだけのお金はなんとかありそうだった。周りの住民たちもいい人ばかりだし、マウロを色々と助けてくれるだろう。いざとなったら孤児院もあるだろうが、マウロはダンと過ごした家を離れたがらない気がしたから、マウロが望む生活を送れるよう下地は整えておきたい。

もし、美咲のことをまたみんなが忘れてしまったら。マウロにとって美咲はただの初対面の他人で、いきなり踏みこんだ話をしても不審がられるだけだ。説明してもわかってもらえないかもしれない。そう思っていまのうちにマウロにあらゆることを教えておこうとしたのに、美咲の行動の裏にある真意を敏感に読み取るのか、嫌がって話を聞いてくれないのだ。しかたなく、諦めて他の手段をとることにした。文面で残しておけば、少しは冷静に頭に入れる余地ができるかもしれない。マウロにしてあげられることは、こうして書き記すことしか美咲には思いつかなかった。

実はいま手元にあるのとほぼ同じ内容のものを、美咲とマウロが住んでいた家の、美咲の部屋にも置いてきている。だがこうしていま一緒にいるのだから、自身の手で渡せるのならその方がいいのかもしれないと思い改めて認めたのだが、マウロは結局受け取ってくれなかったのだ。

「私、あの子が心配で……」

血の繋がりはない。年齢だって、母子というには無理がある。でも、大切な家族だ。二人で手を取り合って生きてきた。マウロの存在がどれほど美咲の心を救ってくれただろう。まだ子供のマウロが、保護者のいない中、一人放りだされてもきちんと生きていけるように、努める義務が美咲にはある。マウロを残して旅立たざるをえなかったダンのためにも。

マウロを預けている宿の主人にも、美咲が迎えにこられないときは、マウロを無事に王都まで送ってくれるように頼んでいる。美咲が直接頼むと、美咲に関する記憶がなくなったときのことを考えたら不安が残るので、別の人間を介してお願いした。幸い、隊に同行している騎士の身内が経営している宿屋で信頼もあった。リゼにはマウロと暮らした場所のメモを託しているし、最悪の事態が起こってもマウロはまたあの場所に帰れるだろう。美咲という存在を介して知り合ったマウロのことを、美咲の存在が消えたとき、レインフェルドや仲間たちがどう認識するのかわからないので、美咲が思いつくかぎりの手は打った。

本当なら、忘れられないことが一番だ。だが万一に備えずにはいられない。

「ミサキ……」

レインフェルドが、そっと美咲を抱き寄せる。

美咲は逆らうことなく身を任せた。

「……わかっている。きみを責めているわけじゃない」

レインフェルドの唇がつむじに落ちる。やがて頬に、首筋に滑っていく。

「ん、待って」

「大丈夫、人払いはしている」

手際のよさに呆気にとられている間に、レインフェルドの手が服の中に入ってきた。

「あ……っ」

人払いしているといっても、防音のないテントの中だ。大きな声を出せば気づかれるかもしれないと唇を噛みしめる。

それをいいことに不埒《ふらち》な手は止まることなく美咲の身体を暴いていく。

「っ、美咲、ここに」

クッション性のあるベッドの上ではないからか、レインフェルドはあぐらをかいた自身の足の上に美咲を誘った。

戸惑う美咲のお尻を撫で、首筋に舌を這わせ、細腰を掴んですでに張りつめたものの上に落としていく。

「いや、うそ……、っ、あぁ」

制止もむなしく、熱い楔《くさび》で狭い蜜口が割り開かれ、中が満たされていく。ふるふると震えながら、ぎゅっとレインフェルドの肩を掴む。

ぴったりと隙間なく身体の奥まで埋まり、美咲は荒い呼吸をしながら、レインフェルドの肩に額を押しつけた。

「大丈夫か？」

「……あなたがこんなに堪え性のない人だとは思わなかった」

恨みがましく呟いた美咲に、レインフェルドは困ったように笑った。

「自分でもおかしいと思うくらい、制御できない。きみが好きすぎて、どうにかなりそうなんだ。許してくれ」

「……」

ずっと好きで、もう二度と会えないと諦めていた人とこんなふうに身体を繋げ、情熱的な言葉をもらって、平気でいられるわけがない。異様な胸の高鳴りが、ダイレクトに身体にも伝わった。レインフェルドを受け入れているそこが、もっと深く繋がりたいと、淫らにうねる。

自分の身体の変化にかぁっと頬を染める美咲の表情や、絡みつく肉壁の刺激に、レインフェルドが切羽詰まったように唸る。

「……ミサキ、悪い」

「んんっ」

レインフェルドが下から突き上げてくる。容赦のない動きに、喉が反る。

「あ、やぁっ、……ん」

唇を荒々しく塞がれ、漏れる嬌声《きょうせい》も理性もなにもかも快感の渦に呑みこまれる。

美咲は、ぎゅっとレインフェルドの首に腕を回した。

もしかしたら、これが最後かもしれない。

レインフェルドのピンと張ったなめらかな肌の質感に触れるのも、逞しくしなやかな筋肉に包まれるのも。

幸せな未来を信じたい。レインフェルドや仲間たちの覚悟を疑ったりしたくない。でも、すべてを楽観視するには、美咲は傷つきすぎた。

もう二度と触れられなくなるのなら。最後にレインフェルドのすべてを心に刻みつけておきたいと、本能が訴えてくる。

抑えられない熱情が、普段の美咲からは想像できない積極的な行動をとらせたのかもしれない。近くに仲間たちがいるのに、ここがどこかも頭の片隅に追いやられ自分からレインフェルドを求めた。何度も、何度も。

美咲の心の揺れが伝わるのか、レインフェルドは応えるように激しく美咲の身体を貪る。熱に浮かされたように、ただ夢中で互いだけを求めた。やがて心地よい疲労が訪れ、意識が遠くなっていく。

「……今日はもう、なにも考えずに眠りなさい」

レインフェルドが美咲を敷布の上にそっと寝かせる。頬にかかった髪を優しく払ってくれるのが気持ちよくて、自然と笑みが浮かぶ。

幸せだと思った。この微睡みの中にずっといられたら、どれほどいいだろう。

「あなたが私のことをまた忘れても、私はずっと、あなたのことを愛しているから」

「ミサキ……」

レインフェルドが息を呑む気配がした。美咲はもう眠たくて眠たくて、重くなるまぶたに逆らわず、目を閉じる。

「離れてしまっても、あなたの幸せを願ってる」

紛れもない本心だ。

負の感情に支配されて、どうしようもない気持ちでいっぱいになるときもあるかもしれない。

それでも最後に願うのは、レインフェルドが笑顔でいてくれることだけ。

そっと、額に柔らかい感触がした。

「——忘れない」

すぐ近くで響いたレインフェルドの声音は、ほんの少し震えているように聞こえた。まるで泣いているようで、心配で確認したいのに、まぶたが思うように開いてくれない。

「絶対に忘れたりしない。私の幸せは、きみのそばにある。永遠に」

プロポーズでもされているみたいだなんて、馬鹿みたいに浮かれたことを思いながら、美咲はすうっと眠った。

頬に触れる温かな手の温もりを感じながら。

◇◆◇

決戦の日は、とても澄んだ青空が広がっていた。

早朝に野営地を出て数時間、目的地にたどり着いた。王都を出てからこの地へ来るまで、あっという間だった気がする。悪竜の根城となる場所は把握していたし、一度経験した行程だったため以前に比べればスムーズに到着した。

元は豊かな森林が広がっていた地は、悪竜によって焼き払われ荒野になっていた。美咲たちが悪竜を封じ込めた場所であり、美咲がレインフェルドたちに忘れ去られ、絶望の淵《ふち》に落とされた忌まわしい場所だ。

美咲は、すっと目を細めた。目視できるギリギリの距離に大きな塊が見えてきた。悪竜だ。映画やテレビで見た肉食恐竜を一回り大きくしたような巨体を丸めて眠っている。元々は銀色の輝きを放っていただろう美しい鱗《うろこ》は、暗く澱んでいる。

黒く鋭い爪が太陽の光に鈍く反射した。いまは閉じられた瞳が真紅に染まっていることを知っている。姿を目にしただけで、心臓が嫌なリズムで鼓動を刻む。

またここに来ることになるなんて、悪竜を倒したと信じたときは想像もしていなかった。

「私とノアの率いる部隊が、奴の気を引きつける」

クリストフの言葉に、全員が頷く。作戦は決まっていた。小回りのきくクリストフとノアが扇動し、リュシーは援護にあたる。ヴィンセントが美咲の護衛で、とどめを刺すのは、レインフェルドだ。

円陣から少し離れた場所で、美咲は一人静かに佇んでいた。なぜかこの国に来てから経験した様々なことが思い出され、最後にマウロと別れたときのことが脳裏によぎる。

マウロの手を握ったときの感触がありありと蘇り、美咲は手を握りしめた。

――マウロ、あなたはここで、リゼと大人しく待っているのよ。

――ミサキはどうするんだ⁉

心配げに叫ぶマウロの手を、両手で包むようにギュッと握った。小さなころから触れてきた手だったが、初めて会ったころよりも確実に大きくなっているのを実感し、時間と共に成長していくものなんだな、なんて、こんなときなのに感慨深く思った。

美咲は静かに微笑みかけた。

――私は、竜を倒すためにこの世界に呼ばれたのよ。自分の運命をちゃんと全うするわ。

――じゃあオレも――。

――マウロ。

食い下がるマウロを、レインフェルドの声が遮る。マウロの前にしゃがみこみ頭をわしわしと掻き回した。

――心配するな。ミサキのことは、私が必ず守る。

――……絶対だな。今度ミサキを泣かせたら絶対許さない。

――あぁ、もちろんだ。

レインフェルドは力強く頷くと、きりっと表情を引き締めた。

「――よし、いこう」

凛と張った声に、美咲はハッと瞬きをする。

マウロの手の温もりは瞬時に消え去り、現実と向き合う。レインフェルドが仲間たちに宣言し、全員が鋭い目つきになる。いつもは優しい彼らだが、いざ戦闘が始まると殺伐とした雰囲気を纏うのだ。

全員の心構えができたことを確認したレインフェルドと美咲の視線が絡まる。

澄んだ瞳だった。無駄な気負いがない、だけど不思議な力強さを感じさせる瞳が、美咲に確固たる決意を伝えてくる。

ここまできたら、美咲にできることはもう信じることだけだ。頑張って、怪我をしないで、私のところに、ちゃんと帰ってきて。色んな想いを胸に秘め、祈るように頷いた美咲に、レインフェルドも頷き返し、さっと悪竜の方に身体を向けた。

レインフェルドが合図を送る。クリストフとノアたちが先導し、その後ろを後方部隊がついていく。美咲は一番後方だ。

ノアが弓を構える。あぁ、始まる。どくどくと響く胸を押さえ見守る。狙いを定め放たれた矢は、眠る悪竜のまぶたに刺さった。

硬い鱗に覆われた身体の中でも比較的柔らかい場所なのか、矢はぶすりと突き刺さり、悪竜は目を覚ました。

のそりと重い巨体を起こし、『グァァァアッ』と吠える。ビリビリと身体に振動が伝わり、風圧が髪をなびかせる。悪竜に成り果てた竜には、もはや理性など存在しない。

「いいぞ、心臓を狙う」

レインフェルドが告げる。

わざわざ眠っているところを起こしたのは、体勢を変えさせて心臓を攻撃する必要があったからだ。

「いくぞ！」

クリストフとノアが先陣を切る。悪竜は大きな口を開けると、瘴気を吐きだした。禍々《まがまが》しい灰色の靄《もや》のようなものが漂うが、まるで見えないバリアに守られているように、二人には効かない。

美咲が聖女として賜った力はこれだった。自分の近くにいる人々を、悪竜の放つ瘴気から守ることができるのだ。

美咲本人がなにかの動作をしているわけではない。自分でもどういう原理が働いているのかわからないが、美咲はそこにいるだけでみんなの力になることができる。

悪竜は自身の攻撃が効かないことに苛立ちを見せた。大きく翼を広げ、なぎ払う動きをする。突風が巻き起こり、美咲は吹き飛ばされそうになった。

「ミサキ！」

そばにいたヴィンセントが盾を使い美咲を庇ってくれる。

「あ、ありがとう」

「気を抜くなよ！」

美咲はこくりと頷き、戦いを見守る。

ノアや他の騎士が弓矢で応戦する。クリストフと数人の騎士は剣で悪竜の身体に攻撃を仕掛ける。

しかし背中や腕、足は硬い鱗に覆われておりなかなか思うようなダメージが与えられないようだった。

急所は腹面だ。そこは鱗に比べ柔らかい皮膚で、心臓もある。だが悪竜もわかっているから、簡単には懐に飛びこむことができない。

美咲はギュッと手を握りしめた。緊張で手のひらの汗がすごい。見上げるほど巨大な竜に挑む仲間たちが心配だ。どうか、誰一人欠けることなく終わってほしい。

矢が飛び交う。雲の隙間からときおり覗く太陽に、剣先がきらきらと反射する。

「ノア！　目を狙え！」

レインフェルドの指示が飛ぶ。ノアは狙いを定め、放つ。

ぶれることなく真っ直ぐに飛んだ矢は、悪竜の右目に命中した。

『ガァァァァァ――――‼』

鼓膜が裂けそうになるほどの叫び声と共に、悪竜の身体がよろめく。

またとない好機だった。誰もがそう思った。みんなで作り上げた機会を、レインフェルドが逃がすはずがない。

レインフェルドは巨岩に飛び乗り、踏み台にして、大きくジャンプした。剣を両手で持ち振り上げ、心臓を狙いひと突きにする。

『グゥゥ』

苦しげな呻き声。収縮する瞳孔。口からは血がぽたりと滴り落ち、虚《うつ》ろげに彷徨った視線がひたと美咲を見据えた。脳に直接声が響き渡る。

――またお前か。

美咲はビクッと一歩後ずさった。

ガタガタと身体が震え、恐怖のあまり視線を逸らすことさえできず悪竜と見つめ合う。

悪竜がすうっと目を眇めた。

――なぜだ。魂が、前とは違う。お前は我と同じだったはずなのに。

大賢者の言葉を思い出す。同じように孤独な魂だったという美咲と悪竜。だが美咲はレインフェルドの手を取り、不安を抱きながらも覚悟を決め身体を重ねた。その変化を、悪竜は確かに感じ取っている。

頭の中に流れこんでくる声からは、まるで裏切られたような絶望と怒りが渦巻いている。

――許さんぞ。

悪竜が口を開いた。また、あの閃光がくると直感した。みんなの記憶から、美咲の存在を消し去った忌まわしい呪い。

大賢者の言葉を信じるならば、あれを浴びたところでもう効果はないはず。わかっていても、実際に立証できるものはなにもないのだ。不確かな可能性に縋るしかない心許なさが不安を増長させ、言いようのない恐ろしさで身体が強張る。

悪竜の意識が美咲に向いていることに気づいたレインフェルドが、吐き捨てるように告げる。

「お前の相手は、私だ……っ」

レインフェルドが、ググッと剣をさらに深く悪竜の身体に沈めた。

『グ、ゥゥ』

悪竜が白目を剝く。

ふらり、と巨体が揺らぎ、ゆっくりと傾いていく。

ドゴォン、と大きな音を立て、地面に倒れた。衝撃で地面が揺れ、突風が吹く。

「最後まで気を抜くな！　心臓を始末する」

レインフェルドの鋭い声が飛ぶ。以前は悪竜が倒れ、心臓も止まっていたことで死んだと誰もが判断してしまったが、仮死状態だっただけだ。後処理の失態が悪竜の復活を招いた。

同じ過ちを繰り返してはいけない。今回こそ完全に終わらせるため、跡形もなく消し去ろうと騎士たちが倒れた悪竜に群がる。

心臓を取りだすため、分厚い皮膚を剣で切り裂いていく。その様子を見ながら、美咲は一歩後ずさった。

悪竜は倒れた。

確かにこの目で確認した。以前は安堵して、すぐに絶望に突き落とされた。

今回はどうなのか。悪竜は呪詛を吐く前に仕留められた。目が眩《くら》むほどの閃光を美咲は受けなかった。心臓だって適切に処理されている。

大賢者の言葉もある。だからきっと大丈夫。そう思うのに、レインフェルドや仲間たちの反応がたまらなく怖い。

「あ！　おい！」

美咲は咄嗟にくるりと悪竜に背を向け、駆けだしていた。近くにいたヴィンセントの戸惑う声を背中で聞きながら、いまの反応は一体どっちだろうとさらなる不安に襲われる。

美咲のことを覚えていて、いきなりあらぬ方向に走りだしたことに戸惑ったのか、知らない不審者の突飛な行動を制止しようとしたのか。

わからない。怖い。

闇雲に走り、目についた美咲の身体がすっぽり隠れる巨岩の後ろに回りこみ、しゃがみこむ。膝を抱え、耳を塞ぐ。そうしないと、遠くで作業しているレインフェルドたちの声が聞こえてしまう。

覚悟したはずだった。

もし忘れられても心残りのないように、レインフェルドの肌の温もりを身体に刻みこんだ。一人残されるマウロのために、重要なことはすべて書き残した。

最悪の結果に備えていたはずなのに、いざ直面すると臆病な自分に呆れてしまう。

だけどまた、見知らぬ人を見る眼差しを向けられるのは、もう、嫌だ。あんな思いは二度としたくない。

じゃり、と砂を踏む足音がして、ふと、人の気配を感じた。視線を落とした地面に、影ができる。

「――私のお姫様は、こんなところに隠れていたのか」

優しい声が降ってきた。恐る恐る顔を上げる。

巨岩に手をつき、身体を少し屈《かが》めて美咲を覗きこんでいるのは、レインフェルドだ。

「きみは相変わらず隠れるのが上手だ」

「レイ……？」

いま掛けられた言葉は、どうとればいいのだろう。正常な判断ができない。

混乱し言葉を発せず、ただ固まる美咲にレインフェルドは目を細める。

「頑張った私にご褒美のキス一つくれないなんて、つれないお姫様だ」

甘さを含んだ眼差しや声音に、鼓動がどくどくと早くなる。まさか、もしかして。期待と不安が入り混じり、震える唇をなんとか動かす。

「私のこと、わかる？」

「もちろん。私の唯一の人だ。おいで、ミサキ」

「――っ」

レインフェルドが両手を広げる。

爆発的に湧き上がる衝動を抑えることができず、美咲は立ち上がると、勢いのままレインフェルドの胸に飛びこんだ。

「レイ……っ」

ぎゅうっとしがみつくと、美咲以上の力できつく抱きしめ返してくれる。

痛いほどの抱擁だが、構わなかった。

「言っただろう。きみを一人にはしないと」

「うん――っ」

もう二度と離さないでとか、言いたいことはもっとあるはずなのに、どれも形にできない。代わりに美咲はただ何度も何度も頷き、レインフェルドの温もりに包まれる幸せを噛みしめた。

◇◆◇

「ね、ねぇリゼ、本当に変じゃない？」

鏡の前に立ちそわそわする美咲に、リゼはきっぱりと首を横に振る。

「変だなんて、そんなことあるわけがないです。とてもおきれいですよ、ミサキ様」

「で、でも……」

鏡には、自信なげに眉を下げた自分が映っている。ありえないほど着飾った姿で。

「私、こんな服着たことがないし……」

鮮やかなブルーのドレスは、裾の広がりに向かってきれいなグラデーションを見せている。触った感じから上質な生地だということはすぐにわかるし、ネックレスにはきらきらと輝く宝石があしらわれている。

この世界に来て五年経つが、着飾る必要も機会もなかったため、こんな正装は初めてでドギマギするし、自分に着こなせているとは思えない。完全に衣装負けしている。

尻込みして浮かない顔になっていると、コンコンとノックの音がした。レインフェルドが姿を見せる。

彼は、騎士の正装に身を包んでいた。白を基調とした騎士服には勲章がつけられ、細部にわたり金糸の刺繍《ししゅう》がほどこされている。髪は後ろに撫でつけるようにセットされ、端正な顔がより凛々しさを増している。

「ミサキ、とてもきれいだ」

美咲なんかよりも何倍も目の保養になるレインフェルドが、リゼと同じことを言う。満足げに微笑むレインフェルドはお世辞ではなく心の底からそう思っているようだ。控えているリゼもだから言ったでしょうとばかりに得意げだが、正直、二人の目にはフィルターがかかっている気がして鵜《う》呑みにはできない。

「そろそろいこうか」

レインフェルドが美咲をエスコートするように歩きだす。

今日は、王宮で国王主催の祝賀会が開かれるのだ。

悪竜を倒してから数週間が経ち、諸々の後処理なども落ち着いてきた段階で、騎士たちを労う場を設けてくれることになった。悪竜が復活したと噂が流れはじめたとき、国は聖女の存在を大々的に打ちだした。結果的に聖女の存在が知れ渡り、美咲も祝賀会に招待されることになったのだ。

「マウロは誰かに預けてきたのか？」

リゼたちに見送られ、馬車に乗ったところで問いかけられる。

「ええ、近所の人に頼んできたわ」

無事王都に帰ってからは、美咲は下町に戻り、マウロといままでと変わりない生活を送ることができている。

マウロには美咲が異世界から来た聖女ということや、悪竜に関して見聞きした詳細は吹聴しないように言い含めている。いずれはバレるだろうが、それまでは普通の生活をしたいと、いま話題の聖女が美咲であることは近所にはまだ秘密にしているのだ。

「そう。で、きみはいつになったら私のところに来てくれるのかな？」

レインフェルドが美咲の編み込まれた髪の後れ毛を手に取りながら尋ねてくる。

「そ、それは……」

レインフェルドからは、マウロと一緒で構わないから、公爵邸に移ってくるよう顔を合わせるたびに言われていた。

悪竜を倒し、レインフェルドが美咲の記憶を失わないのなら、あとはずっと一緒にいられると美咲だって考えていたのだが。

すっかり失念していた。レインフェルドがこの国を代表する高位貴族であることを。

日本でごく普通の家庭環境で育った美咲と、この国の価値観は全く違う。

貴族であるレインフェルドの結婚は本人の一存で簡単に決められるものではないのだ。

今日も、正式な場に参加できる装いを用意できない美咲のために、なぜか大張り切りのレインフェルドに導かれるまま公爵邸でお世話になったのだが、使用人がたくさんいるし、豪邸を前に臆したのは確かだ。

だが、レインフェルドを想う気持ちに嘘はないし、絶対に離れるつもりもない。

幸いなことに、レインフェルドの家族は美咲のことを受け入れてくれている。

まだ直接会ったことはないが、レインフェルドに家督を譲ってからは王都を離れ、馬車で数日の距離にある領地に住まいを移している彼の両親からは手紙をもらった。

美咲の境遇を知った上でのいたわりの言葉は思いやりに溢れ、近いうちに会えることを楽しみにしていると記されていた。

また、レインフェルドの姉からも、手紙が届いた。他国に嫁いだ身なので簡単に会うことはできないが、二人の結婚を祝福していると書かれた文面からは、包みこむような優しさを感じた。

だからあとは、美咲が頑張るだけなのだ。いくらレインフェルドの家族が温かく迎え入れてくれたからといって、優しさに甘えるわけにはいかない。美咲は貴族社会を詳しく知っているわけではないけれど、しがらみなどに縛られた厳しいところであることは容易に想像できる。レインフェルドと釣り合うとまではいかないまでも、最低限、人前に出て彼が美咲のせいで恥ずかしい思いをせずにすむようにしておきたい。

そのために、少しだけ待ってほしかった。この世界の貴族社会の歴史やマナーなどを勉強したり、しなければならないことは山積みだし、なんといっても国王の承認を得なければならない。このままだと、主に美咲の問題で一緒になるのが難しいことはわかっている。

ということを説明するのはもう何回目だろうか。

レインフェルドはすぐにでも美咲を迎え入れたいようで、会うたびにこうして籠絡しようとしてくるのだ。

いまのままだとただの平民に過ぎない美咲が高位貴族のレインフェルドのもとに嫁げないことを、一番理解しているのは彼のはずなのに。

ところが美咲の懸念をよそに、レインフェルドは「ふむ」と思案顔になる。

「きみは国王陛下や貴族たちのことを気にしているようだが、きみが壁だと考えていることと、私の壁は違う」

「え？」

「私にとっては陛下よりも、きみの小さなナイトの方がよほど高い壁なんだが」

小さなナイト、と言われて美咲の脳裏に一人の人物が浮かぶ。

「マウロ？」

きょとんと問いかけると、レインフェルドはこくりと頷いた。

「きみにとってあの子はいつまでも庇護すべき可愛い弟のような存在かもしれないが、あの子はきみが思うよりもずっと大人だ。私はこの旅の間、そう感じることが多々あった」

「……」

苦笑交じりのレインフェルドの姿をじっと見つめる。レインフェルドとマウロの間に、美咲の知らないやりとりがあったのかもしれないと思わせる口ぶりだった。

美咲も、マウロの成長を日々感じている。相変わらずやんちゃで手を焼くこともあるが、ふとした瞬間に大人びた発言や眼差しを垣間見せるようになった。背だって着実に伸びている。いつか美咲の手を離れていくのだとわかっていたが、最近は特に、遠い未来の話だと思っていたことが現実味を帯びて近づいているのを実感させられることが増えてきた。

喜ばしいことのはずなのに、少ししんみりしてしまった美咲を慰めるように、レインフェルドが美咲の手を握る。

「もちろん、なにがあってもあの子ときみがこれまで築き上げてきたものは消えない。誰がなんと言おうと、あの子はきみの大事な家族だ。私はそんなあの子に、心から認めてもらえる男になるよう、日々努めている」

「レイ……」

マウロを子供だと侮らず、一人前の人間として尊重しようとしてくれているのは純粋に嬉しい。やがてマウロと離れる日がくるのだとしても、レインフェルドの言う通り、マウロは美咲の大切な家族だ。マウロに祝福されて、レインフェルドのもとにいきたい。美咲の過去を知り当初はレインフェルドたちに嫌悪感を示していたマウロも、旅の間彼らと接するうちに徐々に態度を軟化させていたし、いまは割と良好な関係を築いているのではないかと思う。

かといってすぐに貴族のレインフェルドと庶民の美咲が結婚できるかと言われればまた別の問題だろう。

本日も話は平行線のまま、馬車は王宮に到着した。

国内の貴族はもとより、他国からの来賓も出席しているとかで、王宮内は慌ただしく、会場となる大広間には人がすでに溢れていた。

レインフェルドはさすが公爵家当主だけあって、華やかな場には慣れているのか堂々としている。

反対に美咲ときたら、初めての晴れ舞台がこんな大それた場所で顔色が変わるほど緊張していた。エスコートしているのがレインフェルドだからか、注目を浴びているのがわかって余計に。

特に女性の視線が痛い。

聖女として公の場に出たことがないため、聖女と美咲を結びつけることができず、レインフェルドといる女性は一体誰なのかと探りを入れるように、ひそひそと話しているのだ。

「ミサキ、気分が悪いのか？」

居心地の悪さについ俯いてしまった美咲に、レインフェルドが心配そうに問いかけてくる。

美咲はハッと顔を上げ、いいえ、と首を横に振る。

「ただ、少し緊張してしまって」

少しどころか、いまにも気絶してしまいたいくらいなのだが、弱音はグッと押しこめる。

「大丈夫、ミサキは誰よりもきれいだから自信を持って」

「え、あ」

クイっと指で顎を持ち上げられ、目を白黒させる。レインフェルドは構うことなく、愛しげに美咲の唇のすぐ横に口づけた。

人前でなんてことをするんだろうと、美咲は瞬時に顔を赤くさせ、唇を押さえた。

「レイっ」

「はは」

睨みつけても全くこたえていない。むしろ美咲が怒れば怒るほど楽しげな様子に気が削《そ》がれる。

「おーい、お二人さん。もうそろそろ話しかけてもいいか？」

呆れた声に顔を向けると、騎士服に身を包んだリュシーやクリストフ、ヴィンセントにノアがいた。にこにこしているノア以外、一様に白けた顔をしている。

「レイ、浮かれるのはわかるが、少しは自重しろ。なんだか色々と台無しだ」

「そうそう。鼻の下が伸びきっちゃって。みんな呆気にとられてますよ隊長」

クリストフとヴィンセントに窘められ、レインフェルドは肩をすくめる。

「なんとでも言え」

そこに、国王が到着したとの知らせが入った。

会場内は一気に静まり返る。

国王夫妻、そして王太子夫妻と王女マリアンヌが姿を見せる。

まず国王による挨拶があり、次に悪竜を倒した英雄たちの名が呼ばれ、美咲やレインフェルドたちは国王の前に膝をついた。

高い位置から見下ろされ、高貴な人間独特の威圧感に緊張で身体が固まる。特に、頭を下げていても感じるマリアンヌからの刺すような視線が緊張を増長させる。

「そなたたちの功績により、我が国のみならず周辺各国の平和が守られた。感謝する」

「ありがたきお言葉を賜り、この上ない名誉でございます」

国王の言葉に、代表してレインフェルドが答える。

「ついては、そなたたちに褒美を与えようと思う。なにか望みのものはないか」

「恐れながら」

レインフェルドは頭を下げたまま、だが臆することなく言った。

「こちらにおりますのは、我々のために異世界より遣わされ、我々と共に戦った聖女でございます。

彼女と私の結婚をご承諾賜りたく存じます」

「え！」

全く予期していなかった発言に、許可もおりていないのについ顔を上げてレインフェルドを見てしまった。だが美咲以上に動揺したのはマリアンヌだったようで、頭上から取り乱した声が飛んできた。

「な、なにを言っているの！　あなたにはすでに私という婚約者が――」

「王女殿下におかれましては」

レインフェルドのはっきりした声が、静まり返った会場に響き渡る。

「一貴族に過ぎない私との根も葉もない噂が流れてしまったこと、大変申し訳ない所存でございます」

「な――」

「殿下はこの国の正統な血筋を引くお方。私などよりも、殿下に相応しい殿方がおられましょう。

私と殿下の間でいっさい契りを交わしていなかったとはいえ、妙な噂が立ってしまったことも気にせず、殿下を深く理解してくださる方が」

目の前で繰り広げられる思わぬ展開に、ひそひそと貴族たちが話しだす。存在だけが先行していた聖女をやっと目にできたと思えば、公爵の突然の結婚宣言に、阻もうとする王女。およそ祝賀会に相応しくない展開に混乱しているのだろう。とはいっても高位貴族は白けたような眼差しを王女に向けているので、ざわついているのは主に展開についていけない下位貴族たちがほとんどだ。「以前持ち上がった婚約話はやはり王女の一方的な妄信だったのか」や、「公爵はこれまで一度も自身の口で認めることはなかった」など。ざわざわしだした雰囲気に、マリアンヌは怒りと屈辱で顔を真っ赤に染めた。

国王は息を吐き、仕切り直すように尋ねる。

「して、他の者の望みは？」

「私たちが望むことも、ただ一つ。この二人に対する陛下の祝福でございます」

クリストフたちが恭しく述べ、美咲は言葉に詰まった。望めば大抵のものは与えられるはずだ。富でも権力でも。それなのに自分たちの利益や名声よりも美咲たちのことを想ってくれる姿に胸がいっぱいになり、涙が溢れそうになる。国王もまさかそんな返事がくるとは思わなかったのか、呆気にとられたような顔をした。やがて苦笑する。

「そろいもそろって、なんともまぁ……」

「お父様……っ！」

縋るように国王を呼ぶマリアンヌを片手で制し、国王は美咲たちに告げた。

「国の英雄たちにその程度の褒美では面目がたたぬ。が、そなたたちの想いはわかった。シルベスク公と聖女殿に未来永劫《えいごう》の祝福を」

わっと会場が沸いた。

「ありがたきお言葉、恐悦至極に存じます」

レインフェルド同様、美咲も礼を述べながら、まだ理解が追いついていなかった。

「聖女殿」

国王に話しかけられ、美咲はどきりとした。個人的に声をかけられるとは思っていなかった。面と向かって話すのは、初めてこの国に呼ばれたとき以来だ。あのときは召喚されたばかりで気が動転していたこともあり、記憶が曖昧なところも多い。

改めて国王と目を合わせてみれば、五年前よりも若干歳を取ったようだ。だが眼光の鋭さは健在だ。

「そなたには申し訳ないことをした。悪竜を討伐するためとはいえ、召喚の儀により運命を捻じ曲げたことは、そなたには酷なことだったと思う」

貴族たちがざわめく。一国を統べる者として、国王は安易に自身の非を認めたりはしない。それなのに観衆の中で詫びるということは、国として最大限の謝罪の意思を示したということだ。

美咲は滲む涙を、瞳を閉じることで押さえこんだ。

国王としてできる精一杯の謝罪なのだろう。謝られたところで簡単に許すことなどできない。この国に突然呼ばれ、どれほど辛い思いをしたか。

それでもレインフェルドやマウロ、仲間たちに出会えたことは美咲にとってかけがえのない宝物だ。

なにも言えず俯く美咲の肩に、レインフェルドがそっと手を置く。

「信じられない！」

会場に金切り声が響いた。怒りで顔を真っ赤に染めたマリアンヌの声だ。

「お父様まで聖女の味方をするなんて！　あなた、一体どんな手を使ったの！」

マリアンヌの怒りが美咲にぶつけられる。マリアンヌからしたら、大好きなレインフェルドだけではなく、父親まで美咲側についたような状況が到底許せないのだろう。しかしどんな手もなにも、美咲はなにもしていないので答えに困る。

「マリアンヌ、いい加減にせんか」

国王が低い声でマリアンヌを窘める。

「歳を取ってから生まれ、初めての姫ということもあり、随分と甘やかしてしまったようだ」

「お、お父様？」

「まさか悪竜討伐の旅にまで押しかけるとは……」

疲れたように息を吐いたあと、厳しい眼差しでマリアンヌに告げる。

「お前の縁談が決まった。北方に位置する彼《か》の国は立地的にも過酷な土地だ。他国で揉まれてくるといい」

「そんなっ」

国王が目で合図すると、控えていた護衛が青ざめるマリアンヌを連れていく。マリアンヌはまだなにか喚きながらも会場から連れだされた。

「めでたい席を汚してすまない。シルベスク公、これが私からの誠意だ。聖女殿を幸せにしてやってくれ」

レインフェルドは目を伏せ、静かに頭を下げた。

やがて誰かが拍手をすると、それが会場中に伝染して大きなうねりとなった。

響き渡る祝福の音に包まれながら頭がまだ働かず呆然とする美咲に、レインフェルドが柔らかい微笑みを向ける。

レインフェルドはあらかじめ手を打っていたのだろう。

美咲の意思に関係なくこの国に召喚したことや、自分の娘が起こした騒動で多少の負い目がある国王に対して、美咲と自分の関係を公の場で認めさせる。そうすることで美咲の立場は保障されると。少なくとも国王が認めた結婚に正面から異を唱えることは難しくなる。また、国王にとって、なんの後ろ盾もない美咲を妻にしてくれた方が、これ以上シルベスク家の力をつけずにすむから好都合なのだと、からくりをリュシーがこっそり教えてくれたときは、なるほどと学んだ。貴族社会の力関係はまだよくわからないが、一番の障害だと悩んでいたことも、逆手にとれば利点になることもあるのだ。どちらにせよ、レインフェルドと共にいられるのなら、いまはその恩恵をありがたく受け取るだけだ。

マリアンヌが途中退席したあと、祝賀会は盛り上がりを見せた。貴族たちが美咲とレインフェルドを取り囲み次々に祝辞を述べていく。中には本心ではない人間もきっといるのだろう。特に女性陣からの視線は痛かったが、ジェットコースターに乗ったような目まぐるしい展開に気待ちが麻痺《まひ》していたのか、そこまで気にならなかった。

なんだか色々と濃い時間を過ごし、祝賀会が終わるころには美咲はぐったりと疲れていた。本来は下町に戻り預けていたマウロを迎えにいくはずで、レインフェルドにも伝えていたのに帰り着いた公爵家で着替えを済ませても送ってくれる気配がなく、それどころか泊まるよう言い含められ抵抗する気力もなかった。

マウロのことが気がかりだったが、こちらできちんと対応する、マウロには承諾を得たから心配するなというレインフェルドの言葉を信頼し、美咲は用意されたベッドに吸いこまれるように倒れこんだ。

そのまま眠ってしまいそうになる美咲の頰を、長い指がくすぐる。

目を開けると、レインフェルドが美しいグレーの瞳を細め、美咲を見下ろしている。セットしていた髪が崩れ、前髪が下りている。美咲も口元を綻ばせた。

「すごく幸せそう」

「当然だ」

レインフェルドは美咲に覆い被さるようにして抱きしめてきた。

「私の日常の中に当たり前のようにきみがいる。本来なら二度と手に入らなかった幸せだ。私にこの幸せをくれてありがとう」

まぶたに口づけられ、くすぐったさに身をよじる。

「ミサキ、きみがあのとき決意してくれたからこそいまの幸せがあることを私は忘れない」

大賢者に会いにいき、レインフェルドと身体を重ねる決断をしたことを言っているのだろう。結局、悪竜が呪詛を放つ前にレインフェルドたちが倒してしまったが、それでもレインフェルドの手を取ったのは美咲にとって大きな決断だった。

美咲はレインフェルドの頰に手を伸ばした。

「あなただったから」

レインフェルドだったからこそ、美咲は決断したのだ。

この世界に召喚され、わけもわからず悪竜討伐の旅に行くことになった。家族と引き離され、悲しみと混乱の中なんとか踏ん張れたのは、レインフェルドが美咲を献身的に支えてくれ、そんな彼に恋をしたから。

その分、美咲を襲った運命に心から傷ついたけれど、それでもやはりレインフェルドから離れることができなかった。

「あなたのことが好き。――私を忘れないでくれて、ありがとう」

「ミサキ」

一瞬、レインフェルドの顔が泣きそうに歪んだ。次の瞬間には強く抱きしめられる。

「愛している」

レインフェルドの中にある美咲への想いをぎゅっと濃縮したような甘い声で耳元に囁かれ、応えるようにレインフェルドの髪を撫でる。

首筋に唇が落ち、手は悪戯《いたずら》に美咲の身体を服越しに撫でまわす。

「ん、レイ」

眠気もどこかに飛んでいき、どきどきしながらレインフェルドの腕に触れた。

レインフェルドは口角を上げる。

本当にきれいな微笑みに、美咲は見惚れてしまう。

再会してからどこか陰っていた美貌が本来の輝きを取り戻し、レインフェルドをより精悍《せいかん》に見せる。自分には勿体《もったい》ないくらい魅力的な人だと、いつも思う。誰もが放っておかないだろう。

でもこの人は、美咲のものなのだ。一度は離れてしまったけれど、二度と手放したりしない。

美咲はレインフェルドの両頬を挟み、引き寄せた。唇に軽く口づけると、レインフェルドは吐息交じりの笑みをこぼし、美咲のうなじに手を回しキスを深めた。

「ん、ふ」

鼻から甘えたような声が抜ける。レインフェルドの手が美咲のドレスの中に潜りこむ。太ももを優しく撫でたあと、下着の上から敏感なところを擦られ、美咲の身体がびくりと跳ねた。

「あ、レイ……っ、ドレスを脱いでから、っ、あっ」

「ミサキ、きみのことが誰よりも大切だ」

「ん、あ、ぁぁ」

甘い言葉を囁きながら、下着の中に侵入した指で美咲の秘めたところを直接愛撫《あいぶ》される。その陶酔感に、美咲の身体はぴくぴくと震える。

「この先なにがあっても、私はきみの手を離さない。ずっと私にきみを愛させてくれ」

グッと体内に長い指が埋められ、首を反らす。レインフェルドは美咲の首筋に強く吸いつきながら指を動かし、さらにもう一本増やした。

「――っ、あぁっ」

「んんっ、ぁぁ」

お腹側を一定のリズムで擦り上げられ、スムーズな動きに自分がどれほど蜜をこぼしているのか教えられる。

「あ、ンっ、……レイっ、私、もう」

びくびくと身体が細かな痙攣《けいれん》をして、絶頂が近いことがわかる。レインフェルドは目を細め、「あぁ、見ている」と答える。

「やだ、やめて、あぁ、――っ」

我慢しようと思ったのに耐えられるわけがなく、容赦のない愛撫にあっさり達してしまう。

はぁはぁと肩で息をしながらレインフェルドを睨みつける。

「見ないでって、言ってるのに」

いつもは美咲の意思を尊重してくれるのに、こういうときのレインフェルドは少し意地悪だ。美咲が乱れる様を至近距離で陶然と見つめてくるから、熱い眼差しに美咲の身体は煽られたまらなくなる。美咲の顔なんて見てなにが楽しいのだろう。どんなときでも整っていて、美咲を抱くときはさらにとんでもない色気を放つレインフェルドなら観賞する価値もあるが。

「怒らせてしまったようだ。なら、次はミサキの意思を尊重しよう」

「え？　きゃっ」

くるりと身体をひっくり返された。慌てて体勢を立て直そうとする前に、ドレスが捲《まく》り上げられ、お尻が晒されてしまう。

「レイっ、あ、待っ――、っ」

背中に覆い被さってきたレインフェルドの熱い塊が、美咲の中に埋められていく。充分に解《ほぐ》されたそこは、美咲の意思に関係なくレインフェルドをすべて呑みこんでいく。

「あぁぁ、ふ、ン――」

「っ、痛くないか？」

僅かに乱れた呼吸交じりに耳元で問いかけられる。熱い吐息が肌を掠めるだけでなんとも言えない気持ちよさに支配され、こくこくと頷くだけで精一杯だった。

ギュッとシーツを握りしめる美咲の手に、レインフェルドの大きな手が重なった。

「ん、はぁ、あ」

いつもと擦られる角度が違い、感じたことのない刺激に身体がびくびくと跳ねる。

「レイ、やだ、なんだか私――」

「大丈夫、私しかいない。だから存分に乱れていい」

「あぁっ」

レインフェルドが腰を引き、また打ちつけてくる。美咲はギュッと目を瞑り、全身を巡る快感にただ耐える。

「んん、っは、あ」

肌同士のぶつかる音が部屋に響き渡る。顔を見られなくてよくなったが、レインフェルドの顔も見られなくなってしまった。美咲の大好きな顔。格好よくて、優しくて、美咲を包みこんでくれるグレーの瞳を見られないことが、すごく寂しい。

「ん、あ、待っ、て、顔が見たい」

「……ミサキ」

自分から見ないでと言っておきながら、不満を口にする自分はわがままかもしれない。だけどレインフェルドはそんな美咲も受け止めてくれると知っている。

体内からずるっと圧倒的な質量のものが出ていく刺激に、美咲の口から悩ましげな声が漏れた。すぐに身体を戻され、レインフェルドと見つめ合う。

美咲は手を伸ばしレインフェルドの頬に触れた。レインフェルドは目を細めて美咲の唇にキスをして、また美咲の体内に自身を収めた。

「ふ、んん」

深い口づけを交わしながら、熱い塊が自分の中を支配していく快感に身を委ねる。圧迫感があるのに、それがたまらなく気持ちいい。もっともっとほしくなる。間近にきれいなグレーの瞳が迫る。熱を帯びた瞳の中に、美咲の姿がちゃんと映っている。

この上ないほどの幸せだと思った。

いまこの瞬間、レインフェルドと、身体だけではなく心も一つになっているのを実感する。

「あ、もう、私……、ぁあ」

「っ、ミサキ……っ」

身体の奥深くにレインフェルドの放った熱を感じながら、美咲はうっとりとレインフェルドの髪を撫でた。レインフェルドは呼吸を整え、甘く微笑む。

「――愛してる」

二人同時に口にした愛の言葉に、それぞれが答えを返すようにギュッと強く抱きしめ合った。

まるで失った数年分を取り戻すように。

最後に覚えているのは、レインフェルドの甘い囁きと肌の温もりだけで。

「ミサキ、きみはずっと私のものだ。――愛している」

幸せそうなレインフェルドの様子に美咲も胸が満たされながら、愛する人の腕の中ですっと眠りに落ちたのだった。

◇◆◇

美咲、と呼びかけながら柔らかく微笑んだ女性に駆け寄ると、頭を優しく撫でてくれた。今日はお父さんが早く帰ってくるからご馳走《ちそう》にしましょう。その言葉に美咲はやったー、と喜んで、自分たちのもとに帰ってくる人を首を長くして待った。

ほどなくして帰ってきた男性は幼い美咲を抱き上げると、愛しげに頬を寄せ、今日はなにか楽しいことはあった？　と尋ねてくる。

美咲が一日の出来事を話すのを、二人は幸せそうに聞いている。

その時間が嬉しくて楽しくて、優しい二人が大好きだった。

いつか自分も、二人のように陽《ひ》だまりみたいな安らげる家庭を築きたいと夢見ていた。

あぁ、懐かしい、と漠然と思う。

いまはもう、二人の姿を頭の中にある映画のスクリーンのような画面越しに眺めるしかできない。

二度と会うことも触れることもできないのだと、いまの自分は知っている。過去の思い出たちが気まぐれによぎるたび、胸には刺すような痛みと温かさが入り混じる。

「――、」

ふ、と目が覚めた。

部屋には窓から柔らかな日差しが差しこみ、そよ風にレースのカーテンが揺れる。

「すまない、起こしたか？」

すぐそばで声がした。

視線を向けると、ベッドの縁に腰掛けたレインフェルドが、美咲の頭をゆっくりと撫でていた。

「……どうしたの？　仕事は？」

「今日は午前中だけ騎士団に顔を出してきた。昼から出かける予定はない。ここで執務をする」

「そうだったの」

起き上がろうとすると、レインフェルドに制される。

「無理するな。まだ寝ているといい」

囁くような声音と共に頭を撫でられると、完全には覚醒していなかった脳は眠気にまた引き戻されそうになる。美咲は緩慢な動きで、窓の外に目を向ける。

「夢を見ていたの」

「いい夢？」

美咲は少し考え、小さく微笑んだ。

「あまり覚えていないけど、とてもいい夢だったと思う」

「そう。なら、続きが見られるように、おまじないをしてあげよう」

身を屈めたレインフェルドが、美咲の唇に軽く口づけを落とす。美咲はくすくすと笑った。

「随分と可愛らしいおまじないね」

「足りないなら、何度でも」

レインフェルドがまた顔を寄せてきて、受け入れるため目を閉じようとしたとき、廊下から騒々しい声が響いた。

「お嬢様、いけません！　奥様はいま休んでいらっしゃるんですから！」

「だってとっても上手にできたから、お母様にプレゼントするの！」

唇が触れ合う数センチの距離で固まった美咲とレインフェルドは苦笑した。諦めて距離を取ると、すぐに声の主が姿を見せる。

レインフェルドに似たシルバーブロンドの髪に整った顔立ちで、美咲と同じ黒い瞳を持った、幼い天使のような女の子だ。

少女は美咲とレインフェルドの姿を見ると、ぱあっと顔を輝かせた。

「まぁ、お母様、起きてらっしゃったのね！　お父様もいつお帰りになったの？」

「ついさっきだよ。さぁおいで私の天使」

レインフェルドが両手を広げて呼ぶと、少女は嬉しそうに駆け寄ってきた。レインフェルドは抱き上げ、頬にキスを送る。

「いい子で過ごしていたかい？」

「もちろんですわ」

胸を張った少女の後ろでは、追いついてきた世話係がやれやれとばかりに疲れた顔をしている。仕える主人のお転婆な娘に振り回される世話係の苦労を尻目に、レインフェルドの腕から下りた少女は、誇らしげに美咲に手を差しだした。

「お母様、これ、私が作ったの」

小さな手に握られていたのは、庭で摘み取ったのだろう、色とりどりの草花で作られた花かんむりだった。美咲は上半身を起こし、丁寧に受け取った。

「まぁ、とてもきれい。ありがとう」

「おなかの赤ちゃんが産まれたら、赤ちゃんの分も私が作ってあげるの」

「ありがとう。あなたは優しいお姉さんになるわね」

照れたようにはにかむ娘に、レインフェルドが口を挟む。

「お父様の分はないのかい？」

可愛い一人娘が一生懸命作った贈り物を自分だけ貰えないのが寂しかったのだろう。だが父親の複雑な心中など幼い少女に察せられるはずもなく、目をぱちくりさせ、首を傾げた。

「お父様には似合わないから」

確かにレインフェルドが可憐な花かんむりをしている姿を想像すると妙にコミカルだ。ぷっと吹きだした美咲に、レインフェルドも同じ想像をしたのか苦笑する。

「あとでマウロお兄様にも持っていくの」

途端、レインフェルドの顔が固まる。

「マウロの分はあるのかい？」

「そうよ」

あっさりと答えられ、レインフェルドは言葉を失う。

目の中に入れても痛くないほど溺愛している一人娘は、マウロのことが大好きだった。少し前に成人し、父親のダンが残した食堂を再開してからは一人で切り盛りしているマウロだが、たまに公爵家にも顔を出す。そのたびに可愛がってくれるマウロにとても懐いているのだ。

レインフェルドもマウロのことは家族同然に思っているとはいえ、自分には用意されていなかった贈り物がマウロにはあるというのは心中穏やかではいられないのだろう。かといって子供じみた嫉妬を娘にぶつけるわけにもいかず沈黙するレインフェルドに、美咲は笑みを噛み殺す。

歳を重ねますます隙のない完璧な紳士然としたレインフェルドのこんな少し情けない姿は、きっと家族しか知らないはずだ。

するとと空気を察したわけではないだろうが、明るい声が響く。

「お父様には、私のとっておきのものをあげますわ」

途端にレインフェルドの瞳に輝きが戻る。

「へぇ、それは楽しみだ。いったいなにかな？」

「あのね――」

こそこそと耳打ちし、楽しそうに話す夫と娘の姿を、美咲は目を細めて眺めていた。

幼いころから思い描いていた光景が、ここにある。

失ったものもあった。悲しみや喪失感が癒えることは一生ないし、強制的に離れ離れになった人たちの面影を美咲はこの先もきっと追い続けるだろう。自身が親になったことで、ある日突然娘を失った両親の悲嘆を想像すると、より胸が張り裂けそうになる。

この世界に来て、たくさん傷つき、悲しんだ。恋に落ち、絶望し、また向き合って。

すべてを消化できなくても、胸に刻まれたすべてを抱えて美咲は歩いていく。

これから先も辛く苦しいことがあるかもしれない。だからこそ、いまある幸せが大切で愛しい。

何気ない穏やかな毎日を慈しんでいこうと決意しながら、美咲は愛する家族の名前を呼んだ。

あとがき

この度は『忘れ去られた聖女』を読んでくださって、ありがとうございます。

本作は第四回ジュリアンパブリッシング恋愛小説大賞で、金賞をいただいた作品となります。

小説投稿サイトで本作の連載を開始したのは二〇二〇年ですので、もう数年前になります。途中で更新をストップしてしまい、長い空白ができたりもしましたが、なんとか完結し、こうして賞をいただき書籍として形にできたことをとても嬉しく思っております。

私は書くのも読むのも好きなので、普段から色々読んで楽しんでいるのですが、あんまり切なすぎるお話は感情移入しすぎて苦しくなるので苦手だったりします。でもなぜか自分で書くぶんには切ないお話が好きだったりしますし、特にヒーローがヒロインを追いかけるような展開は大好物なので、今回のお話は色々と悩んだりもしましたが書けてよかったなと思います。

複数のキャラが出てきますが、個人的にはマウロの成長が楽しみです。彼はきっといい男になります。

今回、芦原《あしはら》モカ先生にイラストを描いていただきました！　私の頭の中では顔がぼやけていて、レインフェルドは格好いいへのへのもへじが愛を囁いている感じだったのですが、芦原先生のイラストで脳内変換されました。本当に素敵なイラストをありがとうございました。

担当さまにもお世話になりました。書籍化作業にあたって色々とよくわかっていないことも多く、ご迷惑をおかけしたと思いますが、いつも優しくご対応いただき感謝しております。

最後になりますが、刊行に携わってくださったすべての皆さま、そしてなによりこの本を読んでくださった皆さまに心より感謝申し上げます。

楽しんでいただけますように。

ユキミ

身代わり悪女の契約結婚
一年で離縁されましたが、元夫がなぜか私を探しているようです
Micoto Sakurai
櫻井みこと
Illustration
チドリアシ
彼女は、私の妻だ。
必ず探し出す――。
フェアリーキス
NOW ON SALE
膨大な借金を抱える伯爵家次女のリアナは、ある事情から姉の名誉を守るため、社交界で悪女として振る舞っていた。しかし、結婚を控えた姉に重い病が発覚。リアナは治療費のため、公爵家当主カーライズから持ちかけられた契約結婚に承諾し、彼とは顔を合わせることもなく、誓約通り一年で離縁した。ところが、修道院で穏やかに過ごしていたところ、なんと元夫と再会。彼は別れた妻を探しているという。思わず偽名を名乗るリアナに彼は……。
フェアリーキス
ピュア
fairy kiss

今夜、私は聖女の力を捨てる

深い森でひっそりと暮らす《先見の聖女》ユリアナ。彼女は力を使った代償で、視力と左足の力を失っていた。そんな彼女のもとに、十日間限定の護衛騎士レームが遣わされる。彼は声が出せず、意思疎通の手段は手に持つ鈴。不自由さを抱える同士、絆を育む二人。しかし最終日前日、ユリアナは先見でレームが初恋の人・レオナルド王子だと知る。なぜ殿下がここに？　激しく動揺するが、彼と会える機会はもう二度とない。そう思った彼女は、ある行動に出る。

フェアリーキス
ピンク
fairy kiss

忘れ去られた聖女

著者　ユキミ
イラストレーター　芦原モカ

2025年2月5日　初版発行

発行人　藤居幸嗣

発行所　株式会社 J パブリッシング
〒102-0073　東京都千代田区九段北3-2-5 5F
TEL 03-3288-7907　FAX 03-3288-7880

製版所　株式会社サンシン企画

印刷所　中央精版印刷株式会社

ISBN:978-4-86669-740-6
Printed in JAPAN